J. TOURGUÉNEFF

FUMÉE

6e ÉDITION

AUGMENTÉE D'UNE PRÉFACE

Par P. MÉRIMÉE

PARIS

J. HETZEL ET Cie, ÉDITEURS

18, RUE JACOB, 18

—

IVAN TOURGUÉNEF

Le nom de M. I. Tourguénef est aujour-
d'hui populaire en France ; chacun de ses
ouvrages est attendu avec la même impatience & lu avec le même plaisir à Paris &
à Saint-Pétersbourg. On le cite comme un
des chefs de l'école réaliste. Que ce soit
une critique ou un éloge, je crois qu'il
n'appartient à aucune école ; il suit ses propres inspirations. Comme tous les bons
romanciers, il s'est attaché à l'étude du
cœur humain, mine inépuisable, bien que
depuis si longtemps exploitée. Observa-
teur fin, exact, parfois jusqu'à la minutie,
il compose ses personnages en peintre &
en poëte tout à la fois. Leurs passions &
les traits de leur visage lui sont également
familiers. Il sait leurs habitudes, leurs gestes ; il les écoute parler & sténographie
leur conversation. Tel est l'art avec lequel
il fabrique de toutes pièces un ensemble

a

physique & moral, que le lecteur voit un
portrait à la place d'un tableau de fantaisie.
Grâce à la faculté de condenser, en quelque sorte, ses observations & de leur donner une forme précise, M. I. Tourguénef
ne nous choque pas plus que la nature,
lorsqu'il nous présente quelque cas extraordinaire & anormal. Dans son roman de
Pères & Enfants, il nous montre une jeune
fille qui a de grandes mains & de petits
pieds. Dans la structure humaine, il y a
d'ordinaire une certaine harmonie entre les
extrémités, mais les exceptions sont moins
rares dans la nature que dans les romans.
Pourquoi cette gentille Mlle Katia a-t-elle
de grandes mains? L'auteur l'a vue ainsi,
&, par amour pour la vérité, il a eu l'indiscrétion de nous le dire. Pourquoi Hamlet est-il gros & manque-t-il d'haleine?
Faut-il croire, avec un ingénieux professeur allemand, que Hamlet, étant incer-
tain dans ses résolutions, ne pouvait avoir
qu'un tempérament lymphatique, *ergo* une
disposition à l'embonpoint? Mais Shakspeare n'avait pas lu Cabanis, & j'aimerais
mieux supposer qu'en représentant ainsi le
prince de Danemark, il pensait à l'acteur

qui devait en jouer le rôle, s'il ne me semblait encore plus probable que le poëte avait devant lui un fantôme de son imagination, qui se dessinait « aux yeux de l'esprit » (*in the mind's eye*) nettement & d'une manière complète. Des souvenirs, des associations d'idées dont on ne peut se rendre compte obsèdent involontairement celui qui a l'habitude d'étudier la nature. Dans ses fictions, il embrasse d'un seul coup d'œil une foule de détails unis par quelque lien mystérieux, qu'il sent, mais qu'il ne pourrait peut-être pas expliquer. Remarquons encore que la ressemblance, que la vie dans un portrait tient souvent à un détail. Je me souviens d'avoir entendu professer cette théorie à sir Thomas Lawrence, assurément un des plus grands peintres de portraits de ce siècle. Il disait : « Choisissez un trait dans la figure de votre modèle ; copiez-le fidèlement, servilement même ; vous pouvez ensuite embellir tous les autres. Vous aurez fait un portrait ressemblant, & le modèle sera satisfait. »

Peintre de la plus belle aristocratie de l'Europe, Lawrence avait grand soin de choisir le trait à copier servilement. M. l.

Tourguénef n'est pas plus courtisan qu'un phothographe, & n'a aucune de ces faiblesses ordinaires aux romanciers pour les enfants de leur imagination. C'est avec leurs défauts qu'il les produit, voire avec leurs ridicules, laissant à son lecteur la tâche de faire la somme du bien & du mal & de conclure en conséquence. Encore moins cherche-t-il à nous offrir ses personnages comme les types d'une certaine passion ou comme les représentants d'une certaine idée, selon une pratique usitée de tout temps. Avec ses procédés d'analyse si délicats, il ne voit pas de types généraux; il ne connaît que des individualités. En effet, existe-t-il dans la nature un homme n'ayant qu'une passion, suivant sans biaiser la même idée? Il serait assurément bien plus redoutable que l'homme d'*un seul livre* que craignait Térence.

Cette impartialité, cet amour du vrai, qui est le trait éminent du talent de M. Tourguénef, ne l'abandonne jamais. Aujourd'hui, en composant un roman dont les personnages sont nos contemporains, il est difficile de ne pas être amené à traiter quelques-unes de ces grandes questions qui agitent nos sociétés modernes, ou tout au moins à laisser voir son opinion sur les révolutions qui s'opèrent dans les mœurs. Pourtant on ne saurait dire si M. Tourguénef regrette la société du temps d'Alexandre Ier ou s'il lui préfère celle d'Alexandre II. Dans son roman de *Pères & Enfants,* il s'est attiré la colère des jeunes gens & des vieillards; les uns & les autres se sont prétendus calomniés. Il n'a été qu'impartial, & c'est ce que les partis ne pardonnent guère. J'ajouterai qu'il faut se garder de prendre Bazarof pour le représentant de la jeunesse progressiste, ou Paul Kirsanof comme le parfait modèle de l'ancien régime. Ce sont deux figures que nous avons vues quelque part. Ils existent sans doute, mais ce ne sont pas des personnifications de la jeunesse & de la vieillesse de ce siècle. Il serait bien à désirer que tous les jeunes gens eussent autant d'esprit que Bazarof, & tous les vieillards des sentiments aussi nobles que Paul Kirsanof.

M. Tourguénef bannit de ses ouvrages les grands crimes, & il ne faut pas y chercher des scènes de tragédie. Il y a peu d'événements dans ses romans. Rien de plus simple que leur fable, rien qui ressemble plus à la vie ordinaire, & c'est là encore une des conséquences de son amour du vrai. Les progrès de la civilisation tendent à faire disparaître la violence de notre société moderne, mais ils n'ont pu changer les passions que recèle le cœur humain. La forme qu'elles prennent est adoucie, ou, si l'on veut, usée, comme une monnaie qui circule depuis longtemps. Dans le monde, voire dans le demi-monde, on ne voit plus guère de Macbeth ni d'Othello; pourtant il y a toujours des ambitieux & des jaloux, & les tortures qu'éprouve Othello avant d'étrangler Desdemone, tel bourgeois de Paris les a endurées avant de demander une séparation de corps. J'ai connu un commis qui n'a pas vu sans doute dans une hallucination diabolique « un poignard dont le manche s'offrait à sa main, » mais il avait sans cesse sous les yeux un fauteuil de chef de bureau à clous dorés, & ce fauteuil l'a poussé à calomnier son supérieur pour obtenir sa place. C'est dans « ces drames intimes, » comme on dit aujourd'hui, que se complaît & excelle le talent de M. Tourguénef.

Son premier ouvrage, les *Souvenirs d'un chasseur*, suite de nouvelles ou plutôt de petites esquisses pleines d'originalité, a été pour nous comme une révélation des mœurs russes, & nous a donné tout d'abord la mesure du talent de son auteur. Je ne crois pas exagérer en disant que ce livre a eu sa part d'influence & sa part considérable dans la grande mesure qui a illustré le règne d'Alexandre II, l'affranchissement des serfs. Ce n'est pas un plaidoyer véhément comme celui de mistriss Beecher Stowe en faveur des nègres, & le paysan russe de M. Tourguénef n'est pas un portrait de fantaisie comme l'oncle Tom. Le *moujik* n'est pas flatté, & l'auteur nous le montre avec ses mauvais instincts, aussi bien qu'avec les qualités qui le distinguent. Le paysan russe est un mélange singulier de bonhomie & de ruse, d'entêtement & d'obéissance, d'humilité & de confiance en lui-même. La patience & la résignation sont ses principales vertus, le mensonge & la fourberie ses vices dominants, soit qu'il les tienne de la nature, soit que l'esclavage les lui ait donnés. De même que John Bull est la personnification du plébéien anglasi, le paysan russe a son représentant dans ses légendes nationales.

C'est un certain Élie de Mourom, grand mangeur, rude buveur, qui rappelle notre frère Jean des Entomeures, une sorte d'hercule bouffon. Malheur à qui fait lever le poing d'Élie de Mourom! Il y a encore ce proverbe en Russie, que je n'ose traduire littéralement : « Le paysan ne vaut pas une claque, mais il mangera Dieu. » Ces gens si résignés sentent pourtant leur force, & quelquefois ils l'ont montrée. Ce sont les serfs qui donnèrent une couronne à l'aventurier qui prit le nom de Démétrius au commencement du XVIIe siècle; ce sont eux qui mirent l'empire en danger, sous le commandement de Stenka-Razine, en 1670, & un siècle plus tard, sous celui de Pougatchef. Selon la tradition populaire, Stenka-Razine n'est pas mort. Ce grand & féroce vengeur des esclaves opprimés s'est sauvé de prison, grâce au diable qui était son compère, & il vit au delà de la *mer bleue.* Pour un *moujik,* rien n'est plus loin que cette mer-là. En 1773, Stenka-Razine a reparu; cette fois il se faisait appeler Pougatchef. On a prétendu que Pougatchef

avait été roué vif; point, il est retourné à
la mer bleue, où il vit toujours, attendant
que la masse des iniquités ait lassé la colère divine. Lorsqu'on en sera venu à ce
point d'immoralité, qu'*on mettra du suif
au lieu de cire dans les cierges d'église,* alors
Stenka-Razine s'incarnera une dernière fois
& on en verra de belles! Voilà les légendes
du *moujik.* Ce géant résigné, mais ayant la
conscience de sa force, sera-t-il désarmé
par l'émancipation? Nous l'espérons & tout
porte à le croire.

Il fallait tout l'art & tout le tact qu'apporte M. Tourguénef dans ses compositions, pour parler du servage en Russie
sans emboucher la trompette révolution-
naire & tomber dans des exagérations dont
le résultat serait de dégoûter le lecteur au
lieu de le convaincre. Après lui, une femme
de beaucoup de talent, qui a pris le pseu-
donyme de Vovtchko (le louveteau), a écrit
quelques nouvelles sur des sujets du même
genre, dans le dialecte de l'Ukraine. Je ne
les connais que par une traduction russe
qu'en a donnée M. Tourguénef. Les couleurs sont tellement sombres, que le tableau
est repoussant. Il peut être vrai; je le

a.

crains, mais on aime à le croire faux, & il excite encore plus l'horreur que la pitié. En parlant de quelque situation terrible, on dit en Corse : « *Si vuol la scaglia.* » Cela demande la pierre à fusil. Tel est le sentiment qu'on éprouve en lisant la première nouvelle de ce recueil, *la Fille du Cosaque.* La manière de M. Tourguénef est bien différente. Sa modération, son impartialité, le soin qu'il a de céler ses propres convictions, comme un juge qui résume les débats, donnent à ses récits une puissance que la plus éloquente déclamation n'atteindra jamais. Empreints d'une poésie douce & triste, ils laissent une impression plus durable que l'indignation soulevée par les nouvelles de Vovtchko.

On sait que tous les peintres qui ont excellé à représenter la figure humaine ont été de grands paysagistes lorsqu'ils ont voulu l'être, & on ne s'étonnera pas de trouver chez M. Tourguénef, profond scrutateur du cœur humain; le talent d'observer & de décrire les sites & les effets de la nature. Toujours exact & simple, il s'élève souvent à la poésie, sans paraître la chercher, par la vivacité de ses impressions &

l'art avec lequel il met en relief les traits caractéristiques de ses descriptions. Et ce n'est pas seulement la nature de son pays qu'il nous fait sentir & comprendre; en lisant sa nouvelle intitulée *Apparitions*, il est impossible de ne pas admirer la variété & la vérité de ces paysages si différents. Quiconque, d'un site élevé, a contemplé la nuit la campagne de Rome se rappellera ces flaques d'eau de toutes formes se dessinant en clair sur un fond d'herbes noires & réfléchissant un ciel lumineux. M. Tourguénef les compare aux fragments d'un miroir cassé dispersés sur un parquet. Assurément on pourrait trouver une comparaison plus noble, mais je doute qu'on pût offrir une image aussi exacte. Et dans la même nouvelle, cette nuit d'été à Saint-Pétersbourg, qu'il appelle *un jour malade*, n'est-ce pas un de ces traits qu'on n'oublie pas, parce qu'ils donnent une idée juste & vraie, exprimée de la manière la plus nette & la plus énergique? Au reste, toute cette brillante fantaisie des *Apparitions* n'est qu'une sorte de cadre pour une suite de paysages, tous variés & tous merveilleusement peints.

Il est impossible, je crois, de rendre en français le charme de ces descriptions à la fois si simples & si pittoresques, car la concision & la richesse de la langue russe défient les plus habiles traducteurs. *Traduttore, traditore,* disent avec raison les Italiens. Plus que personne, M. Tourguénef a eu lieu de se plaindre de ceux qui ont essayé de nous faire connaître ses ouvrages. Un d'eux, à qui d'ailleurs revient le mérite d'avoir le premier publié à Paris les *Récits d'un chasseur,* obligea l'auteur à réclamer contre maint contre-sens. Par exemple, M. Tourguénef crut devoir nous avertir qu'il ne nourrissait pas ses chiens avec des *ortolans,* comme son traducteur le donnait à entendre, ayant pris le mot russe qui signifie *pâtée,* pour le nom d'un oiseau inconnu en Russie & cher à tous les gourmands. Pourquoi, dira-t-on, M. Tourguénef, sachant si bien notre langue, ne revoit-il pas lui-même les épreuves de ses traducteurs? C'est bien ce qu'il fait, mais savez-vous ce qui arrive? Il est mécontent d'une expression & demande un changement; il indique à la marge que l'on fasse attention. Il s'agit d'un mot familier, vulgaire, d'une injure qu'un des personnages du roman de *Fumée* adresse à son ancien camarade : *Harpagon, limace !...* Puis vient un mot russe qui me semble correspondre à *perruque,* qualification que dans ma jeunesse nous donnions volontiers à nos aînés. A ce mot, traduit je ne sais comment, l'auteur avait ajouté *N. B.* pour qu'on eût égard à son observation. Sur quoi on a imprimé : *Harpagon, limace, Nota bene !* Un de mes amis, que la moindre faute d'impression mettait au supplice, se consolait cependant, dès qu'il avait corrigé à l'encre son propre exemplaire. Nous ne pouvons que conseiller à M. Tourguénef d'imiter cet exemple à l'occasion.

Je ne suis pas de ceux qui jugent du mérite d'un ouvrage par le nombre des volumes. Pour moi l'artiste qui a gravé certaines médailles grecques est l'égal de celui qui a sculpté un colosse ; cependant il y a un préjugé, & jusqu'à un certain point je le partage, en faveur des œuvres de longue haleine. Comment ne pas tenir compte à un auteur des difficultés qu'entraîne un travail considérable, de son audace à l'entreprendre, de sa constance à l'exécuter? Si Homère avait composé sur des sujets différents vingt-quatre petits poëmes égaux chacun à un chant de l'*Iliade,* serait-il toujours le prince des poëtes? Pourtant on est en général très-exigeant pour une composition de médiocre étendue, tandis qu'Horace permet de s'endormir un peu au milieu d'un long ouvrage. Au contraire, il faut que tous les vers d'un sonnet soient excellents... A tout prendre, je crois que le danger d'un sujet trop resserré consiste dans le soin trop minutieux qu'on apporte toujours, peut-être fatalement, à un semblable travail. Involontairement on est entraîné à traiter maint détail de médiocre importance avec trop de recherche, & à racheter par la finesse de l'exécution le manque d'ampleur dans la donnée choisie. On risque alors de ne plus voir la nature que par ses petits côtés, & on manque le but de l'art comme ces peintres qui, dans leurs tableaux, rendent les accessoires avec tant de perfection, que l'attention du spectateur s'y porte & néglige les figures principales.

J'essayais de montrer, il y a quelque temps, comment la richesse admirable de la langue russe était un écueil pour les écrivains qui la manient, & cet écueil, M. Tourguénef ne l'a pas toujours évité. Parfois il se complaît trop dans des descriptions, très-vraies sans doute, mais qui pourraient être abrégées ; il aime & il excelle à noter des nuances délicates, & dans ce travail, dont je ne méconnais ni le mérite ni les difficultés, il s'expose à laisser s'alanguir une action intéressante. Des acteurs & de très-grands acteurs ont souvent le défaut de s'occuper trop des mots de leur rôle & pas assez de son caractère général. On appelle cela *marquer des intentions,* je crois, & cela ne manque pas de plaire au public, qui apprécie facilement le talent de l'acteur à varier les inflexions de sa voix. En marquant ainsi des intentions, je crains qu'on ne fausse celles de l'auteur & qu'on ne lui attribue des traits auxquels il n'avait pas pensé. Dans les imprécations de Camille, Mlle Rachel donnait un sens ironique au dernier hémistiche de ce vers :

Saper tes fondements *encor mal assurés.*

Elle le soulignait pour ainsi dire par

merveilleux changement d'intonation; mais
Corneille l'eût-il approuvée? Quiconque a
entendu les paroles arrachées par la passion a pu remarquer qu'elles sortent rapidement & avec une violence qui ne permet
guère les transitions délicates. Je conçois
les imprécations de Camille comme une
suite de cris rapidement articulés, & j'ose-
rai le dire, monotones.

Il me semble que les qualités éminentes
du talent de M. Tourguénef devraient lui
assurer de grands succès au théâtre. Les
erreurs que je me permets de relever chez
le romancier, c'est-à-dire un peu trop de
lenteur dans le développement de l'intrigue
& l'exubérance des détails, disparaîtraient
nécessairement à la scène, où l'action se
précipite, & où l'auteur ne peut commen-
ter ni les mouvements ni les discours de
ses personnages. Et en effet les deux ou
trois drames qu'a publiés M. Tourguénef,
avec autant de vie & de naturel que ses
romans, ne laissent point de prise aux critiques que je viens d'indiquer. J'ignore si
ces ouvrages ont été représentés, je pen-
cherais à croire qu'ils ont été faits plutôt
pour la lecture que pour la scène; je dis la

scène de nos jours, qui ne se contente pas du développement des caractères & des passions, comme au temps de Molière par exemple, mais à qui il faut du mouvement & une intrigue compliquée.

Au reste, les reproches que j'adressais à M. Tourguénef tombent, je me hâte de le dire, plutôt sur ses premières productions que sur ses derniers ouvrages. Le charmant roman de *Fumée* a une marche rapide & tout à fait conforme au précepte d'Horace. Là les détails heureusement choisis servent au développement des caractères & préparent les situations dramatiques. Pour faire comprendre Irène, il fallait l'étudier minutieusement & pour ainsi dire ne perdre ni un de ses gestes ni un de ses regards. C'est une de ces créatures diaboliques dont la coquetterie est d'autant plus dangereuse qu'elle est susceptible de passion ; mais chez elle la passion est un feu follet qui s'éteint subitement après avoir allumé un incendie. Elle aime, — Don Juan aussi était toujours amoureux, — mais elle aime à sa manière. L'orgueil, le goût de l'aventure, la curiosité, surtout le besoin de dominer & d'exercer son pou-

voir : voilà ce qu'elle prend pour de l'amour.
Une fort belle personne, qui fit jadis les
délices de la scène, un peu bête & très-
franche, disait : « Que je suis malheureuse!
Je n'aime pas plutôt quelqu'un que j'en
préfère un autre! » Irène a de l'esprit, elle
est grande dame, elle s'indignerait d'être
comparée à cette personne, mais la pauvre
actrice aimait tout le monde ; au fond, Irène
n'aime qu'elle-même. Litvinof, son amant,
la connaît bien & n'est pas sa dupe. Il a
mesuré le précipice où elle va l'entraîner ;
il y marche, plein de remords & d'effroi.
Il est fasciné. Cette situation est traitée
par l'auteur avec une vérité poignante.

A côté de Litvinof, est un autre amant
malheureux d'Irène, ce qu'en Italie on appelle un *patito*. C'est un homme de cœur,
plein de bon sens & d'intelligence, mais
dompté par la passion ; un Alceste édifié
sur le compte de Célimène, sans espoir,
sans illusion, & si bien maté par elle qu'elle
le charge de ses commissions auprès de
son rival préféré. Ce caractère, mélange
de bonhomie & d'ironie triste, est de l'effet le plus original ; & qu'on ne dise pas
que Potoughine a trop d'esprit pour le rôle

qu'il joue, il aime Irène, il n'y a pas d'humiliation qu'il n'accepte pour qu'elle lui permette de vivre auprès d'elle. Il est payé de tout ce qu'il a souffert lorsqu'elle daigne lui montrer qu'elle croit à son aveugle dévouement.

J'ai déjà parlé du talent de M. Tourguénef à donner une individualité aux personnages de son invention. Après avoir lu *Fumée*, on croit avoir vu Irène & on la reconnaîtrait dans un salon. Si je suis bien informé, l'aristocratie de Saint-Pétersbourg a montré une grande indignation, à l'apparition du roman, & a voulu y trouver un portrait satirique d'autant plus coupable que la ressemblance était plus parfaite. Chaque coterie, il est vrai, avait son original. Quelle horreur! disait un bas-bleu dans un salon de la Perspective Newski, calomnier ainsi la princesse A...! Plus loin on reprochait à Tourguénef d'avoir travesti la comtesse B... Ailleurs on s'apitoyait sur la princesse C..., dénigrée indignement. Des personnes charitables ont trouvé des modèles d'Irène pour toutes les lettres de l'alphabet. En réalité, M. Tourguénef n'a fait ni un portrait ni une satire.

Est-ce sa faute si, prenant ses traits dans
la nature, il s'en rencontre dont on peut
reconnaître les originaux? Quoique personne ne saisisse & ne représente avec plus
de vivacité les travers, les vices, les ridicules de son époque, on ne peut dire que
M. Tourguénef fasse des satires. Il ne
sent pas ce plaisir malicieux qu'ont certains critiques à surprendre les faiblesses
& les platitudes humaines. Le soin que
ces messieurs mettent à signaler les vilains côtés du monde où nous vivons, il le
porte à rechercher le bien partout où il
se cache. Sans parti pris, sans affecter
une philanthropie banale, il est le défen-
seur des faibles & des déshérités. Jusque
dans les natures les plus dégradées, il aime
à découvrir quelque trait qui les relève
Il me rappelle souvent Shakspeare. Il a
son amour de la vérité; comme le poëte
anglais, il sait créer des figures d'une étonnante réalité; mais, malgré l'art avec lequel l'auteur se dissimule sous les personnages de son invention, on devine pourtant
son caractère, & ce n'est peut-être pas son
moindre titre à notre sympathie.

P. Mérimée.

FUMÉE

I

Il y avait foule, le 10 août 1862, à quatre heures, devant le fameux salon de conversation de Baden-Baden. Le temps était délicieux : les arbres verts, les blanches maisons de la ville coquette, les montagnes qui la couronnent, tout respirait un air de fête & s'épanouissait aux rayons d'un soleil éclatant; tout souriait, & un reflet de ce sourire indécis & charmant errait sur les visages, vieux & jeunes, laids & avenants. Les figures fardées & blanches des lorettes parisiennes ne parvenaient pas elles-mêmes à détruire cette impression d'allégresse générale; les rubans bigarrés, les plumes, l'or & l'acier scintillant sur les cha-

peaux & les voiles, rappelaient au regard
l'éclat animé & le léger frémissement de
fleurs printanières & d'ailes diaprées ; mais
les notes criardes de leur jargon français
n'avaient rien de commun avec le ramage
des oiseaux.

Tout d'ailleurs marchait comme à l'ordinaire. L'orchestre du pavillon exécutait
tantôt un pot-pourri de *la Traviata,* tantôt
une valse de Strauss, ou *Dites-lui,* romance russe instrumentée par l'obséquieux
maître de chapelle ; dans les salles de jeu,
autour des tapis verts, se pressaient les
mêmes figures avec cette même expression, stupide, rapace, consternée, presque
féroce, cette mine de voleur que la fièvre
du jeu imprime aux traits les plus aristocratiques ; vous eussiez retrouvé le même
propriétaire de Tambof, obèse, habillé
avec le plus élégant mauvais goût, inutilement & convulsivement agité (comme
l'était feu son père quand il rossait ses
paysans), les yeux hors de leur orbite, la
moitié du corps sur la table sans faire
attention aux froids sourires des croupiers,
qui semait des louis d'or aux quatre coins
de la table au moment où ceux-ci criaient :

« Rien ne va plus ! » & se privait par là de toute possibilité de gain, quelle que fût sa chance, — ce qui ne l'empêchait pas le soir de répéter, avec la plus sympathique indignation, les propos du prince Coco, un des célèbres chefs de l'opposition aristocratique, de ce prince Coco qui, à Paris, dans le salon de la princesse Mathilde, en présence de l'empereur, avait dit si joliment : « Madame, le principe de la propriété est profondément ébranlé en Russie. » Autour de *l'arbre russe* s'étaient réunis comme d'habitude nos chers compatriotes des deux sexes ; ils s'approchaient avec dignité, avec nonchalance, s'abordaient avec un grand air, avec grâce & désinvolture, ainsi que cela convient à des êtres placés au suprême degré de l'échelle sociale ; mais une fois assis, ils ne savaient plus de quoi s'entretenir & tuaient le temps, soit à passer du futile au vide, soit à rire des vieilles saillies très-peu élégantes & fort plates d'un ex-littérateur de Paris, bouffon & bavard, qui portait une misérable barbiche à son menton & de vilains souliers à ses pieds plats. Il n'y avait pas de fadaises tirées des vieux

almanachs, du *Charivari* & du *Tintamarre*
que ce bouffon ne fît avaler à ces *princes
russes,* & ces *princes russes* éclataient d'un
rire reconnaissant, constatant ainsi involontairement la supériorité du génie étranger, comme leur complète impuissance
pour inventer quelque chose de récréatif.
Cependant, il y avait là presque toute la
fine fleur de notre société, nos types les
plus exquis. C'était le comte X, notre
incomparable dilettante, profonde nature
musicale, qui *dit* si divinement les ro-
mances, quoiqu'il ne puisse pas déchiffrer
autrement qu'avec un doigt, & que son
chant tienne le milieu entre celui d'un
mauvais bohémien & celui d'un coiffeur
de Paris, habitué de l'Opéra-Comique.
C'était notre irrésistible baron Z, apte à
tout : littérateur & administrateur, orateur
& grec. C'était le prince Y, ami de la
religion & du peuple, qui, durant l'heureuse époque de la ferme de l'eau-de-vie,
s'était fait une fortune colossale, en en
fabriquant avec de la belladone. C'était le
brillant général O, qui avait vaincu quelqu'un, soumis quelque chose, & ne savait
pourtant que devenir ni comment se pré-

senter. C'était P, amusant bonhomme, qui se croyait très-malade & très-spirituel, quoique vigoureux comme un bœuf & bête comme une bûche ; il restait seul fidèle aux traditions de l'époque du *Héros de notre temps* [1] & de la comtesse Vorotinski : il avait conservé « le culte de la pose, » l'habitude de marcher sur les talons, avec une lenteur affectée, de garder sur son visage immobile & comme offensé une expression de morgue somnolente, de couper la parole à ses interlocuteurs en bâillant, de rire d'un rire nasal, d'examiner attentivement ses doigts & ses ongles, de ramener subitement son chapeau de la nuque aux sourcils *& vice versa*. C'étaient des hommes d'État, des diplomates, portant des noms européens, gens de conseil & de raison, s'imaginant que la Bulle d'or a été donnée par le pape, & que le *poortax* est un impôt sur les pauvres ; c'étaient enfin d'ardents, quoique timides adorateurs des camélias, jeunes lions avec des cheveux très-scrupuleusement séparés en deux jusqu'à la nuque, de magnifiques

---

1. Roman de Lermantof.

favoris pendant jusqu'aux épaules, ne portant rien sur eux qui ne vînt de Londres. Rien ne leur manquait, ce semble, pour rivaliser avec le bouffon de Paris, & pourtant nos dames les négligeaient. La comtesse C, elle-même, la directrice reconnue du grand genre, surnommée par de méchantes langues « la reine des guêpes » & « méduse en bonnet, » préférait, en l'absence du bouffon, distinguer les Italiens, les Moldaves, les spirites américains, les fins secrétaires des ambassades étrangères, ou bien les jeunes barons allemands à figure d'usuriers doucereux, qui papillonnaient autour d'elle. A l'entour de cet astre stationnaient : la princesse Babette, la même dans les bras de laquelle expira Chopin (on compte en Europe environ mille dames qui eurent cet honneur) ; — la princesse Annette, à laquelle nul n'aurait pu résister, si tout à coup, comme une subite odeur de choux à travers celle de l'ambre, ne perçait en elle une grosse blanchisseuse de village ; — la peu chanceuse princesse Pachette : son mari venait d'être promu à un poste de gouverneur de province, & tout à coup, Dieu sait pour-

quoi, avait battu le maire de sa ville &
emporté 20,000 roubles appartenant à la
couronne ; — enfin la turbulente mademoiselle Zizi & la larmoyante mademoiselle Zozo ; — & toutes, elles abandon-
naient leurs compatriotes & n'avaient
pour eux que des rigueurs. Laissons de
côté, nous aussi, toutes ces ravissantes
dames, éloignons-nous du fameux arbre à
l'ombre duquel s'étalent des toilettes où
le mauvais goût l'emporte encore sur la
dépense, & Dieu veuille alléger l'ennui
qui les ronge !

II

A quelques pas de « l'arbre russe, »
était assis devant une petite table du café
Weber un homme d'une trentaine d'années, d'une stature moyenne, maigre,
basané, ayant des traits agréables en
même temps que virils. Les deux mains
appuyées sur sa canne, il était tranquille
comme un homme auquel il ne vient pas

en idée que quelqu'un puisse le remarquer ou s'occuper de lui. Ses grands yeux bruns & expressifs parcouraient lentement ce qui l'entourait ; tantôt le soleil les faisait cligner un peu, tantôt ils suivaient quelque figure excentrique qui passait devant lui, & alors un sourire rapide, presque enfantin, effleurait ses lèvres surmontées d'une fine moustache. Il portait un paletot de façon allemande ; un feutre gris cachait la moitié de son large front. Au premier coup d'œil, il vous faisait l'impression d'un honnête & actif jeune homme, n'ayant pas de lui-même une trop mauvaise opinion, comme il y en a beaucoup en ce monde. Il semblait se reposer après de longs travaux & prendre d'autant plus de plaisir au tableau qu'il avait sous les yeux que ses pensées habituelles se mouvaient dans un monde très-différent de ce qui l'entourait en ce moment. Il était Russe ; on l'appelait Grégoire Mikhailovitch [1] Litvinof.

Il nous faut faire connaissance avec lui

1. On a la coutume en Russie d'associer à son nom le souvenir de son père. Mikhailovitch veut dire : fils de Michel.

&, par conséquent, raconter brièvement son passé, vide d'ailleurs d'incidents compliqués.

Fils d'un petit employé appartenant à la caste marchande, il fut élevé dans un village. Sa mère était d'extraction noble, bonne, exaltée & ne manquait pas d'énergie ; plus jeune de vingt ans que son mari, elle acheva selon ses forces d'en faire l'éducation, le tira de l'ornière des bureaux, calma & adoucit son caractère rude & brutal. Grâce à elle, il commença à s'habiller proprement, à se tenir avec convenance, à ne plus jurer, à estimer la science & les gens instruits, quoique, bien entendu, il ne s'avisât jamais de lire ; il était parvenu même à marcher moins vite & à s'entretenir d'une voix dolente d'objets élevés, ce qui ne lui avait pas coûté peu de peine. Parfois le naturel reprenait le dessus, & il marmottait entre ses dents quand quelqu'un l'impatientait : « Ah ! que je le rosserais volontiers ! » mais il ajoutait aussitôt à voix haute : « Oui, sans doute... c'est une question à considérer. » La mère de Litvinof avait mis sa maison sur un pied européen ; elle ne tutoyait pas ses domestiques & ne permettait pas qu'on mangeât gloutonnement à sa table. Quant à sa terre, ni elle, ni son mari n'avaient su jamais l'administrer : elle était fort né-gligée, mais très-étendue, contenant des prairies, des bois, un lac sur le bord du-quel il y avait naguère une fabrique, créée par un seigneur plus zélé qu'expérimenté, florissante entre les mains d'un rusé mar-chand, & tombée en décadence après avoir passé dans celles d'un honnête entrepre-neur allemand. Madame Litvinof se con-tentait de ne pas se ruiner & de ne pas faire de dettes. Malheureusement, elle n'avait pas de santé & mourut d'étisie l'année même de l'entrée de son fils à l'université de Moscou. Des circonstances que le lecteur apprendra dans la suite, empêchèrent Grégoire Litvinof de termi-ner ses cours ; il rentra dans la province, où il végéta quelque temps sans occupa-tions, sans relations, presque sans con-naissances. Il avait trouvé peu de bien-veillance parmi les gentilshommes de son district, beaucoup moins pénétrés de la théorie occidentale des maux qu'entraîne l'*absentéisme,* que de la vérité de notre

vieux proverbe oriental : Rien n'est plus
près de ton corps que ta chemise — &
qui le firent enrôler de force parmi les
volontaires patriotiques de 1855. Litvinof
faillit périr du typhus en Crimée, où, sans
apercevoir un seul « allié, » il demeura
six mois dans une hutte de terre au bord
de la mer Putride ; il remplit ensuite une
des charges électives dans sa province
avec les désagréments habituels, &, à force
de vivre à la campagne, il se prit de passion pour l'agriculture. Il comprit que la
terre de sa mère, inintelligemment admi-
nistrée par son vieux père, ne donnait pas
la dixième partie de ce qu'elle pouvait
rendre dans des mains habiles ; mais il
comprit en même temps que l'expérience
lui manquait, &, pour l'acquérir, il voyagea afin d'étudier sérieusement l'agrono-
mie & la technologie. Il passa près de
quatre ans dans le Mecklembourg, en
Silésie, à Carlsruhe ; il visita la Belgique
& l'Angleterre, s'appliqua sérieusement &
acquit des connaissances. Cela ne lui fut
pas aisé, mais il tint à soutenir l'épreuve
jusqu'à son terme, & à présent, sûr de lui-
même, de son avenir, du bien qu'il pouvait

faire à ses concitoyens, qui sait? même à
toute la Russie, il s'apprêtait à rentrer
dans son héritage, où ne cessait de le
rappeler son père, complétement déso-
rienté par l'émancipation & toutes les
mesures qui en dérivent. Mais pourquoi
donc s'arrêter à Baden?

Il est à Baden, parce qu'il y attend de
jour en jour sa cousine & sa fiancée Tatiana Petrovna Chestof. Il la connaissait
presque dès son enfance, & avait passé
avec elle l'été dernier à Dresde, où elle
s'était établie avec sa tante. Il aimait sincèrement, il estimait profondément sa
jeune parente ; sur le point de terminer
ses obscurs travaux préparatoires, s'apprê-
tant à commencer une nouvelle carrière,
il lui offrit de lier sa vie à la sienne, *for
better for worse,* comme disent les Anglais.
Elle y consentit, & il se dépêcha de retourner prendre à Carlsruhe ses livres &
ses papiers. Mais pourquoi, me direz-vous
encore, était-il à Baden?

Parce que la tante de Tatiana, Capitoline Marcovna Chestof, vieille fille de cin-
quante-cinq ans, bizarre, presque ridicule,
mais bonne & dévouée jusqu'à l'abnéga-

tion, esprit fort (elle lisait Strauss, mais en cachette de sa nièce) & démocrate, ennemie jurée du grand monde & de l'aristocratie, n'avait pas pu résister à la tentation de jeter, au moins une fois, un regard sur ce même grand monde dans un lieu aussi élégant que Baden. Capitoline Marcovna ne portait jamais de crinoline, ses cheveux blancs étaient coupés en rond ; le luxe & l'éclat la troublaient secrètement & il lui était d'autant plus doux d'exprimer hautement le mépris que lui inspiraient toutes ces vanités. Comment ne pas satisfaire la bonne vieille dame ?

Et voici pourquoi Litvinof était si calme, & regardait autour de lui avec tant d'assurance. Sa vie lui apparaissait désormais sans obstacles, sa destinée était tracée, & il était aussi fier que joyeux de cette destinée, qu'il considérait comme une création de ses propres mains.

III

— Bah ! bah ! bah ! le voilà ! s'écria tout à coup une voix glapissante à son oreille, tandis qu'une lourde main s'appesantissait sur son épaule. Il souleva la tête & reconnut une de ses rares connaissances moscovites, un certain Bambaéf, bon enfant, c'est-à-dire nul. Déjà sur le retour, celui-ci avait des joues & un nez mous comme s'ils avaient été cuits, des cheveux gras & ébouriffés, un corps épais & flasque. Toujours sans le sou, toujours enthousiasmé de quelque chose, Rostislaf Bambaéf parcourait sans but, mais non sans bruit, la vaste surface de notre patiente mère commune, la terre.

— Voilà ce qui s'appelle une rencontre, répéta-t-il, en ouvrant ses yeux bouffis & en avançant ses grosses lèvres, au-dessus desquelles se hérissaient de misérables petites moustaches teintes. Voilà ce que c'est que Baden ! tous viennent s'y fourrer

comme des blattes derrière un poêle!
Qu'est-ce qui t'amène ici?

Bambaéf tutoyait l'univers entier.

— Il y a quatre jours que j'y suis.

— Et d'où viens-tu?

— Qu'est-ce que cela te fait?

— Qu'est-ce que cela me fait! mais
attends, tu ne sais peut-être pas qui est
également ici? Goubaref! Lui-même! en
personne! Il nous est arrivé hier de Heidelberg. Tu le connais sûrement?

— J'ai entendu parler de lui.

— Seulement? Nous allons te traîner
chez lui à l'instant. Ne pas connaître un
tel homme! Voilà précisément Vorochilof.
Tu ne le connais peut-être pas non plus?
J'ai l'honneur de vous présenter l'un à
l'autre. Vous êtes tous deux des savants!
Celui-ci est même un phénix! Embrassez-
vous!

En disant ces mots, Bambaéf se tourna
vers un beau jeune homme à visage frais
& rose, mais déjà sérieux. Litvinof se leva
&, bien entendu, se dispensa d'embrasser
« le phénix » qui, à juger par la gravité
de son air, paraissait médiocrement flatté
de cette présentation imprévue.

— J'ai dit un « phénix » & je ne démords pas de cette expression, continua Bambaéf. Passez au collége de Saint-Pétersbourg, regardez le tableau d'honneur, quel nom s'y voit en première ligne? Celui de Simon Iakovlevitch Vorochilof! Mais Goubaref, Goubaref!... voici, mes amis, chez qui il faut maintenant courir! Je révère réellement cet homme, & je ne suis pas le seul... Tous, tous le révèrent à qui mieux mieux. Quel ouvrage il écrit maintenant!

— Sur quoi, cet ouvrage? demanda Litvinof.

— Sur tout, mon ami. C'est un ouvrage dans le genre de Buckle, seulement plus profond. Tout y sera résolu & amené à l'évidence.

— Tu l'as donc lu?

— Non, je ne l'ai pas lu, c'est même un mystère qu'il ne convient pas d'ébruiter, mais on peut tout attendre de Goubaref, tout! — Ici Bambaéf poussa un soupir & se croisa les bras. — Que serait-ce, grand Dieu! s'il y avait seulement deux ou trois têtes comme celle-là en Russie? Vois-tu, Grégoire Mikhailovitch, quelles

que fussent tes occupations en ces derniers temps, & j'ignore de quoi tu t'oc-
cupes en général, quelles que soient tes
convictions, dont je n'ai pas également la
moindre idée, tu auras beaucoup à apprendre auprès de Goubaref. Par malheur,
il n'est pas ici pour longtemps. Il faudra
en profiter; allons, allons chez lui. En
avant! en avant!

Sur ces entrefaites passa un élégant
avec des cheveux roux frisés, un chapeau
orné d'un petit ruban bleu de ciel, qui
lorgna Bambaéf avec un sourire veni-
meux. Litvinof en eut du dépit.

— Pourquoi t'échauffes-tu tant? répli-
qua-t-il enfin. On dirait que tu cries après
des chiens qui ont perdu leur piste. Je
n'ai pas encore dîné.

— Si ce n'est que cela, nous pouvons
tout de suite dîner chez Weber. A trois...
ce sera délicieux. Tu as de l'argent pour
payer ma part? ajouta-t-il à demi-voix.

— J'en ai, mais en vérité, je ne sais...

— Finis, je t'en prie, tu me remercie-
ras & il sera ravi. — Ah! mon Dieu! s'écria
tout à coup Bambaéf, c'est bien le final
d'Hernani qu'ils jouent. Quelles délices!

Oh! som... mo Carlo... Quel homme je suis
me voici en larmes! Allons, Simon Iakovlevitch, marchons!

Vorochilof, qui continuait à se tenir immobile & réservé, fronça le sourcil, baissa
les yeux avec dignité, marmotta quelque
chose entre ses dents, mais ne refusa
point l'arrangement, & Litvinof prit également le parti de la résignation. Bambaéf
passa son bras sous le sien, mais avant de
se diriger vers le café, il fit un signe à
Isabelle, la célèbre fleuriste du Jockey-
Club; il avait fantaisie d'un bouquet. L'a-
ristocratique fleuriste se garda bien de
bouger : à quel propos se serait-elle approchée d'un monsieur non ganté, affublé d'une veste en peluche, d'une ridicule
cravate & de bottes éculées? Vorochilof
lui fit à son tour un signe. Elle daigna
s'avancer; il choisit dans sa corbeille un
petit bouquet de violettes & lui jeta un
florin. Il s'imaginait la surprendre par sa
générosité, mais les sourcils d'Isabelle ne
bougèrent même pas &, lorsqu'il lui eut
tourné le dos, ses lèvres se contractèrent
avec ironie. Vorochilof était habillé élégamment, voire avec recherche; pourtant

l'œil exercé de la Parisienne avait immédiatement remarqué, dans sa toilette, sa tournure & sa démarche, qui rappelait encore le pas militaire, l'absence de tout chic pur sang.

Après s'être installés dans la principale salle de Weber & avoir commandé leur dîner, nos amis se mirent à causer. Bambaéf revint avec beaucoup de chaleur, criant & gesticulant, sur l'immense mérite de Goubaref; cependant, bientôt il se tut & se contenta de soupirer, en avalant un verre après l'autre. Vorochilof buvait & mangeait peu, il semblait avoir peu d'appétit; ayant questionné Litvinof sur ses occupations, il se mit à énoncer lui-même ses opinions personnelles, moins sur ses occupations que sur diverses « questions. » Tout à coup, il s'anima, & se mit à parler très-vite, avec force gestes énergiques mais incohérents, & en appuyant sur chaque syllabe, comme un cadet sûr de son thème, aux examens de sortie. Plus il avançait, plus il devenait éloquent & incisif; personne, il est vrai, ne l'interrompait : il semblait lire une dissertation ou une leçon. Les noms des savants contem-

porains, les dates précises de leur naissance & de leur décès, les titres des plus
récentes brochures, surtout des noms, des
noms à foison sortaient avec précipitation
de sa bouche, & cette nomenclature lui
causait une jouissance que ses yeux n'é-
taient pas maîtres de céler. Vorochilof
dédaignait tout ce qui était ancien, il n'estimait que ce que la science avait découvert la veille : citer le livre d'un docteur
Zauerbengel sur les prisons pensylva-
niennes, ou le travail sur les Vêdas du
dernier numéro de l'*Asiatic Djernal* (il
disait toujours Djernal, quoique ne sachant
pas l'anglais) était son bonheur. Litvinof
l'écoutait sans pouvoir saisir quelle était
sa spécialité. Tantôt il parlait du rôle de
la race celtique dans l'histoire ; & cela le
transportait dans le monde ancien, il raisonnait alors sur les marbres d'Égine &
s'étendait sur le prédécesseur de Phidias,
Onatas, dont il faisait Jonathas, ce qui
donnait à son discours une teinte moitié
biblique, moitié américaine ; d'un bond il
s'élançait ensuite dans l'économie politique, qualifiait Bastiat d'imbécile, « ne
valant pas davantage qu'Adam Smith &

tous les physiocrates, » Physiocrates? aristocrates! répétait après lui Bambaéf à voix
basse. Toutefois, Vorochilof réussit à surprendre Bambaéf lui-même en traitant
Macaulay d'écrivain rétrograde ; quant à
Gneist & à Riehl, il déclara qu'ils ne
valaient pas la peine d'être nommés, &
haussa les épaules, ce que Bambaéf s'empressa de faire après lui. « Et il défile
tout cela d'une seule haleine, sans motif,
devant des étrangers, dans un café, —
pensa Litvinof en regardant les mains
bizarrement agitées, les cheveux blonds,
les yeux clairs & les dents blanches
comme du sucre de sa nouvelle connaissance, — & il ne se déride pas un instant!
il n'en a pas moins l'air d'un bon garçon,
terriblement inexpérimenté. » Vorochilof
finit par se calmer; sa voix stridente &
enrouée comme celle d'un jeune coq, se
brisa tout à coup; alors Bambaéf entreprit de déclamer des vers & faillit de nouveau fondre en larmes, au grand scandale
de la table de droite, où était établie une
famille anglaise, à la risée de celle de
gauche, où deux dames du demi-monde
dînaient avec un ci-devant jeune homme

à perruque lilas. Le garçon apporta l'addition, & nos amis se levèrent de table.

— Maintenant, s'écria Bambaéf, en sautant sur sa chaise, une tasse de café, & en marche! Voilà cependant ce que c'est que notre Russie, ajouta-t-il au seuil de la porte, en désignant triomphalement de sa main rouge Vorochilof & Litvinof.

Oui, voilà la Russie, songea Litvinof. Pour Vorochilof, il avait déjà repris son air digne; il sourit froidement & frappa militairement ses talons l'un contre l'autre.

Cinq minutes après, tous trois montaient l'escalier de l'hôtel où logeait Étienne Nicolaévitch Goubaref. Une dame de haute taille, avec une courte voilette sur son chapeau, le descendait; en apercevant Litvinof, elle s'arrêta comme frappée de la foudre. Elle rougit & pâlit; Litvinof ne la remarqua pas : elle descendit rapidement l'escalier.

IV.

— Grégoire Litvinof, un vrai Russe, &
bon garçon, je vous le recommande,
s'écria Bambaéf en conduisant Litvinof à
un homme de petite taille en costume du
matin & en pantoufles, au milieu d'une
chambre très-éclairée & richement meu-
blée. C'est lui, ajouta-t-il à Litvinof, c'est
lui-même, c'est, en un mot, Goubaref.

Litvinof considéra celui-ci avec attention. Au premier coup d'œil, il ne trouva
en lui rien d'extraordinaire. Il voyait devant lui un monsieur d'un air respectable
& un peu hébété, ayant un gros front,
de gros yeux, de grosses lèvres, une longue barbe, un cou de taureau & le regard
en dessous. Ce monsieur sourit & dit:
« Mm... mm... Très-bien... cela m'est fort
agréable... » puis porta la main à sa barbe
&, tournant le dos à Litvinof, se mit à
marcher sur l'épais tapis avec la lenteur
pateline d'un chat Goubaref avait l'habi-

tude d'arpenter toujours son appartement & de tourmenter sa barbe avec le bout de ses ongles longs & durs. Il y avait avec lui dans cette chambre une dame vêtue d'une robe de soie usée, ayant un visage jaune comme un citron, de petits poils noirs sur sa lèvre plate & des yeux si brillants, qu'ils semblaient prêts à sauter de sa tête, puis un gros individu qui se tenait courbé dans un coin.

— Eh bien, chère Matrena Semenovna, dit Goubaref en se tournant vers cette dame, & ne trouvant pas nécessaire probablement de lui présenter Litvinof, qu'aviez-vous commencé à nous raconter?

La dame (elle s'appelait madame Soukhantchikof; c'était une veuve sans enfants & sans fortune, qui depuis deux ans transportait ses pénates d'un pays dans un autre) reprit aussitôt son récit avec une singulière volubilité :

— Eh bien, il se présente chez le prince, & lui dit : « Excellence, vous êtes en situation de pouvoir soulager ma détresse; daignez prendre en considération la pureté de mes intentions. Peut-on, dans notre siècle, poursuivre quelqu'un pour ses convictions sincères? » Or, que pensez-vous qu'a fait le prince, cet homme d'État si civilisé, si haut placé?

— Qu'a-t-il fait? demanda Goubaref en allumant d'un air rêveur une cigarette.

La dame se redressa & étendant sa main osseuse : — Il appelle son laquais & lui dit : « Ote tout de suite à cet homme sa redingote, & prends-la; je t'en fais cadeau. »

— Et le laquais l'ôta? demanda Bambaéf en frappant des mains.

— Il l'ôta & la prit. Et voilà ce qu'a fait le prince Barnaoulof, le fameux richard, le grand seigneur, muni de pouvoirs extraordinaires & représentant le gouvernement! Qu'y a-t-il après cela à espérer?

Tout le corps chétif de Mme Soukhantchikof tremblait d'émotion, son visage était crispé, sa maigre poitrine soulevait son corset plat, ses yeux semblaient sortir de leur orbite, danger qu'ils couraient, d'ailleurs, quel que fût l'objet de la conversation.

— C'est une affaire qui crie vengeance, s'écria Bambaéf. Il n'y a pas de châtiment assez terrible pour cela!

— Hm... hm... Du haut en bas tout est pourri, remarqua Goubaref sans élever la voix. Ce n'est pas un châtiment qui est nécessaire ici, mais une autre mesure.

— Mais est-ce bien vrai? dit Litvinof.

— Si c'est vrai! s'écria madame Soukhantchikof. Mais il est impossible d'en douter. — Elle prononça cet *impossible* avec une telle énergie qu'elle se plia en deux. — Je le tiens du plus véridique des hommes. Mais vous le connaissez, Étienne Nikolaitcht, c'est Hélistratof Capiton, & lui le tenait de témoins occulaires de cette scène dégoûtante.

— Quel Hélistratof? demanda Goubaref. Est-ce celui qui était à Kazan?

— Celui-là même. Je sais qu'on a répandu le bruit qu'il avait pris là de l'argent des fermiers de l'eau-de-vie, mais qui est-ce qui a dit cela? Pélikanof, & peut-on ajouter foi à Pélikanof, quand il est connu de tout le monde que c'est tout simplement un espion!

— Non, permettez, Matrena Semenovna, s'écria Bambaéf, Pélikanof est de mes amis, comment pourrait-il être un espion?

— Oui, oui, c'est un espion !

— De grâce, permettez...

— Un espion, un espion ! criait Mme Sou-khantchikof.

— Mais non, veuillez m'écouter, hurlait à son tour Bambaéf.

— Un espion, un espion ! soutenait la la dame.

— Non, non ! si vous me parliez de Ten-teléef, à la bonne heure ? mugit Bambaéf.

Mme Soukhantchikof fut forcée de re-prendre haleine ; Bambaéf en profita :

— Je sais de source certaine que, lors-qu'il fut requis à la chancellerie secrète, il se jeta aux pieds de la comtesse Blase-krampf en piaillant : « Sauvez-moi, venez à mon aide ! » Pélikanof n'a jamais fait de ces bassesses-là.

— Tenteléef... marmotta Goubaref, il faut prendre note de cela.

Mme Soukhantchikof haussa les épaules avec un ineffable mépris.

— Tous deux sont jolis, dit-elle ; mais je sais sur Tentéelef une anecdote encore meilleure. C'était, vous le savez, un hor-rible tyran, quoiqu'il se posât en émanci-pateur. Un jour, il était à Paris dans un

salon, lorsque y entra Mme Beecher-Stowe,
vous savez, la *Case de l'oncle Tom.* Excessivement vaniteux, Tenteléef pria le
maître de la maison de le présenter à
Mme Stowe; celle-ci, dès qu'elle entendit
son nom, l'apostrophe ainsi : « Comment
osez-vous vous présenter devant l'auteur
de l'*Oncle Tom?* Décampez à l'instant! »
& v'lan! elle lui applique un soufflet. Et
qu'en dites-vous? Tenteléef prit son chapeau & s'éclipsa l'oreille basse.

— Ceci est peut-être exagéré, fit Bambaéf. Elle lui a dit : « Décampez! » c'est
un fait indubitable, mais elle ne lui a pas
appliqué de soufflet.

— Elle a donné, donné un soufflet, elle
a donné un soufflet! répéta convulsivement
Mme Soukhantchikof, je n'ai pas l'habitude
de faire des contes. Ah! ces gens-là sont
vos amis?

— Permettez, Matrena Semenovna, je
n'ai jamais dit que j'aie été intime avec
Tenteléef, c'est de Pelikanof que j'ai parlé.

— Si Tenteléef n'est pas de vos amis,
c'est donc Mikhnéef, par exemple.

— Et qu'est-ce que celui-ci a fait? reprit avec anxiété Bambaéf.

— Ce qu'il a fait? Comme si vous ne le saviez pas! Il a crié devant tout le monde, sur le coin de la Perspective & de la rue de l'Ascension, qu'il fallait emprisonner tous les libéraux; & lorsqu'un vieux camarade de pension, pauvre, bien entendu, est venu lui dire : « Peut-on dîner chez toi? » il lui a répondu : « Non, on ne peut pas; j'ai deux comtes à dîner aujourd'hui, va-t'en! »

— Mais, permettez, c'est une calomnie, s'écria Bambaéf.

— Calomnie! calomnie! En premier lieu, le prince Vakhrouchine qui a aussi dîné chez votre Mikhnéef...

— Le prince Vakhrouchine, interrompit sévèrement Goubaref, est mon cousin germain, mais je ne le laisse pas entrer chez moi. N'en parlons pas.

— En second lieu, continua Mme Soukhantchikof, en inclinant humblement la tête vers Goubaref, Prascovia Iakolevna me l'a dit à moi-même.

— Vous avez trouvé là sur qui vous appuyer! Elle & Sarkisof sont les premiers faiseurs de fausses nouvelles.

— Excusez-moi, Sarkisof est un men-

2.

teur, c'est vrai; il a même dérobé le drap qui couvrait le cercueil de son père, je ne disputerai jamais là-dessus, mais Prascovia Iakovlevna, quelle différence! Souvenez-vous comme elle s'est noblement séparée de son mari. Mais, je le sais, vous êtes toujours prêt...

— Finissons, Matrena Semenovna, laissons ces récriminations & occupons-nous de choses plus élevées. Vous savez que chez moi brûle toujours le feu sacré. Avez-vous lu *Mademoiselle de la Quintinie?* Quelles délices, & cette fois ce sont bien là vos principes!

— Je ne lis plus de roman, répondit sèchement Mme Soukhantchikof.

— Pourquoi?

— Parce que le temps n'est plus aux romans; je n'ai à présent qu'une seule chose en tête : les machines à coudre.

— Quelles machines? demanda Litvinof.

— A coudre, à coudre... Il faut que toutes les femmes se fournissent des machines à coudre & constituent une association; de cette façon elles gagneront toutes leur pain & parviendront à être indépendantes. Autrement elles ne pourront jamais s'émanciper. C'est une grave, très-grave question sociale. Nous nous sommes disputés à ce sujet avec Boleslas Stadnitzki. C'est une admirable nature que ce Stadnitzki, mais il considère beaucoup trop légèrement ces choses. Au fond, c'est un imbécile.

— Il viendra un temps où tous auront à rendre compte de leur conduite, dit lentement Goubaref, d'un ton moitié magistral & moitié prophétique.

— Oui, oui, répéta Bambaéf, on rendra compte. Eh bien? Étienne Nicolaévitch, ajouta-t-il en baissant la voix, l'ouvrage avance-t-il?

— Je rassemble les matériaux, répondit Goubaref en fronçant le sourcil, & se tournant vers Litvinof qui commençait à avoir des nausées de cette omelette de noms inconnus, de cette rage de cancans, il lui demanda : De quoi vous occupez-vous?

Litvinof satisfit sa curiosité.

— Ah! c'est-à-dire de science naturelle. Mm... mm... C'est très-utile comme école, mais non comme but. Le but doit

être autre maintenant. Permettez-moi de
vous demander quelles sont vos opinions?

— Mes opinions?

— Oui, c'est-à-dire quelles sont vos
convictions politiques?

Litvinof sourit :

— En réalité, je n'ai aucune conviction
politique.

A cette réponse, le gros monsieur, assis
dans un coin, leva subitement la tête &
regarda fixement Litvinof.

— Comment cela se fait-il? dit avec
une aménité affectée Goubaref. N'y avez-
vous jamais songé, ou êtes-vous déjà
blasé?

— Comment vous dire? Il me semble
que pour nous autres Russes c'est encore
trop tôt d'avoir des convictions politiques
ou de nous imaginer que nous en avons.
Remarquez que je donne au mot *politique*
la valeur qui lui appartient de droit &
qui...

— Ah! ah! vous êtes de ceux qui ne se
croient pas mûrs, dit avec la même aménité Goubaref &, s'approchant de Vorochilof, il lui demanda s'il avait lu la brochure qu'il lui avait prêtée?

A l'étonnement de Litvinof, Vorochilof
n'avait pas laissé échapper une syllabe
depuis son entrée; il fronçait le sourcil
& faisait mouvoir ses yeux avec dignité
(en général, il parlait tout seul ou se taisait). Il effaça militairement les épaules,
avança d'un pas & fit de la tête un signe
affirmatif.

— Eh bien! en avez-vous été content?

— Oui, par rapport aux principales
bases, mais je ne souscris pas aux conséquences qu'il en tire.

— André Ivanovitch m'a pourtant loué
cette brochure. Vous me développerez
vos divergences.

— Ordonnez-vous de le faire par écrit?

Cette question surprit visiblement Goubaref; il ne s'y attendait pas; toutefois,
après avoir un peu réfléchi, il répondit :

— Soit, par écrit, & à ce propos je vous
prierai de me détailler aussi vos idées...
sur... sur les associations.

— L'ordonnez-vous d'après la méthode
de Lassale ou celle de Schultze-Delitsch?

— Mmm... d'après toutes les deux. Ici,
vous le comprenez, pour nous autres
Russes, c'est surtout le côté financier qui

est important. La caisse des ouvriers
« l'*artel* » est un germe. Il faut comparer
tout cela, l'approfondir. Quant à la question de la portion attribuée aux paysans,...

— Quelle est votre opinion, Étienne
Nicolaévitch, sur la quantité de dessia-
tines à leur donner? demanda Vorochilof
avec une respectueuse délicatesse dans la
voix.

— Mmm... Ah! la commune! dit avec
un surcroît de gravité Goubaref, &, mordant une mèche de sa barbe, il dirigea son
regard fixe & fauve sur un des pieds de
la table. La commune... comprenez-vous?
c'est un grand mot! Puis, que signifient
ces incendies... ces mesures du gouvernement contre les écoles du dimanche, les
cabinets de lecture, les journaux? Et le
refus des paysans de signer les actes qui
terminent leurs rapports avec leurs ex-
seigneurs? Et enfin ce qui arrive en Pologne? Ne voyez-vous pas où tout cela
mène? Ne voyez-vous pas... mm... qu'il
nous faut maintenant nous confondre avec
le peuple, savoir ses opinions?

Une sorte d'agitation sourde, presque
méchante, s'était subitement emparée de

Goubaref; son visage s'était enflammé, sa respiration était pénible, mais il n'en tenait pas moins toujours ses yeux baissés & mâchonnait sa barbe. — Ne voyez-vous pas...

— Evséef est un gredin! s'écria tout à coup Mme Soukhantchikof à laquelle Bambaéf, par considération pour le maître de la maison, racontait quelque chose à demi-voix. Goubaref tourna court sur ses talons & recommença à arpenter la chambre.

De nouveaux hôtes arrivèrent; à la fin de la soirée le salon était plein. Parmi les nouveaux venus étaient M. Evséef, si rudement qualifié une minute auparavant par Mme Soukhantchikof. — Elle s'entretint très-cordialement avec lui & le pria de la reconduire chez elle, — & un certain Pichtchalkin, idéal des arbitres de paix, un de ces hommes dont peut-être la Russie a réellement besoin; peu doué, peu instruit, mais consciencieux, patient & intègre; les paysans de son district le portaient aux nues, & lui-même était tout plein de respect pour sa propre personne.

Il y avait là quelques officiers profitant d'un court congé pour accourir en Europe se divertir avec quelques gens d'esprit, quand même ils seraient un peu dangereux, sans pourtant perdre un seul instant le souvenir de leur colonel & de leur avancement, & deux étudiants de Heidelberg; l'un regardait tout avec dédain, l'autre riait convulsivement, tous deux ne semblaient pas à l'aise; à leur suite s'était glissé un Français, *p'tit jeune homme,* assez misérable; il se vantait parmi ses camarades, commis-voyageurs, d'avoir attiré l'attention de comtesses russes; quant à lui, ce qu'il recherchait ie plus était un souper gratis. Enfin apparut un nommé Titus Bindassof, en apparence bruyant convive, en réalité mauvais coucheur, terroriste en paroles, mouchard par nature, ami des marchandes russes & des lorettes parisiennes, chauve, édenté, ivrogne; il entra rouge & débraillé, assurant qu'il avait laissé son dernier sou chez cette « canaille de Benazet, » tandis qu'il en avait rapporté seize florins. En un mot, il y avait foule. Il était vraiment curieux de voir avec quel respect on entourait Goubaref : on lui soumettait des doutes, on le priait de les résoudre, & lui, il y ré-

pondait par une espèce de mugissement,
par un tournoiement d'œil, par quelques
mots sans suite ni sens, qu'on attrapait au
vol comme l'expression de la plus haute
sagesse. Il se mêlait rarement à la discussion ; en revanche, les visiteurs ne la lais-
saient pas tomber. Il arriva plus d'une fois
que trois ou quatre d'entre eux criaient
ensemble pendant dix minutes, & tous
étaient ravis, tous avaient compris. La
conversation se prolongea jusqu'à près de
minuit & se distingua naturellement par
l'abondance & la variété de ses sujets.
Mme Soukhantchikof parla de Garibaldi,
d'un certain Charles Ivanovitch fouetté
par ses gens, de Napoléon III, du travail
des femmes, du marchand Pleskachef qui,
au su de tout le monde, fit mourir de faim
douze ouvrières & fut décoré, à cet effet,
d'une médaille portant : « Pour avoir été
utile, » du prolétariat, du prince géorgien
Tchinktchéoulidzef, qui tira un coup de
canon sur sa femme, & de l'avenir de la
Russie ; Pichtchalkin parla aussi de l'avenir de la Russie, des fermes de l'eau-de-
vie, de la signification des nationalités &
de son horreur pour la platitude ; tout à

3

coup Vorochilof n'y put plus tenir, &
d'une haleine, au risque de s'étrangler, il
nomma Dreper, Firchow, M. Chelgounof,
Bichat, Helmholtz, Star, Stur, Reiminth,
Jean Muller le physiologue, Jean Muller
l'historien, qu'il confondait évidemment,
Taine, Renan, M. Chtchapof, & à leur
leur suite Thomas Nash, Peel Greën...
« Qu'est-ce que c'est que ces oiseaux-là? »
murmura Bambaéf ébahi. — « Ce sont les
prédécesseurs de Shakspeare ; ils tiennent
à lui comme les Alpes au mont Blanc, »
répondit Vorochilof d'une voix retentis-
sante, & il passa également à l'avenir de
la Russie. Bambaéf aussi crut de son devoir d'y toucher, & dépeignit cet avenir
avec les couleurs de l'arc-en-ciel ; la musique russe excitait particulièrement son
enthousiasme ; il voyait en elle quelque
chose de « grandiose, » &, pour le prouver, il attaqua une romance de Varlamof,
mais il fut immédiatement interrompu par
la remarque générale que c'était le *Mise-
rere* du *Trovatore,* qu'il chantait abomina-
blement. A la faveur du bruit, un petit officier déblatéra contre la littérature russe,
un autre déclama quelques vers de l'*Étin-*

celle [1]. Titus Bindasof fut encore plus franc : il déclara qu'il fallait casser les dents à tous les fripons, & basta! sans déterminer d'ailleurs quels étaient ces fripons. La fumée des cigares devint intense; tous étaient accablés, égosillés, avaient les yeux appesantis & le visage inondé de sueur. On apporta des bouteilles de bière frappée qui furent vidées en un clin d'œil. « Où en étais-je ? » disait l'un. « Avec qui donc est-ce que je discute? » demandait l'autre. « Et sur quel sujet? » Au milieu de ce vacarme, Goubaref circulait toujours en se caressant la barbe : tantôt il prêtait un moment l'oreille à ce qui se disait, tantôt il lançait un mot en passant ; tous sentaient qu'il n'était pas seulement là le maître de céans, mais encore le premier personnage.

A dix heures, Litvinof fut pris d'un violent mal de tête & s'échappa sans être aperçu, à la faveur d'une nouvelle explosion de cris d'indignation : Mme Soukhantchikof venait de se rappeler une nouvelle injustice du prince Barnaoulof : il avait

---

1. Journal satirique de Saint-Pétersbourg.

été sur le point de faire couper l'oreille à quelqu'un.

Le vent du soir frappa agréablement le visage enflammé de Litvinof & rafraîchit ses lèvres desséchées. « Qu'est-ce que c'est? » pensa-t-il en traversant une sombre allée ; « à quoi ai-je assisté? Pourquoi criaient-ils & s'injuriaient-ils ainsi ? A quoi tout cela peut-il aboutir? » Litvinof haussa les épaules, se dirigea vers le café Weber, prit une gazette & demanda une glace. La gazette n'était consacrée qu'à la question italienne, & la glace se trouva détestable. Il s'apprêtait à rentrer chez lui, lorsqu'un inconnu, coiffé d'un chapeau à larges bords, s'approcha, lui demanda en russe s'il ne le dérangeait point, & s'assit à sa table. En l'examinant avec attention, Litvinof reconnut en lui le monsieur oublié dans un coin chez Goubaref, qui lui avait jeté un regard si pénétrant quand la conversation tomba sur les convictions politiques. Durant toute la soirée, ce monsieur n'avait pas ouvert la bouche ; maintenant, ayant ôté son chapeau & s'étant assis à côté de Litvinof, il le regardait d'un air de bienveillance & de timidité.

V

« M. Goubaref, chez lequel j'ai eu aujourd'hui le plaisir de vous voir, commença-t-il, ne m'a pas nommé ; si vous le permettez, je vais le faire moi-même. Je m'appelle Potoughine, conseiller de cour en retraite ; j'ai servi à Pétersbourg, au ministère des finances. J'espère que vous ne trouverez pas étrange... je n'ai généralement pas l'habitude d'aborder ainsi les gens... mais avec vous... »

Ici Potoughine resta court & pria le garçon d'apporter un petit verre de kirschwasser. « Pour prendre courage, » ajouta-t-il en souriant.

Litvinof examina avec un redoublement d'attention ce dernier personnage, & se dit aussitôt : « Celui-ci n'est pas comme les autres. »

En effet, il en était fort différent. C'était un homme à larges épaules, ayant un grand buste sur de courtes jambes,

une tête tout ébouriffée, des yeux très-
intelligents & très-mélancoliques, ombra-
gés par d'épais sourcils, une bouche
régulière, de mauvaises dents & un de
ces nez foncièrement russes, que l'on
appelle communément pommes de terre ;
il paraissait maladroit, sauvage, mais évidemment ce n'était pas un homme ordinaire. Il était mis sans recherche ; une
large redingote l'enveloppait comme un
sac, & sa cravate était de travers. Loin
de prendre en mauvaise part sa subite
confiance, Litvinof en fut secrètement
flatté. On voyait bien que cet homme
n'avait pas coutume de se lier ainsi avec
des inconnus. L'impression qu'il fit sur
Litvinof était singulière : il lui inspira à
la fois de l'estime, de la sympathie & une
certaine compassion involontaire.

— Je ne vous dérange donc pas ? répéta-t-il d'une voix douce, un peu enrouée
& faible, qui allait on ne peut mieux à
toute sa figure.

— Comment donc ! repartit Litvinof,
je suis, au contraire, charmé...

— Vraiment ? Eh bien, moi aussi. J'ai
beaucoup entendu parler de vous ; je con-

nais vos occupations & vos intentions. Je
les approuve. Il n'est pas étonnant que
vous soyez demeuré aujourd'hui silencieux.

— Il me semble que vous n'avez pas
non plus beaucoup parlé, répondit Litvinof.

Potoughine soupira.

— D'autres n'ont que trop parlé. J'é-
coutais. — Eh bien, ajouta-t-il après un
moment de silence & en relevant ses
sourcils d'une façon comique, comment
avez-vous trouvé notre confusion des
langues de la tour de Babel?

— Confusion des langues! est admirablement trouvé. J'avais continuellement
envie de demander à ces messieurs pourquoi ils se donnaient tant de peine.

Potoughine soupira de nouveau.

— Le plus drôle c'est qu'ils ne s'en
doutent pas eux-mêmes. Naguère on les
aurait appelés des instruments aveugles
d'une force supérieure ; mais par le temps
qui court, nous nous servons d'épithètes
plus énergiques. Et remarquez que je ne
suis nullement porté à les accuser ; je
dirai plus, ils sont tous... au moins pres-

que tous... des gens excellents. Je sais,
par exemple, de source certaine, sur
Mme Soukhantchikof des choses qui lui
font honneur. Elle a donné son dernier
sou à deux pauvres nièces. Supposons
que le désir de se poser y entre pour
quelque chose, ce n'en est pas moins, il
faut l'avouer, une louable action pour une
femme qui n'est elle-même pas riche. Il
n'y a pas un mot à dire sur M. Pichtchalkin; avec le temps, les paysans de son
district lui offriront certainement une
coupe d'argent en forme de melon d'eau
& peut-être une image de son patron,
&, quoiqu'il leur réponde qu'il n'a pas
mérité un tel honneur, il l'aura parfaitement gagné. Votre ami, M. Bambaéf, a
un cœur d'or; il est vrai que, pareil au
poëte Iazikof qui, dit-on, célébrait le vin
& l'oisiveté sans quitter les livres & ne
buvait que de l'eau, son enthousiasme n'a
pas de but déterminé, mais il ne s'enthousiasme pas moins. M. Vorochilof est également un brave homme; comme tous les
hommes de son école, hommes du « tableau
d'honneur, » il traite la science & la civilisation comme si on l'avait nommé son

aide de camp; il est phraseur jusque dans son silence, mais il est encore si jeune! Tous ces hommes sont parfaits, mais, en fin de compte, il n'en sort rien; les provisions sont de première qualité, & on ne peut pas avaler une bouchée du plat.

Litvinof écoutait Potoughine avec un redoublement d'attention. Sa manière de parler sans précipitation & avec assurance révélait en lui un homme qui possédait l'art comme le goût de la parole. Il aimait, en effet, il savait parler; mais, comme un homme chez qui l'expérience a détruit la vanité, il attendait pour cela, avec une quiétude philosophique, une occasion qui lui convînt.

— Oui, oui, reprit-il d'un ton qui lui était particulier, triste sans être amer, tout cela est fort étrange. Et voilà encore ce que je vous prierai de remarquer. Que dix Anglais, par exemple, se réunissent, ils entameront tout de suite la conversation sur le télégraphe sous-marin, sur l'impôt, sur le coton, sur la possibilité de tanner les peaux de souris, c'est-à-dire sur quelque chose de positif, de déterminé; mettez ensemble dix Allemands,

aussitôt entreront naturellement en scène
le Schleswig-Holstein & l'unité de l'Allemagne; avec dix Français, quelques efforts
qu'ils fassent eux-mêmes pour l'éviter, il
vous faudra immanquablement entendre
disserter sur « le beau sexe; » que dix
Russes s'assemblent, immédiatement jaillit
la question, vous avez pu aujourd'hui vous
en convaincre, de la valeur & de l'avenir
de la Russie, dont ils vont chercher l'origine jusque dans les œufs de Léda. Ils
pressent, ils sucent, ils mâchent cette
malheureuse question comme font les
enfants de la gomme élastique... & avec
le même résultat. Ils ne savent y toucher,
bien entendu, sans tomber aussitôt sur la
pourriture de l'Occident. Il nous bat sur
tous les points, cet Occident, & il est
pourri! Et encore, si réellement nous le
méprisions ; mais tout cela n'est que
phrases & mensonges. Nous crions contre
lui, & nous ne pouvons nous passer de
son approbation... que dis-je ! de l'approbation des gandins de Paris. Je connais
un excellent homme, père de famille, d'un
certain âge, qui fut réellement au désespoir, parce que, se trouvant un jour dans

un restaurant de Paris, il demanda une *portion de bifteck aux pommes de terre,* tandis qu'un vrai Français dit à côté de lui : Garçon ! bifteck pommes ! Mon ami faillit en mourir de honte, puis il criait partout : *Bifteck pommes !* & enseignait aux autres cette manière de s'exprimer.

— Dites-moi, s'il vous plaît, demanda Litvinof, à quoi attribuez-vous l'incontestable influence de Goubaref sur tous ceux qui l'entourent ? Est-ce à ses talents ou à ses qualités ?

— Non, il n'en a pas ; pas plus des uns que des autres.

— C'est donc à son caractère ?

— Il n'en a pas davantage ; mais il a beaucoup de volonté & ce n'est pas chez nous autres Slaves ce qui abonde le plus. M. Goubaref s'est mis dans la tête d'être chef de parti & il l'est devenu. Que voulez-vous ? Le gouvernement nous a délivrés de la glèbe, grâces lui en soient rendues, mais l'habitude de la servitude s'est ancrée trop profondément en nous pour que nous puissions rapidement nous en débarrasser. En tout & partout, il nous faut un maître. La plupart du temps, ce maître est un être vivant : parfois c'est une certaine tendance, comme, par exemple, en ce moment, la manie des sciences naturelles. Pourquoi ? quels motifs nous poussent à nous assujettir ainsi volontairement? C'est un mystère ; tel est, paraît-il, notre nature. L'important est que nous ayons un maître, & il ne fait jamais défaut. Nous sommes de vrais serfs. Notre fierté comme notre bassesse sont serviles. Vient un nouveau maître, à bas l'ancien. Hier c'était Jacques, aujourd'hui c'est Thomas. Vite, une giffle à Jacques, à plat ventre devant Thomas. Souvenez-vous de tout ce qui s'est passé en ce genre! Nous nous glorifions de savoir nier, mais au lieu de nier comme un homme libre, combattant avec l'épée, c'est comme un laquais, ne sachant donner que des coups de poing, & encore n'en donnant qu'autant que le maître le permet. Et de plus, nous sommes un peuple mou; il n'est pas difficile de nous mener. Voilà comment M. Goubaref est parvenu au haut de l'échelle. Il a toujours frappé au même endroit & il a fini par percer. On voit un homme ayant une haute opinion de lui-même, qui a foi en soi, qui ordonne, qui ordonne, c'est l'essentiel ; on s'est dit : Il doit avoir raison & il faut l'écouter. Toutes nos sectes se sont ainsi fondées. Le premier qui prend un bâton en main a raison.

Les joues de Potoughine avaient rougi peu à peu & ses yeux s'étaient voilés ; cependant, quelque dures que fussent ses paroles, on n'y sentait aucun ressentiment, mais plutôt une vraie & sincère tristesse.

— Comment avez-vous fait la connaissance de Goubaref ? demanda Litvinof.

— Je le connais depuis longtemps. Et voyez encore une de nos bizarreries. Voilà un écrivain qui a passé sa vie à tonner en vers & en prose contre l'ivrognerie & à flétrir la ferme de l'eau-de-vie ; un beau jour, il achète deux distilleries & entretient une centaine de cabarets. Un autre serait balayé de la surface de la terre ; celui-ci ne reçoit même pas un reproche. Il en est ainsi de M. Goubaref : il est slavophile, démocrate, socialiste, tout ce que l'on veut, & son bien était régi, est encore régi par son frère, un seigneur de l'ancienne roche, de ceux qu'on surnommait dentistes. Et cette même Mme Soukhantchikof, qui se réjouit de ce que Mme Beecher-Stowe a souffleté Tentéléef, rampe presque devant Goubaref, dont tout le mérite consiste à faire croire qu'il lit des ouvrages savants & recherche en tout la profondeur. Vous avez pu juger aujourd'hui s'il a du talent pour la parole. C'est encore heureux qu'il ne sache que marmotter, car, quand il est en belle humeur, il se met à raconter de vilaines petites anecdotes cyniques ; au point que, quelque patient que je sois, je n'y peux tenir ; & avec quel misérable ricanement il raconte tout cela, notre grand Goubaref !

— Comme si vous étiez patient ! dit Litvinof. Je supposais le contraire... mais permettez-moi de vous demander votre nom de baptême.

Potoughine huma un peu de kirschwasser.

— Je m'appelle Sozonthe Ivanovitch. On m'a donné ce charmant nom en mémoire d'un archimandrite de mes parents, auquel je ne dois pas autre chose. Je suis, si je puis m'exprimer ainsi, de race sacerdotale. Quant à ma patience, vous avez tort d'en douter ; j'ai servi vingt-deux ans sous mon oncle le conseiller d'État actuel

Irinarche Potoughine. Vous l'avez connu ?

— Non.

— Je vous en félicite. Non, je suis patient. Mais reprenons notre premier point, comme dit mon respectable confrère l'archiprêtre Avvakoum, celui-là même qu'on a brûlé sous le czar Théodore. Je n'en reviens pas, monsieur, de nos compatriotes. Tous se lamentent, tous errent avec un visage allongé, & en même temps tous sont pleins d'espérance. Voyez les slavophiles auxquels M. Goubaref se dit affilié : ce sont d'excellentes gens, & pourtant c'est toujours le même mélange de désespoir & d'outrecuidance, & ils ne vivent que dans le mot « avenir. » Tout viendra, mais en réalité rien ne vient, &, durant dix grands siècles, la Russie n'a rien inventé, ni dans le domaine de la politique, ni dans celui des arts, ni dans celui de la science, ni même dans celui de l'industrie. Mais attendez, prenez patience, tout viendra. Et pourquoi est-ce que tout viendra, permettez-moi de m'en informer? Parce que nous, hommes civilisés, nous ne sommes que des guenilles, mais le peuple... oh! le peuple est grand. Voyez cet armiak [1], c'est de là que tout viendra. Toutes les autres idoles sont détruites : donnons notre foi à l'armiak. Mais si cet armiak ne répondait pas à nos espérances? Il y répondra, soyez-en assuré; lisez madame Kokhanofska [2] & levez les yeux au ciel! En vérité, si j'étais peintre, voici le tableau que je peindrais : un homme civilisé se tient devant un paysan &, le saluant très-bas, lui dit : « Guéris-moi, mon petit père, je meurs de maladie; » le paysan, à son tour, salue humblement l'homme civilisé, & lui dit : « Éclairez-moi, monseigneur, je péris faute de lumière. » Et tous deux, bien entendu, ne bougent pas d'une semelle. Or ce qu'il faudrait, c'est s'humilier, se résigner réellement, & non pas seulement en paroles; il faudrait franchement s'approprier ce que nos frères aînés ont inventé, mieux que nous & avant nous. *Kellner, noch ein Glässchen Kirsch!* — Ne croyez pas que je sois un ivrogne, mais l'alcool me délie la langue.

1. Principal vêtement des paysans.
2. Romancier de talent, qui s'est donné pour tâche de glorifier le bon vieux temps & la *sainte* Russie.

— Après ce que vous venez de dire, dit en souriant Litvinof, je n'ai plus besoin de vous demander à quel parti vous appartenez, & quelle est votre opinion sur l'Europe.

Potoughine releva la tête.

— Je l'admire, je lui suis extrêmement dévoué, & ne crois nullement nécessaire de le cacher. Depuis longtemps... non, depuis peu de temps j'ai cessé de craindre d'exprimer mes convictions; du reste, vous aussi vous n'avez pas hésité d'exprimer à M. Goubaref votre manière de voir. J'ai cessé, grâce à Dieu, de m'assimiler les opinions de celui avec lequel je m'entretiens. En réalité, je ne connais rien de pis que cette inutile poltronnerie, cette lâche complaisance qui fait qu'un homme d'État fait chez nous le chien couchant avec le premier petit étudiant venu, qu'il méprise au fond de son âme. Il use de ces subterfuges par désir de popularité, mais pour nous, simples mortels, nous n'avons pas besoin de recourir à de tels détours. Oui, je suis occidental, je suis dévoué à l'Europe, ou, pour parler plus exactement, je suis dévoué à la civilisation, à cette civili-

sation qu'on dénigre tant actuellement
chez nous ; je l'aime de tout mon cœur,
j'y crois, & je n'aurai jamais un autre
amour, une autre foi. Ce mot de ci...vi...
li...sa...tion est compréhensible, immaculé
& sacré, tandis que tous les autres : nationalités, gloire — ne sentent que le sang.

— Et la Russie, Sozonthe Ivanovitch,
votre patrie, l'aimez-vous ?

— Je l'aime passionnément... & la dé-
teste.

Litvinof haussa les épaules.

— Vieillerie, Sozonthe Ivanovitch, banalité !

— Eh bien , le grand malheur ! il n'y a
pas là de quoi vous effrayer. Une banalité !
je connais une quantité de banalités excellentes. « Ordre & liberté, » voilà une
immortelle banalité. Lui préféreriez-vous
par hasard, comme chez nous : « Hiérar-
chie & désordre ? » Et puis, est-ce que
toutes ces phrases qui enivrent tant de
jeunes cervelles : la méprisable bourgeoi-
sie, la souveraineté du peuple, le droit au
travail, ne sont pas également des banalités? Quant à ce qui est de l'amour insé-
parable de la haine...

— Byronisme, s'écria Litvinof, roman-
tisme de 1830 !

— Vous vous trompez : le premier qui
a signalé ce mélange de contingents est
Catulle, le poëte romain Catulle, qui flo-
rissait il y a 2000 ans [1]. Je le lui ai em-
prunté, car je sais un peu de latin, par
suite, si je puis m'exprimer ainsi, de mon
origine cléricale. Oui, j'adore & j'abhorre
ma Russie, mon étrange, grande, abominable & chère patrie. Je viens de l'abandonner, il fallait se rafraîchir un peu.
après être resté douze ans assis à un bureau ; j'ai abandonné la Russie & me
trouve ici fort agréablement ; mais je re-
prendrai bientôt le chemin du retour, je
le sens... La terre des potagers est bonne...
mais les mûres sauvages ne sauraient y
croître & prospérer !

— Vous êtes ici agréablement, & moi
aussi, dit Litvinof. J'y suis venu pour étudier, mais cela ne peut m'empêcher d'y
observer de tristes choses... En disant
cela, il montrait deux lorettes autour des-

1. Odi & amo. Quare id faciam, fortasse requiris.
Nescio : Sed fieri sentio & excrucior.
Catull., LXXXVI.

quelles tournaient & grasseyaient quelques
membres du Jockey-Club, & la salle de
jeu, encore pleine de monde, malgré
l'heure avancée.

— Qu'est-ce qui peut vous faire supposer, répliqua vivement Potoughine, que
je sois aveugle? Seulement excusez-moi;
votre observation me rappelle les triom-
phantes tirades de nos malheureux jour-
nalistes, pendant la campagne de Crimée,
sur les défauts d'administration dans l'ar-
mée anglaise que dénonçait le *Times*. Je
ne suis pas optimiste; toute notre vie,
toute cette comédie avec sa fin tragique,
ne m'apparaît pas couleur de rose; mais
pourquoi rendre uniquement l'Occident
responsable de ce qui tient peut-être à une
originelle faiblesse? Cette maison de jeu
est dégoûtante, il est vrai, mais nos grecs,
nos filous indigènes sont-ils plus jolis?
Non, cher Grégoire Mikhailovitch, soyons
plus humbles & moins sévères : un bon
élève peut s'apercevoir des fautes de son
maître, mais il garde sur elles un silence
respectueux, parce que ces fautes mêmes
lui sont utiles & renferment un enseigne-
ment salutaire. Si vous tenez absolument

à persifler la pourriture de l'Occident, prenez le prince Coco qui passe là-bas si vite : il vient probablement d'engloutir en un quart d'heure sur le tapis vert la pénible redevance de cent cinquante familles ; ses nerfs sont maintenant agacés, & puis je l'ai vu ce matin feuilleter chez Marx une brochure de Veuillot... Voilà un charmant causeur !

— Permettez, dit précipitamment Litvinof, en voyant Potoughine se lever. Je connais très-peu le prince Coco, & préfère certainement votre conversation...

— Je vous suis très-reconnaissant, reprit Potoughine en s'inclinant ; mais voilà déjà longtemps que je cause avec vous, ou plutôt que je parle tout seul, & vous avez peut-être vous-même remarqué qu'on finit par avoir un peu honte de son éloquence, quand on ne reçoit pas de réplique. Puis, cela suffit ainsi pour la première fois. Au bon revoir. Je vous le répète, je suis charmé d'avoir fait votre connaissance.

— Mais, attendez, Sozonthe Ivanovitch ; dites-moi où vous demeurez & combien de temps vous comptez rester ici.

Cette question sembla l'embarrasser.

—Je resterai bien encore une semaine
à Baden; nous nous retrouverons ici chez
Weber ou chez Marx... Je pourrai aussi
passer chez vous.

— Quoi qu'il en soit, je voudrais savoir
votre adresse.

— Oui; mais voilà ce qu'il y a... je ne
suis pas seul.

— Vous êtes marié?

— Quelle idée! Comment peut-on parler ainsi, sans réfléchir? Non... Mais j'ai
avec moi une jeune personne.

— Ah! fit Litvinof sur un ton d'excuse.

— Elle n'a que six ans, ajouta Potoughine. C'est une orpheline... la fille d'une
dame... d'une de mes bonnes connaissances. Il vaut mieux que nous nous rejoi-
gnions ici. Adieu.

Il enfonça son chapeau sur sa tête
ébouriffée & s'éloigna rapidement dans
la direction de l'allée de Lichtenthal.

« Singulier personnage! pensait Litvinof
en regagnant son hôtel; il faudra le retrouver. » Il entra dans sa chambre; une
lettre était sur sa table. « C'est de Tania, »
se dit-il avec joie; mais la lettre venait

de la campagne, de son père. Litvinof
brisa un épais cachet armorié & se disposait à lire... lorsqu'il fut frappé par une
odeur pénétrante, très-agréable, qui ne
lui était pas inconnue; il se retourna &
aperçut sur la fenêtre, dans un verre,
un bouquet d'héliotropes. Litvinof le considéra non sans surprise, le toucha, le
sentit. Cela lui rappelait vaguement quelque chose, quelque chose de très-éloi-
gné, mais qu'était-ce? il ne pouvait le
déterminer. Il sonna le domestique & lui
demanda d'où venaient ces fleurs. Le domestique lui répondit qu'elles avaient été
apportées par une dame qui avait refusé
de se nommer, & avait seulement dit que
Herr Zluitenhof devinerait certainement
par ces fleurs qui elle était. Litvinof sembla de nouveau se souvenir de quelque
chose... Il questionna le domestique sur la
tournure de cette dame. Elle était grande,
élégamment vêtue & portait un voile.

— Ce doit être une comtesse russe,
ajouta le garçon.

— Pourquoi le supposez-vous?

— Elle m'a donné deux florins.

Litvinof le renvoya & resta ensuite longtemps devant la fenêtre, à réfléchir; il finit enfin par faire un geste d'impatience & reprit la lettre de la campagne. Son père y répandait ses plaintes habituelles; il l'assurait que le blé ne se vendait à aucun prix; que les paysans n'obéissaient plus, & qu'apparemment on approchait de la fin du monde. « Imagine-toi, disait-il, entre autres choses, qu'on a ensorcelé mon dernier cocher. Il serait certainement mort si de braves gens ne m'avaient conseillé de l'envoyer à Rézan, chez un prêtre connu pour ses remèdes contre le mauvais sort. La cure a réussi, en effet, on ne peut mieux; en foi de quoi j'inclus ici la lettre même du prêtre comme un document. » Litvinof la parcourut avec curiosité. Elle était ainsi conçue : Nicanor Dmitrief a été frappé d'une maladie que la médecine était impuissante à guérir; de mauvaises gens la lui avaient subrepticement inoculée, & Nicanor en a lui-même avoué la cause : il n'a pas accompli une promesse qu'il avait faite à une jeune fille; celle-ci a prié certains individus de le rendre incapable, &, si je n'étais pas venu à son aide en cette occurrence, il aurait

immanquablement péri comme un ver ;
mais, confiant dans l'œil de Celui qui voit
tout, je me suis porté garant de sa vie.
Comment cela s'est-il fait ? c'est un mystère. Je prie Votre Noblesse de tâcher que
cette jeune fille ne s'occupe plus désormais de pareilles choses : il conviendrait
de la menacer, car elle pourrait encore
faire des scélératesses audit Nicanor. »
Litvinof se mit à rêver sur ce document,
qui lui rappelait la solitude morne des
steppes, l'existence sourde & sombre qu'on
y mène, il lui sembla admirable de lire
justement cette lettre à Baden. Cependant
minuit était sonné depuis longtemps ; Litvinof se mit au lit & éteignit sa lumière ;
mais il ne put s'endormir : les visages qu'il
avait vus, les discussions qu'il avait en-
tendues tournoyaient dans sa tête brûlante
& obsédée. Tantôt résonnaient à son
oreille les mugissements de Goubaref, & il
croyait voir ses yeux de taureau avec son
regard fixe & en dessous ; tout à coup ces
mêmes yeux s'animaient, petillaient, & il
reconnaissait la Soukhantchikof, entendait
sa voix chevrotante & murmurait involontairement après elle : « Elle a donné, elle

4

a donné un soufflet! » puis, c'était la figure
originale de Potoughine qui se présentait
devant lui, & il se rappelait pour la dixième
& la vingtième fois chacune de ses paroles ;
comme une poupée sortant d'une tabatière,
Vorochilof sautait subitement, serré dans
son paletot comme dans un uniforme ;
plus loin, Pichtchalkin secouait gravement
sa tête bien intentionnée & bien peignée ;
là-bas, Bindasof vociférait, jurait ; & ici,
Bambaéf était hors de lui & tout en larmes... Par-dessus tout, cette odeur con-
tinuelle, impossible à chasser, douce,
accablante, ne lui laissant aucun repos,
semblait doubler par l'obscurité & lui rappeler de plus en plus quelque chose qu'il
ne parvenait pas à retrouver... Il se souvint
que l'odeur des fleurs est malsaine dans
une chambre à coucher ; il se leva, saisit
à tâtons le bouquet & le plaça dans la
chambre voisine ; mais de là encore la fati-
gante odeur atteignait son oreiller en se
glissant sous les draps dont il avait enveloppé sa tête, & il ne faisait que changer
de côté avec angoisse. Il commençait à être
en proie à la fièvre ; déjà le prêtre, « connu
par ses remèdes contre le mauvais sort, »

lui avait deux fois barré le passage sous la
forme d'un lièvre avec une longue barbe
& une petite queue, &, perché sur un colossal panache de général, comme sur un
arbre, Vorochilof, transformé en rossignol,
commençait à filer des sons... lorsque, se
dressant sur son lit & se frappant les
mains, il s'écria : « Serait-ce *elle?* Cela
n'est pas possible! »

Mais pour expliquer çette exclamation
de Litvinof, nous sommes obligés de prier
le lecteur de vouloir bien retourner avec
nous quelques années en arrière.

VI

En 1850 vivait à Moscou, dans une situation touchant à la misère, la nombreuse
famille des princes Osinine. Ce n'étaient
pas des Tatars ou des Géorgiens, mais de
vrais princes russes, descendant de Rurik
en ligne mâle directe & légitime. Leur
nom se rencontre fréquemment dans nos
annales, au temps des premiers grands

princes de Moscou; ils possédaient de
vastes domaines, avaient plus d'une fois
reçu des terres en récompense de leur
vaillance, ils siégeaient au conseil des
boyards; mais, méchamment accusés de
sorcellerie, ils tombèrent en disgrâce : on
les ruina sans merci, on leur enleva toutes
leurs dignités, on les exila au loin, &, une
fois la maison des Osinine ébranlée, rien
ne put lui faire retrouver son antique
éclat; avec le temps, le séquestre sur ses
biens-fonds fut levé, on lui restitua ses
biens mobiliers à Moscou, mais appauvrie,
« desséchée, » elle ne se releva ni sous
Pierre Ier ni sous Catherine II, &, déclinant
sans cesse, elle comptait déjà parmi ses
membres des régisseurs, des surveillants
de débit d'eau-de-vie & des commissaires
de police. La branche dont nous avons à
nous occuper se composait du mari, de la
femme & de cinq enfants. Elle végétait
non loin de la *place des Chiens,* dans une
maisonnette en bois à un étage, avec un
perron sur la rue peint de deux couleurs,
avec des lions verts au-dessus de la porte
& d'autres fantaisies de gentilhomme; mais
c'est à grand'peine qu'elle liait les deux

bouts de l'année, prenant à crédit chez
l'épicier, se passant souvent l'hiver de bois
& de chandelle. Le prince était d'un caractère mou & borné; autrefois, dans sa
jeunesse, il avait passé pour un dandy, un
élégant; à présent il était complétement
affaissé; moins par considération pour son
nom que par égard pour sa femme, ex-
demoiselle d'honneur, on l'avait doté d'une
sinécure; il ne se mêlait d'ailleurs de rien
& tuait le temps, en robe de chambre, à
fumer en poussant des soupirs. La princesse était une femme malade, chagrine,
exclusivement occupée des détails du
ménage, du placement de ses enfants
dans des établissements de l'État & de la
conservation de ses relations pétersbour-
geoises; jamais elle n'avait pu se résigner
à sa position & à son éloignement de la
cour. Le père de Litvinof avait fait la connaissance des Osinine quand il habitait
Moscou; il fut à même de leur rendre
quelques services, il leur prêta une fois
trois cents roubles; le fils, étant étudiant,
les visitait souvent; il logeait précisément
fort près de leur maison; ce n'est pourtant
pas ce voisinage qui l'attirait, & c'est en-

4.

core moins le peu de confortable de leur vie qui avait pu le séduire : il commença à fréquenter les Osinine depuis qu'il éprouvait un sentiment très-vif pour leur fille aînée, Irène.

Elle venait d'avoir dix-sept ans & de sortir de l'Institut, d'où sa mère l'avait retirée à la suite d'un désagrément avec la directrice. Irène devait réciter au curateur, dans une séance publique, un compliment en vers français, lorsqu'on lui préféra, au dernier moment, une autre demoiselle, fille d'un riche fermier des eaux-de-vie. La princesse ne put pas digérer cet affront, Irène elle-même ne pardonna pas à la directrice sa partialité : elle avait songé longtemps comment, tous les yeux étant braqués sur elle, elle se lèverait, prononcerait son discours, & comment tout Moscou ensuite parlerait d'elle... En effet, Moscou se serait probablement occupé d'Irène. Elle était grande, bien faite, quoique son buste un peu creux fût surmonté d'étroites épaules; elle avait une carnation mate, rare à son âge, claire & unie comme la porcelaine, des cheveux blonds & épais dont quelques touffes étaient plus foncées

que d'autres. Admirablement réguliers, les
traits de son visage n'avaient pas encore
tout à fait perdu cette expression de can-
deur inhérente à la première jeunesse;
mais dans l'inclinaison nonchalante de son
beau cou, dans son sourire moitié languis-
sant, moitié distrait, on devinait une nature
nerveuse ; & dans ces lèvres minces, s'entr'ouvrant à peine, dans ce nez bien pro-
portionné, aquilin, mince, il y avait quelque chose de résolu, de passionné, quelque
chose de dangereux pour les autres & pour
elle-même. Fascinateurs étaient réellement
ses yeux gris foncé à reflets verdâtres, longs
& voilés comme ceux des divinités égyp-
tiennes, avec des cils rayonnants & des
sourcils altiers & fins. L'expression de ces
yeux était étrange : ils semblaient regarder
au loin, attentivement, mélancoliquement.
A l'Institut, Irène était considérée comme
une des meilleures élèves pour son intelligence, mais elle avait un caractère incon-
stant, volontaire, ce qu'on nomme une
mauvaise tête; une de ses maîtresses lui
avait prédit que ses passions la perdraient,
une autre lui reprochait en revanche sa
froideur glaciale & la traitait de « fille sans

cœur. » Les camarades d'Irène la trouvaient hautaine & cachée, ses frères &
sœurs la redoutaient, sa mère n'avait nulle
confiance en elle & son père ne se sentait
pas à l'aise lorsqu'elle fixait sur lui ses
yeux mystérieux; mais elle n'en inspirait
pas moins à son père & à sa mère un involontaire sentiment d'estime, fondé non
sur ses capacités, mais sur je ne sais quel
vague espoir qu'elle faisait naître en eux.

— Tu verras, Prascovie Danilovna, dit
un jour le vieux prince, lâchant un moment sa pipe, Irinka nous fera sortir de
l'ornière.

La princesse se fâcha & répondit à son
mari qu'il avait des « expressions insup-
portables ; » puis elle se mit à rêver & dit
entre ses dents : « Oui... ce ne serait pas
mal si nous pouvions sortir de notre ornière. »

Irène jouissait dans la maison paternelle
d'une liberté presque sans limites ; on ne
la gâtait pas, on l'évitait un peu, mais on
ne la gênait en rien : c'est tout ce qu'elle
désirait. Quand il se passait une scène par
trop humiliante, lorsqu'un marchand venait
crier qu'il était las de réclamer ce qu'on

lui devait & que les gens se joignaient à
lui pour abreuver leurs maîtres de honte,
— Irène ne fronçait pas même le sourcil,
ne bougeait pas de sa chaise, mais un méchant sourire glissait sur son visage devenu
sombre, & pour ses parents ce sourire était
plus amer que toute espèce de reproches:
ils se sentaient coupables, innocemment·
coupables vis-à-vis de cet être qui semblait
avoir droit dès sa naissance à la richesse,
au luxe & à tous les hommages.

Litvinof s'éprit d'Irène aussitôt qu'il la
vit (il n'avait que trois ans de plus qu'elle).
Mais pendant longtemps il ne put parvenir
ni à gagner sa sympathie, ni seulement à
attirer son attention. On eût dit même
qu'il l'avait offensée, qu'elle conservait
profondément le souvenir de cette offense
sans pouvoir la lui pardonner. Il était alors
trop jeune & trop timide pour comprendre
ce qui pouvait se cacher sous cette irritation, sous cette dédaigneuse rigueur. Souvent oubliant ses leçons & ses cahiers, il
s'asseyait dans le salon délabré des Osinine
& jetait à la dérobée un regard sur Irène;
son cœur se remplissait d'une lente & pe-
sante amertume, & elle, l'air fâché & en-

nuyé, se levait, traversait la chambre, le
regardait froidement comme une table ou
une chaise, haussait les épaules & croisait
les bras; ou bien, durant toute une soirée,
en s'adressant même à Litvinof, elle affec-
tait de ne pas le regarder, lui refusant
même l'aumône d'un coup d'œil; ou enfin
. elle prenait un livre & ne le quittait plus,
fronçait le sourcil, se mordait les lèvres;
& puis, tout à coup, elle demandait à haute
voix à son père ou à son frère comment se
dit en allemand : patience. Il essaya de se
désensorceler de ce cercle où il s'épuisait
en vain comme un oiseau pris dans un
piége : il quitta Moscou pendant une semaine. Mais il faillit en devenir fou de
désespoir & d'ennui & revint chez les
Osinine tout pâle & défait. Par une singulière coïncidence, Irène avait aussi visiblement maigri pendant son absence; son
visage avait un peu jauni, ses joues s'é-
taient creusées; elle ne l'en accueillit pas
moins avec un redoublement de froideur,
se faisant une joie maligne de la lui bien
marquer, comme s'il avait encore augmenté
la mystérieuse offense dont il s'était rendu
coupable envers elle. Elle le tourmentait

ainsi depuis deux mois, lorsque tout vint
à changer : l'amour éclata comme un incendie, se répandit comme une pluie d'o-
rage. Un jour — il se souvint longtemps de
ce jour — il était de nouveau assis à une
fenêtre dans le salon des Osinine, regardant sans but dans la rue; un cruel dépit
le rongeait, il se méprisait lui-même & ne
pouvait pourtant pas s'arracher de sa place.
Si une rivière eût coulé sous la fenêtre, il
se serait élancé dedans avec horreur, mais
sans regret. Irène se plaça non loin de lui
& se tint en silence sans remuer. Il y avait
déjà plusieurs jours qu'elle ne lui avait
soufflé mot & qu'elle n'avait du reste parlé
à personne : elle demeurait assise, les bras
croisés, paraissant indifférente à tout ce
qui se passait dans la maison, & promenant
lentement autour d'elle des regards éton-
nés. Ce supplice finit par n'être plus sup-
portable; Litvinof se leva &, sans prendre
congé, se mit à chercher son chapeau. —
« Restez, » dit tout à coup Irène à voix
basse. — Litvinof tressaillit, il ne reconnut
pas tout d'abord cette voix : quelque chose
d'extraordinaire se révélait dans ce seul
mot. Il leva la tête & demeura stupéfait :

Irène le regardait avec bienveillance.
« Restez, répéta-t-elle, ne vous en allez
pas. J'ai à vous parler. » Et baissant encore la voix : « Ne vous en allez pas, je
le veux. » Ne comprenant rien, sans se
rendre compte de ses mouvements, il s'approcha d'elle, lui tendit la main... elle lui
donna les deux siennes, puis sourit, se leva
brusquement, se détourna &, sans cesser
de sourire, sortit de la chambre. Au bout
de quelques minutes, elle revint avec sa
sœur cadette, lui jeta de nouveau un long
regard & le fit asseoir à côté d'elle. Elle
ne put d'abord rien dire, elle soupirait &
rougissait; prenant enfin courage, elle le
questionna sur ses occupations, ce qui ne
lui était jamais arrivé. Le soir, elle s'excusa
à plusieurs reprises de n'avoir pas su l'apprécier jusqu'à ce jour, l'assura qu'elle
était devenue toute autre, le surprit par des
saillies républicaines (il vénérait à cette
époque Robespierre & n'osait pas condamner tout à fait Marat), &, une semaine
après, il savait qu'il était aimé. Oui, il se
souvint longtemps de ce premier jour, mais
il n'oublia pas non plus ceux qui le suivi-
rent, dans lesquels, s'efforçant de douter

& craignant de croire, il voyait croître &
s'avancer irrésistiblement ce bonheur inattendu. Vous vîntes alors, instants du premier amour qui ne peuvent pas & ne doi-
vent pas être répétés dans une seule &
même vie. Irène était subitement devenue
douce comme un agneau, flexible comme
de la cire & d'une égalité parfaite d'humeur; elle se mit à donner à ses jeunes
sœurs des leçons non de piano — elle n'é-
tait pas musicienne — mais de français &
d'anglais; elle lisait avec elles, s'intéressait
au ménage; tout l'amusait & l'occupait;
tantôt elle bavardait comme une petite
pie, tantôt elle s'enfonçait dans une muette
méditation; elle faisait mille plans, se lançait dans des suppositions infinies sur ce
qu'elle ferait quand elle se marierait à
Litvinof (ils ne doutaient pas que cette
union ne se réalisât) : « Nous travaillerons
à deux, lui soufflait Litvinof. — Oui, nous
travaillerons, répétait Irène, nous lirons...
mais surtout nous voyagerons. » Elle sou-
haitait principalement de quitter au plus
vite Moscou, & lorsque Litvinof lui faisait
observer qu'il n'avait pas achevé son cours
à l'Université, elle répondait chaque fois,

5

après avoir réfléchi un moment, qu'il pouvait le terminer à Berlin... ou quelque part ailleurs. Irène ne se gênait pas dans l'expression de ses sentiments, de sorte que son inclination pour Litvinof ne demeura pas longtemps un mystère pour le prince & la princesse. Ils ne s'en réjouirent pas, mais, vu les circonstances, ils ne jugèrent pas nécessaire d'opposer immédiatement leur veto. Litvinof avait de la fortune. « Mais la famille, la famille! » remarquait la princesse. — Certainement la famille, répondait le prince, mais ce n'est pourtant pas un roturier, & d'ailleurs Irène ne nous écoutera pas. Est-il jamais arrivé qu'elle n'ait pas fait ce qu'elle a voulu? Vous connaissez sa violence! D'ailleurs, il n'y a rien encore de résolu. » Ainsi raisonnait le prince, mais mentalement il ajoutait: « Madame Litvinof tout court! je m'attendais à mieux que cela. » Irène s'était complétement emparée de l'esprit de son fiancé; celui-ci, il faut l'avouer, n'y avait mis aucune opposition : un torrent l'entraînait, il n'avait plus le sentiment de ce qu'il faisait, il ne regrettait & n'épargnait rien. Quels sont les devoirs du mariage? lui

serait-il possible d'être bon mari étant entièrement soumis à Irène? Quels éléments
de bonheur lui offrait-elle? Il lui était impossible de réfléchir là-dessus un moment;
son sang bouillonnait, il ne savait qu'une
chose : aller après elle, avec elle, en avant,
toujours, & puis advienne que pourra! Cependant, malgré la docilité de Litvinof &
la tendresse exaltée d'Irène, des malentendus & des froissements ne tardèrent pas à
se faire jour. Il accourut une fois chez elle
sortant directement de l'Université, en redingote râpée, les mains pleines d'encre.
Elle alla à sa rencontre avec son empressement habituel, & tout à coup s'arrêta.

— Vous n'avez pas de gants, dit-elle en
appuyant sur chaque mot, & aussitôt elle
ajouta : Fi! que vous êtes... étudiant!

— Vous êtes trop impressionnable, remarqua Litvinof.

— Vous êtes... un vrai étudiant, répéta-
t-elle, *vous n'êtes pas distingué.*

Et, lui tournant le dos, elle sortit de la
chambre. Il est vrai qu'une heure après
elle le conjurait de lui pardonner. En général, elle reconnaissait facilement ses
torts, seulement elle s'accusait de défauts

qu'elle n'avait pas, & contestait opiniâtrément ceux qu'elle avait en réalité. Une autre fois, il la trouva tout en larmes, la tête dans ses mains, ses tresses défaites &, lorsque hors de lui il l'interrogea sur le motif de son chagrin, elle lui montra du doigt sa poitrine. Litvinof tressaillit. Elle est poitrinaire, se dit-il, & lui saisissant la main :

— Tu es malade? lui demanda-t-il d'une voix tremblante (ils se tutoyaient déjà dans les circonstances graves). Je cours chercher le docteur...

Irène ne le laissa pas achever, & frappant du pied avec dépit :

— Je suis très-bien portante... mais cette robe... Est-ce que vous ne comprenez pas?

— Qu'est-ce? cette robe... je ne saisis pas...

— Ce qu'il y a? C'est que je n'en ai pas d'autre, qu'elle est vieille, laide, & que je suis obligée de mettre cette robe chaque jour... même quand tu... quand vous venez... tu finiras par ne plus m'aimer en me voyant si déguenillée!

— De grâce, Irène, que dis-tu? Cette robe est charmante; elle m'est d'autant plus précieuse que c'est celle que tu portais la première fois que je te vis.

Irène rougit.

— Ne me rappelez pas, je vous prie, Grégoire Mikhailovitch, que déjà alors je n'avais pas d'autre robe.

— Mais je vous assure, Irène Pavlovna, qu'elle vous sied à ravir.

— Non, elle est affreuse, horrible, répétait-elle en tirant nerveusement sa longue & soyeuse chevelure. Oh! quelle pauvreté! quelle obscurité! Comment se délivrer de cette pauvreté? comment sortir de cette obscurité?

Litvinof ne savait que dire; il s'éloigna quelque peu. Tout à coup Irène sauta de dessus sa chaise &, posant ses deux mains sur ses épaules, elle lui dit en approchant de lui son visage & des yeux qui, encore humides, étincelaient de bonheur :

— Mais tu m'aimes, tu m'aimes, n'est-ce pas? même avec cette abominable robe?

Litvinof se jeta à ses genoux.

— Ah! murmura-t-elle, aime-moi, mon ami, mon sauveur!

Les jours s'écoulaient ainsi, les semaines passaient &, quoiqu'il n'y eût aucune expli-

cation catégorique, quoique Litvinof ajour-
nât toujours sa demande, attendant un
ordre d'Irène, celle-ci lui ayant un jour
fait observer qu'ils étaient ridiculement
jeunes, qu'il convenait d'ajouter quelques
semaines à leurs années ; tout cependant
touchait à un dénoûment, & un prochain
avenir se dessinait de plus en plus, lorsque
advint un événement qui dissipa tous ces
plans comme le vent emporte la poussière
des grands chemins.

VII

La cour vint à Moscou cet hiver. Ce
n'était qu'une succession de fêtes, que
termina le grand bal habituel à l'assemblée
de la noblesse. La nouvelle en parvint, sous
forme d'affiche de la *Gazette de la police*,
jusqu'à la petite maison de la place des
Chiens. Le prince en fut ému le premier;
il décida immédiatement qu'il fallait y aller
& y conduire Irène, qu'il serait impardon-
nable de laisser échapper cette occasion

de voir ses souverains, & qu'il y avait là
une sorte de devoir à remplir pour la
vieille noblesse. Il insista là-dessus avec
une chaleur qui ne lui était pas ordinaire;
la princesse, acceptant jusqu'à un certain
point son avis, n'était préoccupée que de
la dépense, mais Irène s'opposa formelle-
ment à ce projet. « C'est inutile, je n'irai
pas, » répondait-elle à tous les arguments
de ses parents. Son entêtement prit de
telles proportions, que le vieux prince se
décida à prier Litvinof de tâcher de la
persuader, de lui faire comprendre entre
autres « raisons, » qu'il ne convenait pas
à une jeune fille de fuir le monde, qu'il
fallait « subir cette épreuve, » que déjà
personne ne la voyait nulle part. Litvinof
se chargea de lui exposer « ces raisons. »
Irène le considéra si fixement qu'il en fut
troublé, puis jouant avec les bouts de sa
ceinture, elle répondit tranquillement :

— C'est vous, vous, qui désirez cela?

— Oui, je suppose, balbutia Litvinof. Je
suis de l'avis de votre père... Et pourquoi
n'iriez-vous pas... voir le monde & vous
montrer? ajouta-t-il avec un naïf sourire.

— Me montrer, répéta-t-elle lentement.

C'est bien, j'irai; souvenez-vous seulement
que c'est vous qui l'avez désiré.

— C'est-à-dire, je... commençait Litvinof.

Elle lui coupa la parole : — C'est vous-
même qui l'avez désiré. Et voici encore
une condition : promettez-moi que vous
ne serez pas à ce bal.

— Mais pourquoi?

— Cela me plaît ainsi.

Litvinof fit avec peine un geste de consentement.

— Je me soumets... mais, je l'avoue, il
m'aurait été bien agréable de vous voir
dans toute votre splendeur, d'être témoin de l'impression que vous produirez
certainement... Comme j'aurais été fier
de vous ! ajouta-t-il en soupirant.

Irène sourit.

— Toute cette splendeur consistera en
une robe blanche, & quant à l'impression...
Enfin, je veux, en un mot, que cela soit
ainsi.

— Irène, est-ce que tu serais fâchée ?
Irène sourit de nouveau.

— Oh ! non, je ne me fâche pas, seulement tu.

Elle fixa sur lui ses yeux & il lui sembla qu'il ne leur avait jamais encore vu pareille expression.

— Peut-être est-ce nécessaire, ajouta-t-elle à demi-voix.

— Mais, Irène, tu m'aimes ?

— Je t'aime, lui répondit-elle avec solennité en lui pressant fortement la main.

Les jours suivants furent exclusivement remplis par les préparatifs de toilette & de coiffure ; la veille du bal, Irène se sentit mal à l'aise, elle ne pouvait rester à la même place, elle pleura deux fois à la dérobée : devant Litvinof, elle avait un sourire contraint, toujours le même ; du reste, elle fut gracieuse avec lui comme d'habitude, mais distraite & elle se regardait souvent dans la glace. Le jour du bal, elle fut silencieuse & pâle, mais calme. A neuf heures, Litvinof vint la voir. Quand elle entra au salon vêtue d'une robe de tarlatane blanche, une branche de petites fleurs bleues dans les cheveux, il poussa une exclamation, tant elle lui parut belle & majestueuse au-dessus de son âge.

— Elle a grandi depuis ce matin, pensa-

5.

t-il, & quel grand air! Voilà pourtant ce que c'est que d'avoir de la race! Irène se tenait devant lui les bras pendants, sans sourire ni minauder, ayant les yeux fixés, non sur lui, mais sur quelque chose au loin, droit devant elle.

— Vous ressemblez à une reine de fées, dit enfin Litvinof, ou plutôt à un général avant la bataille, avant la victoire... Vous ne m'avez pas permis d'aller à ce bal, — continua-t-il, tandis qu'elle demeurait toujours immobile & semblait attentive moins à ce qu'il lui disait qu'à je ne sais quelles paroles intérieures, — mais vous ne vous refuserez pas à accepter de moi ces fleurs.

Il lui offrit un bouquet d'héliotropes.

Elle jeta sur Litvinof un regard rapide, tendit la main, & saisissant le bout de la branche qui ornait sa tête, elle lui dit :

— Veux-tu? dis seulement un mot, j'arracherai tout cela & je resterai à la maison.

Litvinof sentit son cœur bondir. Irène arrachait déjà la guirlande...

— Non, non, pourquoi cela? dit-il précipitamment, — je ne suis pas égoïste, pourquoi te priver... lorsque je sais que ton cœur... ?

— Alors n'approchez pas, vous chiffonneriez ma robe, répondit-elle à la hâte.

Litvinof se troubla.

— Vous prendrez le bouquet ? demanda-t-il.

— Sûrement, il est ravissant & j'aime beaucoup cette odeur. Merci, je le conserverai en souvenir...

— De votre première sortie, de votre premier triomphe.

Irène se regarda dans la glace par-dessus l'épaule de Litvinof en s'élevant à peine sur la pointe de ses pieds.

— Est-ce que je suis vraiment si belle? N'êtes-vous pas trop galant ?

Litvinof se confondit en louanges exaltées, mais Irène ne l'écoutait déjà plus &, approchant le bouquet de son visage, elle se mit à regarder encore au loin avec ses yeux étranges qui s'étaient assombris & agrandis, tandis que les bouts de ses rubans, soulevés par un léger souffle d'air, s'agitaient comme des ailes attachées à ses épaules.

Parut le prince, en cravate blanche,

habit noir râpé, la médaille de la noblesse
attachée à la boutonnière avec un ruban
de Saint-Vladimir ; à sa suite entra la
princesse, en robe de soie chinée, taillée
à l'ancienne mode, qui, avec cet empressement morose sous lequel les mères s'ef-
forcent de cacher leur émotion, se mit à
ajuster la jupe de sa fille, c'est-à-dire à lui
faire des plis sans aucune nécessité. Les
roues d'une voiture de louage, traînée par
deux haridelles à longs poils, se mirent à
grincer sur la neige gelée près du perron ;
un tout petit laquais, affublé d'une livrée
fantastique , accourut de l'antichambre
& annonça d'un ton désespéré que la voiture était avancée. Après avoir béni les
enfants qui restaient à la maison, le prince
& la princesse, enveloppés de leurs pelisses
se dirigèrent vers le perron ; Irène les suivit en silence, à peine couverte d'un vilain
petit manteau pour lequel elle professait
une haine implacable. En les recondui-
sant, Litvinof espérait attraper un regard
d'Irène, mais elle s'assit dans la voiture
sans daigner tourner la tête.

Vers minuit, il passa sous les fenêtres
de l'Assemblée. Des rideaux rouges n'em-

pêchaient pas les innombrables bougies d'éclairer toute la place, encombrée d'é-quipages, & l'on entendait au loin les accords insolemment joyeux des valses de Strauss.

Le lendemain à une heure, Litvinof entra chez les Osinine. Il ne trouva à la maison que le prince, qui lui annonça tout de suite qu'Irène avait mal à la tête, qu'elle était couchée & ne se lèverait pas avant le soir, ajoutant que cette indisposition n'était pas d'ailleurs extraordinaire après un premier bal.

« C'est très-naturel, vous savez, dans les jeunes filles, continua-t-il en français, à l'étonnement de Litvinof, qui remarqua en ce moment que le prince n'était pas en robe de chambre, selon son habitude, mais en redingote. Et comment, poursui-vit Osinine, ne pas tomber malade, après les événements d'hier !

— Des événements ? balbutia Litvinof.

— Oui, des événements, de vrais événe-ments. Vous ne sauriez vous imaginer, Grégoire Mikhailovitch, quel succès elle a eu ! Toute la cour l'a remarquée. Le prince Alexandre Feodorovitch a dit que sa place

n'était pas ici, & qu'elle lui rappelait la
comtesse de Devonshire, vous savez, la
célèbre ? Le vieux comte Blasenkrampf a
déclaré hautement qu'Irène était la reine
du bal, & a exprimé le désir de lui être
présenté ; à moi aussi il a été présenté,
c'est-à-dire il m'a dit qu'il se souvenait de
m'avoir vu hussard, & m'a demandé où je
servais maintenant. Il est très-amusant ce
comte, & quel adorateur du beau sexe !
Que vous dirais-je ? on ne laissait pas
même de repos à la princesse : Nathalie
Nikitichna elle-même, s'est entretenue
avec elle ; que voulez-vous de plus ? Irène
a dansé avec tous les meilleurs cavaliers ;
on m'en a tant amené que j'en ai perdu le
compte. Imaginez-vous que tout le monde
nous entourait ; à la mazurke, ce n'est
qu'elle qu'on choisissait ; un diplomate
étranger, apprenant qu'elle était Moscovite, a dit à l'Empereur : « Sire, décidément c'est Moscou qui est le centre de
votre empire ! » Un autre diplomate ajouta:
« C'est une vraie révolution, Sire, » révélation ou révolution... quelque chose dans
ce genre. Oui, oui, je vous assure, c'était
quelque chose d'extraordinaire.

— Mais Irène Pavlovna, demanda Litvinof dont les pieds & les mains se glaçaient pendant ce discours du prince, s'est-elle amusée, paraissait-elle satisfaite?

— Certainement qu'elle s'est amusée ; il n'aurait plus manqué que cela qu'elle ne fût pas satisfaite ! Du reste, vous savez, on ne peut pas facilement la débrouiller. Tous me disaient hier : « Comme c'est surprenant ! jamais on ne dirait que mademoiselle votre fille en est à son premier bal. » Le comte Reuzenbach entre autres... vous le connaissez sûrement...

— Non, je ne le connais pas du tout & ne l'ai jamais vu.

— Il est cousin de ma femme...

— Je ne le connais pas.

— C'est un richard, un chambellan, il vit à Pétersbourg, c'est un homme à la mode, en Livonie il mène tout à sa guise. Jusqu'à présent, il ne se souciait guère de nous, mais je ne lui en veux pas. J'ai l'humeur facile, comme vous savez. Eh bien, ce comte Reuzenbach s'est assis auprès d'Irène, il n'a pas causé avec elle plus d'un quart d'heure, il a dit ensuite à la princesse : « Ma cousine, votre fille est une perle ; c'est une perfection, tous me félicitent d'avoir une telle nièce. » Après cela je l'observe : il s'approche d'un très... très-haut personnage, lui parle sans quitter des yeux Irène, & le personnage la regardait aussi...

— Ainsi Irène Pavlovna ne se montrera pas de la journée ? demanda de nouveau Litvinof.

— Non ; elle a un violent mal de tête. Elle m'a chargé de vous saluer & de vous remercier pour votre bouquet, qu'on a trouvé charmant. Elle a besoin de repos. La princesse est allée faire des visites, & moi aussi... — Le prince toussa, embarrassé d'achever son speech.

Litvinof prit son chapeau, dit qu'il ne voulait pas le déranger, qu'il repasserait plus tard prendre des nouvelles, & se retira.

A quelques pas de la maison des Osinine, il vit un élégant coupé s'arrêter devant la guérite du boudochnik [1]. Un laquais en éclatante livrée, négligemment penché sur le siége, lui demanda où de-

1. Gardien de police.

meurait le prince Paul Vasiliévitch Osinine.
Litvinof regarda dans la voiture : elle était
occupée par un homme d'environ cinquante ans, de complexion sanguine, à
visage ridé & arrogant, avec un nez grec
& des lèvres méchantes, enveloppé d'une
pelisse de castor, ayant toutes les appa-
rences d'un personnage occupant un poste
élevé.

VIII

Litvinof ne tint pas la promesse de re-
passer ; il lui sembla qu'il valait mieux
ajourner sa visite. En entrant, le lendemain vers midi, dans le salon qui lui était
si connu, il n'y trouva que les deux petites,
Victorine & Cléopâtre. Après les avoir
embrassées, il leur demanda si Irène Pavlovna allait mieux, & si on pouvait la voir.

— Irinochka est sortie avec maman,
répondit Victorine, qui, bien que zézayant,
était la plus hardie.

— Comment ! elle est sortie ? répéta
Litvinof, & il sentit quelque chose frémir

lentement au fond de sa poitrine. Est-ce...
est-ce que ce n'est pas l'heure où elle
s'occupe de vous, où elle vous donne des
leçons ?

— Irinochka ne nous donnera plus de
leçons, répondit Victorine.

— Elle ne nous en donnera plus, répéta
après elle Cléopâtre.

— Et votre père, est-il à la maison ?
demanda Litvinof.

— Papa n'est pas à la maison, & Irinochka est malade ; toute la nuit elle a
pleuré.

— Elle a pleuré ?

— Oui, elle a pleuré. Egorovna me l'a
dit, & ses yeux sont si rouges, si gonflés...

Litvinof fit deux tours dans la chanbre,
en grelottant comme s'il eût eu froid, &
rentra chez lui. Il éprouvait une sensation
semblable à celle qui saisit l'homme regardant en bas d'une haute tour. Il sentait
comme un vertige, un étonnement hébété,
un fourmillement de vilaines petites pensées, une terreur confuse, une attente
muette, de la curiosité, une curiosité
étrange, presque maligne, & dans la gorge
resserrée l'amertume de larmes qui ne

peuvent pas couler. Sur les lèvres un effort de sourire niais & des supplications stupides & lâches qui ne s'adressaient à personne... Oh! que tout cela était cruel & humiliant! « Irène ne veut pas me voir, ne cessait-il de se répéter, c'est évident, mais pourquoi cela? Qu'est-ce qui a pu se passer dans ce fatal bal? Comment peut-on changer ainsi tout à coup, si subitement?... (Les hommes voient tous les jours la mort venir à l'improviste, mais ne peuvent s'accoutumer à cet improviste & le taxent d'absurde.) Ne rien me faire dire, ne pas vouloir s'expliquer avec moi...

— Grégoire Mikhailovitch, cria une voix à son oreille.

Litvinof se redressa ; son domestique tenait devant lui un billet à la main. Il reconnut l'écriture d'Irène... Avant de l'ouvrir, il pressentit un malheur, courba la tête & souleva ses épaules comme pour se garantir d'un coup. Il prit enfin courage & déchira l'enveloppe. Une petite feuille de papier à lettre contenait ce qui suit :

« Pardonnez-moi, Grégoire Mikhailovitch Tout est fini entre nous ; je vais à Pétersbourg. Je suis accablée, mais la chose est décidée. Sans doute, telle était ma destinée... Mais je ne veux pas me justifier. Mes pressentiments se sont réalisés. Pardonnez-moi, oubliez-moi, je ne suis pas digne de vous.

I R È N E.

« Soyez généreux; ne cherchez pas à me voir. »

Litvinof lut ces lignes & glissa sur son divan, comme si une main invisible l'y avait poussé. Il laissa échapper le billet, le releva, le relut, marmotta : « A Pétersbourg » & le laissa de nouveau tomber. Un calme étrange s'empara de lui : il releva lentement les mains pour arranger les coussins derrière sa tête. « Ceux qui sont blessés à mort ne s'agitent plus, pensa-t-il ; comme c'est venu, ça s'est envolé... c'est fort naturel ; je m'y attendais... (Il mentait, jamais il n'avait prévu rien de pareil.) Elle a pleuré! Pourquoi a-t-elle donc pleuré? Elle ne m'aimait pas! Tout cela d'ailleurs s'explique & s'accorde avec son caractère. Elle n'est pas digne de moi... c'est bien cela! » Il sourit amèrement. « Elle ignorait sa valeur ; après s'en être aperçue au bal, comment pourrait-elle songer encore à un misérable étudiant?... tout cela est compréhensible. »

Mais ici il se souvint de ses tendres propos, de ses sourires, de ses yeux, de ses yeux qu'on ne pouvait oublier, qu'il ne verrait plus jamais, qui étincelaient & s'épanouissaient en rencontrant les siens; il se souvint encore du seul baiser furtif qu'il avait reçu, & il éclata en sanglots convulsifs, égarés, furieux; il se retourna &, suffoquant, se cognant la tête avec un plaisir farouche, avide de se détruire soi-même comme tout ce qui l'entourait, il enfonça son visage enflammé dans le coussin du divan & le mordit...

Le monsieur que Litvinof avait vu la veille en coupé était précisément le parent de la princesse Osinine, le richard & le chambellan, comte Reuzenbach. Frappé de l'impression qu'Irène avait produite en haut lieu, saisissant d'un coup d'œil les avantages qu'il pourrait en retirer, le comte, en homme énergique & sachant faire sa cour, dressa sans perdre de temps ses batteries. Il se décida à agir rapidement, à la Napoléon. « Je prendrai chez moi, se dit-il, cette singulière jeune fille; je la constituerai, quand le diable y serait, mon héritière, au moins d'une partie de mes biens; je n'ai pas d'enfant, elle est ma nièce, & la comtesse s'ennuie d'être seule... C'est toujours agréable d'avoir au salon un gentil visage... oui, oui, c'est cela : « *Es ist eine Idee, es ist eine Idee !* » Il fallait éblouir, séduire les parents. « Ils n'ont pas de quoi manger, continua le comte, déjà assis dans sa voiture & se dirigeant vers la place des Chiens, pas de danger qu'ils s'entêtent. Ils ne sont pas déjà si sensibles. Et puis, s'il le faut, on peut donner une somme d'argent. Et elle?... Elle consentira. Le miel est doux... elle en a goûté hier. Supposons que ce soit un caprice de ma part; ils n'ont qu'à en profiter... les imbéciles. Je leur dirai : Décidez-vous, ou bien je prendrai une autre, une orpheline qui me convient encore mieux. Oui ou non, je ne vous donne que vingt-quatre heures, *und damit punctum.*

C'est avec ces arguments que le comte se présenta au prince, informé dès la veille de sa visite. Inutile de s'étendre sur le résultat qu'elle eut. Le comte ne s'était pas trompé dans ses calculs; le prince &

la princesse ne s'obstinèrent pas, prirent
une somme d'argent, & Irène donna son
consentement avant que les vingt-quatre
heures fussent écoulées. Il ne lui avait pas
été facile de rompre avec Litvinof, qu'elle
avait aimé ; il s'en fallut de peu qu'elle ne se
mît au lit après lui avoir envoyé son billet ; elle versa beaucoup de larmes. Quoi
qu'il en soit, un mois plus tard, la princesse
la conduisit à Pétersbourg, l'installa chez
le comte, la remit entre les mains de la
comtesse, excellente femme, mais qui
n'avait pas plus de force & d'esprit qu'un
poulet.

Litvinof abandonna alors l'université
pour aller chez son père à la campagne.
Petit à petit sa blessure se cicatrisa. Il
n'eut d'abord aucune nouvelle d'Irène ; il
évitait de parler de Pétersbourg & de sa
société. Cependant des bruits ne tardèrent pas à parvenir jusqu'à lui ; ces bruits
étaient moins fâcheux qu'étranges : Irène
avait acquis de la renommée ; entouré
d'éclat, marqué d'un cachet particulier,
son nom était de plus en plus répandu,
jusque dans les cercles de province. On
le prononçait avec curiosité, avec envie,

voire avec respect, comme on prononçait naguère le nom de la comtesse Vorotinski. Vint enfin la nouvelle de son mariage, mais Litvinof y fit à peine attention ; il était déjà fiancé à Tatiana.

Le lecteur doit comprendre maintenant tout ce qui revint à la mémoire de Litvinof lorsqu'il s'écria : « Est-ce possible! » Nous allons donc revenir à Bade & reprendre le fil interrompu de notre récit.

IX

Litvinof s'endormit fort tard & ne dormit guère ; il se leva avec le soleil. Le faîte des sombres montagnes, qu'on voyait de ses fenêtres, se dessinait sur un ciel azuré. « Comme il doit faire frais sous ces arbres! » pensa-t-il; il s'habilla promptement, jeta un coup d'œil distrait sur le bouquet, qui s'était encore plus épanoui pendant la nuit, prit sa canne & se dirigea vers le vieux château. Inondé par les fortes & calmes caresses du matin, il res-

pirait à l'aise, s'avançait intrépidement, la
santé de la jeunesse jouait dans chacune
de ses veines, & la terre elle-même semblait rebondir sous ses pieds. Chaque pas
le rendait plus alerte & plus gai : il marchait à l'ombre, sur le sable ferme d'une
petite allée bordée de sombres sapins sur
lesquels se détachaient en vert tendre les
pousses printanières. « C'est délicieux, »
s'écriait-il parfois. Tout à coup il entendit
des voix qui lui étaient connues, & vit
s'avancer Vorochilof avec Bambaéf. Cette
vue l'arrêta court : comme un écolier
fuyant son maître, il se jeta de côté & se
cacha derrière un buisson. « Créateur!
ne put-il s'empêcher de dire, éloignez
mes compatriotes! » Il aurait donné tout
l'argent possible en ce moment pour
qu'ils ne le vissent pas, &, en effet, il
leur échappa. Le Créateur le délivra de
ses compatriotes. Vorochilof expliquait à
Bambaéf avec son ton de cadet satisfait
les diverses « phases » de l'architecture
gothique, & celui-ci se contentait de gro-
gner approbativement : il était visible que
Vorochilof l'accablait depuis longtemps
avec ses phrases & que le brave enthou-

6

siaste commençait à être las. Pendant
longtemps, Litvinof demeura aux aguets,
le cou tendu, & se mordant les lèvres;
pendant longtemps retentirent les sons
aigus & nasillards du discours archéolo-
gique ; enfin tout fit silence. Litvinof respira, sortit de sa retraite & continua sa
marche.

Il rôda trois heures dans les montagnes.
Tantôt il quittait le chemin & sautait d'un
rocher à l'autre, en glissant quelquefois
sur la mousse, tantôt il s'asseyait sur le
pan d'une roche sous un chêne ou un
hêtre & laissait errer ses pensées à l'inces-
sant murmure d'un ruisseau caché par la
fougère, au bruissement des feuilles, au
chant sonore d'un merle. Un agréable assoupissement finissait par l'envahir, des
bras caressants semblaient l'enlacer furtivement par derrière, il fermait involontairement les yeux, & les rouvrait en sursaut : l'or & le vert des bois frappaient
mollement ses paupières, il souriait derechef & s'endormait de nouveau. Il eut envie de déjeuner & monta au vieux château, où pour quelques kreuzers on peut
avoir un verre d'excellent lait avec du

café; mais il ne s'était pas encore établi devant une des petites tables peintes en blanc, qui se trouvent sur la terrasse du château, qu'on entendit la respiration bruyante de chevaux fatigués, & qu'apparurent trois calèches d'où sortit une nombreuse société de dames & de messieurs. Litvinof reconnut immédiatement que c'étaient des Russes, quoiqu'ils parlassent tous français, ou plutôt parce qu'ils parlaient français. Les toilettes des dames étaient d'une exquise recherche; les hommes avaient des redingotes noires toutes neuves & serrant la taille, ce qui n'est pas très-ordinaire de notre temps, des pantalons gris, & des chapeaux de ville très-luisants. Une cravate noire, très-basse, serrait le cou de chacun de ces messieurs, dont toutes les allures dénotaient quelque chose de militaire. C'étaient des militaires en effet; Litvinof était tombé sur un pique-nique de jeunes généraux, gens de haute société & de grand poids. Leur importance se révélait en tout : dans leur désinvolture guindée, leurs sourires majestueusement affables, leurs regards distraits & affectés en même

temps ; leur manière de soulever les
épaules, de cambrer la taille, de fléchir
légèrement les genoux ; elle se révélait
jusque dans le son de leur voix, qui semblait toujours remercier des êtres subor-
donnés, un mélange de condescendance
& de dégoût. Tous ces guerriers étaient
parfaitement lavés, rasés, imprégnés de je
ne sais quelle odeur de boudoir & d'état-
major, mélange de la fumée des meilleurs
cigares & du plus authentique patchouli.
Tous avaient des mains aristocratiques,
blanches, longues, terminées par des
ongles polis comme de l'ivoire, — des
moustaches cirées, des dents brillantes,
une peau fine, de l'incarnat sur les joues,
& des mentons azurés. Les uns étaient fo-
lâtres, les autres méditatifs, mais tous portaient le même cachet du « comme il faut
le plus exquis. » Chacun d'eux paraissait
profondément convaincu de sa valeur, de
l'importance de son futur rôle dans l'État ;
pour le moment, une légère teinte de
cette pétulance & de ce sans-souci auxquels on s'abandonne naturellement en
pays étranger, modifiait agréablement ce
que cette conviction avait de trop absolu.

Après s'être bruyamment installés, la société appela les garçons, fort embarrassés de répondre à toutes les exigences. Litvinof se dépêcha d'achever son verre de lait, le paya &, armé de son bâton, il avait presque franchi le pique-nique des généraux, lorsqu'il fut arrêté par une voix féminine :

— Grégoire Mikhailovitch, ne me reconnaissez-vous pas ?

Il s'arrêta involontairement ; cette voix avait naguère trop souvent fait battre son cœur ; il se retourna & vit Irène. Elle était assise auprès d'une table, les mains appuyées sur le dos d'une chaise, la tête penchée & souriante ; elle l'examinait avec attention, presque avec joie.

Litvinof la reconnut à l'instant, quoiqu'elle eût beaucoup changé depuis dix ans qu'il ne l'avait vue, & quoique de jeune fille elle fût devenue femme. Sa fine taille s'était admirablement développée, le contour de ses épaules, autrefois trop rapprochées, rappelait maintenant ces déesses sortant des nuages qu'on voit sur les plafonds des anciens palais italiens : mais les yeux étaient restés les mêmes,

6.

& il sembla à Litvinof qu'ils le regardaient comme autrefois dans la petite maison de Moscou.

— Irène Pavlovna? répondit-il avec hésitation.

— Vous m'avez reconnue? Comme je suis contente, comme je suis... Elle s'arrêta, rougit un peu & se redressa. — Quelle agréable rencontre, continua-t-elle en français. Permettez-moi de vous faire faire connaissance avec mon mari. — Valérien, M. Litvinof, un ami d'enfance; Valérien Vladimirovitch Ratmirof, mon mari.

Un des jeunes généraux, celui qui était peut-être le mieux tiré à quatre épingles, se leva & salua Litvinof avec une exquise politesse, tandis que ses confrères, chacun à part soi, se claquemuraient pour ainsi dire dans leur dignité, pressés de protester contre tout rapprochement avec un simple pékin, & que les autres dames du pique-nique se croyaient obligées de cligner de l'œil, de sourire, voire d'exprimer de l'étonnement.

— Y a-t-il longtemps que vous êtes à Baden? demanda le général Ratmirof, ne sachant évidemment de quoi entretenir l'ami d'enfance de sa femme.

— Il n'y a pas longtemps, répondit Litvinof.

— Et avez-vous l'intention d'y prolonger votre séjour? continua l'obséquieux général.

— Je ne suis pas encore décidé.

— Ah! c'est très-agréable.

Le général se tut, Litvinof également; tous deux tenaient leur chapeau à la main & se regardaient réciproquement les sourcils.

— « *Deux gendarmes, un beau dimanche,* » entonna, naturellement à faux, — jusqu'à présent il ne nous a pas été donné de rencontrer un gentleman russe qui ne chantât pas faux, — entonna, dis-je, un général myope, jaune, avec une perpétuelle expression d'irritation sur le visage, comme s'il ne pouvait se pardonner à lui-même sa physionomie. Il était le seul qui ne ressemblât pas à une rose.

— Mais pourquoi ne vous asseyez-vous pas, Grégoire Mikhaïlovitch? dit enfin Irène.

Litvinof s'y résigna. « *I say, Valerien,*

give me some fire, » dit un autre général, également jeune & déjà gros, avec des yeux immobiles, fixés en l'air, & des favoris touffus & soyeux que des mains d'un blanc de neige caressaient lentement. Ratmirof lui passa un porte-allumettes en argent.

— Avez-vous des cigarettes? grasseya une des dames.

— De vrais papelitos, comtesse.

— « *Deux gendarmes, un beau dimanche,* » poursuivit, presque avec un grincement de dents, le général myope.

— Il faut absolument que vous veniez nous voir, disait pendant ce temps-là Irène à Litvinof. Nous demeurons à l'hôtel de l'Europe. Je suis toujours chez moi de quatre à six. Il y a si longtemps que nous ne nous sommes vus.

Litvinof regarda Irène en face, elle ne baissa pas les yeux.

— Oui, Irène Pavlovna, il y a longtemps. Depuis Moscou.

— Depuis Moscou... depuis Moscou, répéta-t-elle après une pause.

Venez, nous causerons, nous parlerons de l'ancien temps. Savez-vous, Grégoire

Mikhailovitch, que vous n'avez pas beaucoup changé ?

— Réellement ? mais, vous, Irène Pavlovna, vous avez bien changé.

— J'ai vieilli.

— Je ne voulais pas dire cela...

— Irène ! fit d'un ton insinuant une dame à chapeau jaune sur des cheveux jaunes, après avoir chuchoté & ricané avec un monsieur assis à côté d'elle, Irène !

— J'ai vieilli, continua Irène, sans répondre à la dame, mais je n'ai pas changé. Non, non, je n'ai changé en rien.

— « *Deux gendarmes, un beau dimanche,* » fredonna encore l'irascible général qui ne se souvenait que du premier vers de cette chanson.

— Ça picote encore, Excellence, dit à haute voix le robuste général à favoris, faisant probablement allusion à quelque amusante histoire connue du beau monde; &, éclatant d'un rire lourd & dur, il recommença à regarder en l'air. Tout le reste de la société s'associa à sa jubilation.

— *What a sad dog you are, Boris!* fit observer à demi-voix Ratmirof. Il prononçait à l'anglaise jusqu'au nom de Boris.

— Irène! fit pour la troisième fois la dame au chapeau jaune.

Irène se retourna brusquement de son côté.

— Eh bien, quoi? que me voulez-vous?

— Je vous le dirai plus tard, répondit la dame en minaudant. Quoiqu'elle fût peu jolie, elle ne cessait de se donner des airs; un mauvais plaisant avait dit qu'elle minaudait dans le vide.

Irène fronça le sourcil & haussa les épaules avec impatience.

— Mais que fait donc M. Verdier? Pourquoi ne vient-il pas? s'écria une dame avec ces inflexions traînantes si choquantes pour les oreilles françaises, qui caractérisent la manière de parler des Russes.

— Ah voui, ah voui, msié Verdier, msié Verdier, gémit une autre dame débarquée directement d'Armazas.

— Tranquillisez-vous, mesdames, interrompit Ratmirof, M. Verdier m'a promis de venir se mettre à vos pieds.

— Hi, hi, hi! La dame joua de l'éventail.

Le garçon apporta quelques verres de bière.

— *Bairish Bier?* demanda le général aux longs favoris, faisant la basse & simulant l'étonnement. — *Guten Morgen.*

— A propos! le comte Paul est toujours là? demanda nonchalamment un jeune général à un autre.

— Il y est encore, répliqua celui-ci sur le même ton. Mais c'est provisoire; Serge prendra, dit-on, sa place.

— Eh! fit le premier entre ses dents.

— Mais oui, murmura le second.

— Je ne puis comprendre, commença le général à la chansonnette, quel besoin avait Paul de se justifier, d'expliquer ses raisons... Il a pressuré un marchand... il lui a fait rendre gorge... eh bien, qu'est-ce que cela? Il a pu avoir ses motifs.

— Il a eu peur de la critique des journaux, grommela quelqu'un.

L'irascible général s'enflamma soudain.

— Oh! c'est le dernier de mes soucis. Les journaux! la critique! Si cela dépendait de moi, je ne permettrais à vos journaux que l'insertion de la taxe de la viande ou du pain, les annonces de ventes de pelisses & de bottes.

— Et l'adjudication des terres des nobles vendues à l'encan, ajouta Ratmirof.

— Soit! vu les circonstances. — Mais, messieurs, quelle conversation à Baden, au vieux château!

— Mais pas du tout, pas du tout, dit la dame au chapeau jaune. J'adore les questions politiques.

— Madame a raison, remarqua un autre général avec un visage avenant, presque de jeune fille. Pourquoi éviterions-nous ces questions... même à Baden? — En prononçant ces paroles il se tourna poliment du côté de Litvinof avec un sourire de condescendance. — Jamais & en nulle circonstance, l'homme comme il faut ne doit sacrifier ses convictions. N'est-il pas vrai?

— Certainement, — répondit l'irascible général, en jetant également les yeux sur Litvinof, mais avec sévérité comme s'il lui adressait une semonce indirecte, — pourtant je ne vois pas de nécessité...

— Non, non, interrompit avec la même douceur l'indulgent général. Voilà notre ami Valérien Vladimirovitch qui a fait allusion à la vente des biens des nobles. Eh bien! n'est-ce pas un fait?

— Mais il est impossible maintenant de les vendre, personne n'en veut! s'écria l'irascible général.

— C'est possible, c'est possible. Raison de plus pour constater ce fait... ce déplorable fait. Nous sommes ruinés — c'est ravissant; nous sommes humiliés — c'est indiscutable; mais nous demeurons de grands propriétaires, nous représentons un principe. Soutenir ce principe, voilà notre devoir. Pardon, madame, il me semble que vous avez laissé tomber votre mouchoir. Quand un certain aveuglement s'empare des esprits les plus élevés, des personnes les plus haut placées, nous devons signaler, avec déférence sans doute (ici le général étendit la main), nous devons indiquer d'un doigt de citoyen l'abîme vers lequel tout se précipite. Nous devons avertir, crier avec une respectueuse fermeté : « Revenez, revenez en arrière. » Voilà notre devoir.

— Il est pourtant impossible de revenir complétement sur ses pas, remarqua d'un air rêveur Ratmirof.

— Complétement, complétement, mon très-cher. Plus nous irons en arrière & mieux ce sera, répliqua l'indulgent général

7

en souriant, & en regardant encore avec bienveillance Litvinof, lequel perdit patience.

— Nous faudrait-il donc reculer jusqu'à l'époque des boïards, mon général? demanda-t-il.

— Eh! pourquoi pas? J'exprime mes opinions sans restrictions; il faut tout refaire... oui... refaire tout ce qui a été fait.

— Même le 19 février[1]?

— Même le 19 février — en tant que cela est possible. On est patriote ou on ne l'est pas. Et la liberté? me dira-t-on. Croyez-vous que cette liberté paraisse tellement douce au peuple? Interrogez-le...

— Essayez de la lui ôter, dit Litvinof.

— Comment nommez-vous ce monsieur? chuchota le général à Ratmirof.

— Mais sur quoi dissertez-vous? dit tout à coup le général robuste, qui jouait évidemment dans cette société le rôle d'enfant gâté. Toujours sur les journaux, sur les écrivassiers? Permettez que je vous ra-

---

1. C'est le 19 février 1861 que l'empereur Alexandre II a décrété l'émancipation des paysans.

conte là-dessus une merveilleuse anecdote qui m'est arrivée. On m'avertit qu'un folliculaire a écrit sur moi un libelle. Je le fais venir tout de suite sous bonne garde. On amène le pigeon… « Tu t'amuses donc, lui dis-je, ami folliculaire, à écrire des libelles? Tu brûles donc de patriotisme? — J'en brûle, répondit-il. — Et l'argent, lui dis-je, folliculaire, tu l'aimes? — Je l'aime. » Ici, messieurs, je lui mis sous le nez le pommeau de ma canne. « Et cela, l'aimes-tu, mon ange? — Non, dit-il, je n'aime pas cela. — Sens-le bien, j'ai les mains propres. — Cela suffit, je n'aime pas cela. — Eh bien, mon cœur, j'adore cela, seulement pas sur mon dos. Comprends-tu cette allégorie, mon trésor? — Je comprends, dit-il. — Eh bien, dorénavant, fais bien attention, sois bien gentil, entends-tu, mon chéri; maintenant, voilà un rouble, va, & prie pour moi jour & nuit. » Et le folliculaire s'en alla.

Le général se mit à rire. Tous lui firent écho, sauf Irène, qui ne sourit même pas, & jeta un sombre regard sur le narrateur.

L'obligeant général secoua l'épaule de Boris.

— Tu as inventé tout cela, mon très-cher. Tu ne me feras pas accroire que tu puisses menacer quelqu'un de ta canne. Tu n'en as même pas. C'est pour faire rire ces dames, pour dire quelque chose de plaisant. Mais il ne s'agit pas de cela. Je viens de dire qu'il faut retourner tout à fait en arrière. Comprenez-moi. Je ne suis pas ennemi de ce qu'on appelle le progrès, mais toutes ces universités, ces séminaires, ces écoles populaires, ces étudiants, ces fils de prêtres, ces roturiers, tout ce fretin, tout ce fond du sac, la petite propriété, pire que le prolétariat (le général débitait tout cela sur le ton le plus langoureux), voilà ce qui m'effraye... voilà où il faut s'arrêter & arrêter les autres. (Il jeta de nouveau sur Litvinof un regard aimable.) Oui, il faut enrayer. N'oubliez pas que personne chez nous ne réclame rien, ne prétend à aucun de ces soi-disant droits... Le *self government*, par exemple, est-ce que quelqu'un le souhaite? Est-ce *vous* qui le désirez? est-ce toi ou vous, mesdames, qui ne vous gouvernez pas seulement vous-mêmes mais faites encore de nous ce que vous voulez? — Un malin sourire éclaira le

charmant visage du général. — Chers
amis, pourquoi faire comme le lièvre qui
se jette dans le danger pour l'éviter? La
démocratie est satisfaite de vous... pour le
moment elle vous encense, elle est prête
à entrer dans vos vues... mais c'est un
glaive à deux tranchants. L'ancien système
est meilleur... bien plus sûr. Ne laissez
pas la racaille raisonner, confiez-vous dans
l'aristocratie, qui seule est une force... Je
vous certifie que cela ira mieux. Pour le
progrès... je n'ai absolument rien contre
le progrès. Seulement ne nous donnez pas
des avocats & des jurés, & ne touchez pas
à la discipline militaire; libre à vous, au
surplus, de construire des ponts, des quais
& des hôpitaux, & je ne vois pas pourquoi les rues ne seraient pas éclairées
au gaz.

— Ils ont mis le feu aux quatre coins de
Pétersbourg, voilà ce qu'ils appellent progrès, s'écria l'irascible général.

— Je vois que tu es rancunier, lui dit le
gros général en se dandinant; tu ferais un
excellent procureur général au saint-sy-
node; pour moi, avec *Orphée aux Enfers,*
le progrès a dit son dernier mot.

— Vous dites toujours des bêtises, cria d'une voix aigre la dame d'Arzamas.

— Je ne suis jamais plus sérieux, madame, repartit le général avec encore plus d'emphase, que quand je dis des bêtises.

— C'est une phrase de M. Verdier, remarqua à demi-voix Irène.

— De la poigne & des formes! s'écria le robuste général, de la poigne, surtout. Ce qui peut se traduire ainsi en russe : Sois poli, mais casse-lui la gueule.

— Ah! tu es un inconvertissable mauvais sujet, fit l'efféminé général. Mesdames, veuillez ne pas le croire : il ne tuerait pas une mouche; il se contente de dévorer les cœurs.

— Non, Boris, — commença Ratmirof, après avoir échangé un regard avec sa femme, — plaisanterie à part, il y a ici de l'exagération. Le progrès est une manifestation de la vie sociale; voilà ce qu'il ne faut pas perdre de vue; c'est un symptôme qu'il importe d'étudier.

— Oui, opina le gros général en fronçant le nez; il est connu que tu vises à être un homme politique.

— Nullement : qu'y a-t-il ici de politique? mais il faut bien reconnaître la vérité.

Boris recommença à enfoncer ses doigts dans ses favoris & à regarder en l'air.

— La vie sociale, c'est très-grave, parce que, dans le développement du peuple, dans les destinées, pour ainsi dire, de la patrie...

— Valérien, interrompit Boris, d'un ton significatif, — il y a des dames ici. Je n'attendais pas cela de toi. Est-ce que tu veux donc faire partie d'un comité?

— Ils sont tous actuellement fermés, grâce à Dieu, s'empressa de faire observer l'irascible général, & il commença sa scie. « *Deux gendarmes, un beau dimanche...* »

Ratmirof approcha de son visage un mouchoir de batiste & se tut gracieusement; le doucereux général répéta:

— Mauvais sujet! mauvais sujet!

Et Boris se tournant vers une dame, sans baisser la voix ni changer l'expression de son visage, commença à lui demander: « quand elle couronnerait sa flamme, » car il était éperdument épris d'elle & endurait un martyre inconcevable.

Pendant cette conversation, Litvinof se

sentait de plus en plus mal à son aise.
Il était révolté dans sa fierté, son honnête
& plébéienne fierté. Qu'y avait-il de commun entre lui, fils d'un infime fonction-
naire, & ces aristocrates militaires de
Pétersbourg ? Il aimait tout ce qu'ils haïs-
saient, il haïssait tout ce qu'ils aimaient ;
il comprenait cela trop clairement, il sentait cela de toutes les forces de son être.
Il trouvait leurs plaisanteries plates, leur
ton insupportable, leurs manières frela-
tées ; dans la douceur même de leurs
paroles perçait un mépris insultant, &
cependant il semblait intimidé devant eux,
devant ces hommes, devant ces ennemis...

— Quelle bêtise ! se disait-il ; je les
gêne, je leur parais ridicule ; pourquoi
donc est-ce que je reste ici ? allons-
nous-en.

La présence d'Irène ne pouvait l'arrêter :
elle ne lui causait que de pénibles impressions. Il se leva & commença à prendre
congé.

— Vous vous en allez déjà ? dit Irène ;
mais, après un moment de réflexion, elle
n'insista pas & lui fit seulement promettre
qu'il viendrait la voir. Le général Rat-

mirof lui rendit son salut avec la politesse
qui le distinguait, lui serra la main & le
reconduisit jusqu'au bout de la terrasse ;
mais Litvinof avait à peine dépassé le détour de la première allée, qu'il entendit
des rires éclater. Ces rires ne s'adressaient
pas à lui, ils étaient provoqués par l'apparition subite du si désiré M. Verdier,
monté sur un âne, coiffé d'un chapeau
tyrolien, affublé d'une blouse bleue. Mais
Litvinof se crut la cause de cette gaieté :
le sang monta à ses joues, & ses lèvres se
serrèrent, comme s'il venait d'avaler de la
coloquinte.

— Quelles gens méprisables ! murmura-
t-il, sans réfléchir que quelques instants
passés dans cette société ne lui donnaient
pas encore le droit de s'exprimer aussi
sévèrement.

Et c'est dans ce monde qu'était tombée
Irène ! elle y vivait, elle régnait ! c'est pour
ce monde qu'elle avait sacrifié sa dignité,
foulé les meilleurs sentiments de son
cœur... Apparemment, il fallait qu'il en
fût ainsi ; elle ne méritait pas un meilleur
destin ! Comme il se réjouissait qu'il ne
fût pas venu en tête à Irène de l'interroger

7.

sur son intérieur, sur ses projets ! Il aurait été forcé de s'expliquer devant ces ennemis, en leur présence...

— Pour rien au monde ! jamais ! répétait-il, en aspirant l'air frais de la montagne.

Et c'est presque en courant qu'il regagna Baden. Il pensait à sa fiancée, à sa bonne & douce Tatiana ; elle lui paraissait encore plus pure, candide & noble. Avec quelle ineffable jouissance il se rappelait ses traits, ses paroles, ses moindres habitudes!... avec quelle impatience il attendait son retour !

Une marche rapide calma ses nerfs. Rentré à la maison, il se mit devant une table, prit un livre, puis le laissa tomber & se mit à rêver... Que lui arrivait-il ? Rien, mais Irène... Irène... cette rencontre lui sembla tout à coup étonnante, étrange, inouïe. Était-ce possible ? il l'avait revue, il avait parlé à cette même Irène... Et pourquoi n'a-t-elle pas ce ton odieux qui distingue tous les autres? Pourquoi semblait-elle ennuyée & ne supporter qu'avec peine sa situation? Elle est dans leur camp, mais ce n'est pas un ennemi. Et qui a pu l'engager à m'accoster de si bonne grâce, à m'inviter chez elle?

Litvinof releva la tête.

« O Tatiana, s'écria-t-il hors de lui, seule, tu es mon ange, mon bon génie, il n'y a que toi que j'aime & que j'aimerai toujours. Je n'irai pas chez celle-là. Que Dieu la bénisse! qu'elle s'amuse avec ses généraux! » Et il reprit son livre.

X

Litvinof reprit son livre, mais il lui fut impossible de lire. Il sortit, se promena un peu, écouta la musique, regarda jouer, revint chez lui, essaya encore de lire sans que cela lui réussît mieux. Le temps lui parut singulièrement long. Vint Pichtchalkin, le brave juge de paix, qui resta trois petites heures. Il parla, discuta, posa des questions, toucha alternativement aux sujets les plus élevés & les plus pratiques, & répandit finalement un tel ennui que le malheureux Litvinof fut sur le point de

hurler de désespoir. Pour engendrer un
ennui mortel, glacial, sans issue ni remède,
Pichtchalkin n'avait pas d'égal, même
parmi les profonds moralistes connus pour
posséder ce talent au suprême degré. Rien
que son crâne lisse, ses yeux clairs &
insignifiants, son nez si triste dans sa régularité, donnaient involontairement le
spleen, & son organe de baryton, lent,
endormi, semblait avoir été créé pour
énoncer avec poids & mesure des sen-
tences comme celles-ci : Deux & deux
font quatre & non cinq ou trois ; l'eau est
humide ; la bienfaisance est louable ; le
crédit est aussi indispensable, pour des
opérations financières, à l'État qu'au simple particulier. Et malgré cela c'était le
meilleur des hommes, mais tel est le destin de la Russie — les meilleurs y sont
assommants. Pichtchalkin se retira ; il fut
remplacé par Bindasof, qui lui demanda
effrontément cent florins, que Litvinof lui
prêta, quoique, loin de s'intéresser à Bindasof, il sentît pour lui de la répugnance
& qu'il fût bien certain de ne plus revoir
cet argent, dont il avait lui-même besoin.
Pourquoi donc le donna-t-il ? demandera

le lecteur. Peut-être trouvera-t-il une réponse à cette question dans sa propre vie. Que de fois chacun de nous n'a-t-il pas agi de même? Bindasof ne se donna même pas la peine de remercier Litvinof, se fit apporter un grand verre d'Affenthaler (petit vin rouge du pays) & sortit, sans s'essuyer les lèvres, en frappant le sol de ses grosses bottes. Quel dépit ne ressentit pas Litvinof en voyant la large nuque rouge de l'insolent qui s'éloignait! Le soir, il reçut une lettre de Tatiana, qui l'informait que, par suite d'une indisposition de sa tante, elle ne pourrait pas arriver à Baden avant cinq ou six jours. Cette lettre lui causa une forte contrariété & augmenta son désappointement; il se coucha de bonne heure dans une mauvaise disposition d'esprit. Le lendemain, dès l'aurore; sa chambre se remplit de compatriotes : Bambaéf, Vorochilof, Pichtchalkin, deux officiers, deux étudiants de Heidelberg envahirent à la fois son appartement & ne s'en allèrent que vers l'heure du dîner, quoiqu'ils eussent bien vite vidé leur sac & qu'ils s'ennuyassent visiblement. Ils ne savaient littéralement que devenir. Ils commencèrent par parler de Goubaref, qui venait de retourner à Heidelberg & qu'il fallait rejoindre; puis ils firent de la philosophie, effleurèrent la question polonaise; vint ensuite le tour de la roulette & des anecdotes scandaleuses; la conversation s'engagea enfin sur les hommes remarquables par leur force, leur obésité & leur voracité. Les plus vieilles histoires revinrent sur l'eau. On cita le diacre qui avait fait le pari d'avaler trente-trois harengs; le soldat qui rompait sur son front un nerf de bœuf; ce fut à qui en conterait de plus belles. Pichtchalkin lui-même dit, en bâillant, qu'il avait connu en Ukraine une paysanne qui pesait, le jour de sa mort, plus de six cents livres, & un propriétaire qui déjeunait avec trois oies & un esturgeon; Bambaéf ne manqua pas l'occasion de tomber en extase; il déclara qu'il était lui-même capable de consommer un mouton entier pourvu que les sauces fussent bonnes, & Vorochilof avança quelque chose de si colossal que tous se turent, se regardèrent dans le blanc des yeux, prirent leur chapeau & se dispersèrent. Resté seul, Litvinof voulut s'occuper, mais sa tête était comme pleine de vapeurs, il ne put rien faire & perdit encore sa soirée. Le lendemain matin, il s'apprêtait à déjeuner, lorsqu'il entendit frapper à sa porte. « Mon Dieu, pensa-t-il, voici encore un de mes amis d'hier, » & ce ne fut pas sans émotion qu'il dit : *Herein!* La porte s'ouvrit doucement & Potoughine entra dans la chambre. Litvinof s'en réjouit fort.

— Voilà qui est aimable! dit-il en serrant fortement la main du visiteur inattendu. J'aurais été certainement vous chercher si vous aviez voulu me dire où vous demeurez. Asseyez-vous, je vous prie, posez votre chapeau, asseyez-vous.

Potoughine ne répondait pas à ces affectueuses paroles ; il demeurait debout au milieu de la chambre, souriant & secouant la tête. Le cordial accueil de Litvinof l'avait visiblement touché, mais il y avait dans l'expression de son visage quelque chose d'embarrassé.

— Pardonnez-moi, balbutia-t-il. Assurément, c'est toujours avec plaisir... mais on m'a dépêché vers vous.

— Voulez-vous dire, dit d'un ton de

reproche Litvinof, que vous ne seriez pas venu sans cela ?

— Oh ! non, mais... peut-être ne me serais-je pas décidé à vous déranger aujourd'hui si on ne m'avait prié de passer chez vous. En un mot, j'ai pour vous une commission.

— Puis-je savoir de qui?

— D'une personne qui vous est connue, d'Irène Pavlovna Ratmirof. Vous lui avez promis, il y a trois jours, d'aller la voir, & vous n'en avez rien fait.

Litvinof regarda avec surprise Potoughine.

— Vous connaissez Mme Ratmirof?

— Comme vous voyez.

— Et vous la connaissez... intimement?

— Je suis jusqu'à un certain point de ses amis.

Litvinof se tut.

— Permettez-moi de vous demander, reprit-il, si vous savez pourquoi Irène Pavlovna désire me voir?

Potoughine s'approcha de la fenêtre.

— Je le sais jusqu'à un certain point. Autant que j'en puis juger, elle a été très-heureuse de vous revoir & voudrait renouer de précédentes relations.

— Renouer, répéta Litvinof. Excusez mon indiscrétion, mais laissez-moi encore vous interroger. Savez-vous de quel genre étaient ces relations?

— Je l'ignore réellement; mais je présume, ajouta Potoughine en se tournant inopinément vers Litvinof avec une expression affectueuse, je présume qu'elles étaient excellentes, car Irène Pavlovna a fait de vous un grand éloge, & j'ai été obligé de lui donner ma parole que je vous amènerais. Vous viendrez?

— Quand?

— Maintenant... tout de suite.

Litvinof laissa tomber ses bras.

— Irène Pavlovna, continua Potoughine, suppose que ce..... comment vous dire cela?... que ce milieu dans lequel vous l'avez vue l'autre jour ne doit pas vous être fort sympathique, mais elle m'a chargé de vous dire que le diable n'est pas aussi noir qu'on le dépeint.

— Hum!... cette comparaison s'applique particulièrement à ce milieu?

— Oui.., en général.

— Hum!... mais vous-même, Sozonthe Ivanovitch, quelle est votre opinion sur le diable?

— Je pense, Grégoire Mikhailovitch, qu'il n'est pas, en tous cas, tel qu'on le dépeint.

— Il est mieux?

— Mieux ou pis, c'est difficile à décider, mais il n'est pas ce qu'on dit. Eh bien! allons-nous?

— Reposez-vous d'abord un peu. Je vous avoue qu'il me paraît toujours un peu étrange...

— Oserais-je vous demander ce qui vous paraît étrange?

— Comment, vous, vous avez pu devenir l'ami d'Irène Pavlovna?

Potoughine reprit modestement.

— Avec ma figure, ma situation dans le monde, c'est en effet invraisemblable; mais, vous savez, Shakespeare a dit : « Il y a bien des choses au ciel & sur la terre, Horatio, que n'a pas rêvées votre philosophie. » Prenons une métaphore : voici un arbre, il n'y a pas un souffle de vent, il est impossible que la feuille de la branche inférieure touche celle de la branche supé-

rieure, mais vienne l'orage, tout se con-
fond, & les deux feuilles peuvent se toucher.

— Ah! il y a dc .c eu des orages?

— Je crois bien! Comme si on pouvait
vivre sans cela? Mais mettons la philosophie de côté; il est temps de partir.

Litvinof hésitait toujours.

— Seigneur! s'écria Potoughine avec
une grimace comique, que sont devenus
aujourd'hui les jeunes gens! Une ravissante
femme les appelle, leur envoie des messa-
gers, & ils font des cérémonies! C'est une
honte, monsieur, une honte. Voici votre
chapeau, & *vorwärts!* comme disent nos
amis les bouillants Allemands.

Litvinof demeura encore un moment
dans l'incertitude, mais finit par prendre
son chapeau & par sortir avec Potoughine.

XI

Ils se dirigèrent vers un des plus confor-
tables hôtels de Baden & demandèrent la
générale Ratmirof. Le suisse prit d'abord

leurs noms, puis répondit que *die Frau Fürstin ist zu Hause;* il les précéda sur l'escalier, frappa à la porte & les annonça. *Die Frau Fürstin* les reçut immédiatement, elle était seule; son mari était allé à Carlsruhe s'aboucher avec un personnage russe des plus influents, qui y était de passage.

Irène était assise à une petite table & travaillait à un canevas lorsque Potoughine & Litvinof entrèrent dans son appartement. Elle s'empressa de mettre son ouvrage de côté, recula la petite table, se leva; une vive satisfaction se peignait sur son visage. Elle portait une robe du matin; les contours de ses épaules & de ses bras se dessinaient gracieusement sous une étoffe légère; ses cheveux, négligemment tressés, tombaient à demi sur son cou. Elle jeta sur Potoughine un rapide regard, chuchota « merci, » &, tendant la main à Litvinof, elle lui reprocha gracieusement d'oublier une vieille amie.

Litvinof voulut s'excuser. « C'est bien, » se hâta-t-elle de dire, &, après l'avoir forcé de se débarrasser de son chapeau, elle le fit asseoir. Potoughine s'assit également, mais prétexta aussitôt une affaire pressante pour se retirer, en promettant de revenir après dîner. Irène lui jeta de nouveau un rapide regard, lui fit un signe de tête amical, mais ne le retint pas, &, dès qu'il eut dépassé la portière, elle se tourna vivement vers Litvinof.

— Grégoire Mikhailovitch, lui dit-elle en russe avec son timbre doux & argenté, nous voici enfin seuls ; je puis vous dire que je suis bien contente de notre rencontre, parce qu'elle... me donne la possibilité (&, disant cela, elle le regardait droit dans les yeux) de vous demander pardon.

Litvinof frissonna involontairement. Il ne s'attendait pas à une aussi brusque attaque ; il ne prévoyait pas qu'elle amènerait si résolûment la conversation sur le passé.

— Pourquoi... ce pardon? dit-il en balbutiant.

Irène rougit.

— Pourquoi? Vous le savez bien, reprit elle en se détournant légèrement. J'ai été coupable à votre égard, Grégoire Mikhailovitch, quoique, sans doute... telle était ma destinée (Litvinof se souvint de sa lettre) ; je ne me repens pas... ce serait en tout cas trop tard; mais vous ayant rencontré si à l'improviste, je me suis dit que nous devions absolument redevenir amis... absolument... & cela me ferait beaucoup de peine si cela n'avait pas lieu... & voici pourquoi il me semble que nous devons nous expliquer une fois pour toutes, afin qu'à l'avenir il n'y ait plus entre nous aucune... gêne. Vous devez m'assurer que vous me pardonnez, sans cela je supposerai que vous me conservez de la rancune. *Voilà!* C'est probablement une fatuité de ma part, car vous avez sans doute depuis longtemps tout oublié; mais c'est égal, dites-moi que vous m'avez pardonné.

Irène débita cette harangue sans reprendre haleine, & Litvinof remarqua que des larmes, de vraies larmes, brillaient dans ses yeux.

— De grâce, Irène Pavlovna, s'empressa-t-il de lui répondre, pourquoi vous excuser, implorer votre pardon? Le passé a fui comme l'eau, & il ne me reste qu'à être étonné de ce qu'au milieu de l'éclat qui vous entoure, vous ayez encore pu conserver le souvenir de l'obscur compagnon du matin de votre jeunesse...

— Cela vous surprend? dit à voix basse Irène.

— Cela me touche, reprit Litvinof, parce que je ne pouvais m'imaginer...

— Vous ne m'avez toujours pas dit que vous me pardonniez, interrompit Irène.

— Je me réjouis sincèrement de votre bonheur, Irène Pavlovna; je vous souhaite toutes les félicités possibles.

— Et vous ne vous souvenez plus du mal?

— Je ne me souviens que des heureux instants que vous m'avez naguère procurés.

Irène lui tendit ses deux mains. Litvinof les serra & ne les lâcha pas tout de suite. Ce seul attouchement remplit son cœur d'un trouble depuis longtemps oublié. Irène le regardait de nouveau en face, mais cette fois en souriant, &, de son côté, il eut pour la première fois le courage de l'observer avec attention. Il reconnut ces traits qui lui avaient été si chers, ces yeux si profonds avec leurs cils étranges, la façon dont ses cheveux étaient plantés sur son front, son habitude de tordre un peu les lèvres en souriant & d'imprimer à ses sourcils un mouvement comique & charmant.

Mais comme elle avait embelli! Quel
charme, quelle force dans ce jeune corps
féminin! Et ni rouge, ni poudre, ni aucun
fard sur ce pur & frais visage... Ah oui!...
c'était une beauté!

Litvinof se mit à rêver... il la regardait
toujours, mais ses pensées étaient loin...

Irène le remarqua.

— Allons! voilà qui est bien, dit-elle en
reprenant plus haut la conversation, ma
conscience est maintenant en repos & je
puis satisfaire ma curiosité.

— Votre curiosité? répéta Litvinof, qui
ne comprenait pas.

— Oui. Je tiens à savoir ce que vous
avez fait, quels sont vos plans; je veux tout
savoir, comment, quand, tout, tout. Et
vous devez me dire la vérité, car je vous
préviens que je ne vous ai pas perdu de
vue... autant que possible.

— Vous ne m'avez pas perdu de vue,
vous...? là... à Pétersbourg?

— Au milieu de l'éclat qui m'entourait,
comme vous venez de vous exprimer. Précisément. Nous reviendrons sur cet éclat;
maintenant, racontez-moi beaucoup de
choses & pendant longtemps; personne ne

nous dérangera. Ce sera ravissant, ajouta-
t-elle, en s'installant gaiement dans un fauteuil. Eh bien! commencez.

— Avant de raconter, je dois vous remercier, dit Litvinof.

— Pourquoi?

— Pour le bouquet qui s'est trouvé dans
ma chambre.

— Quel bouquet? Je ne sais rien.

— Comment?

— Je vous le répète, je ne sais rien,
mais j'attends votre récit... Ah! comme
Potoughine est spirituel de vous avoir
amené.

Litvinof ouvrit les oreilles.

— Vous connaissez depuis longtemps ce
M. Potoughine? lui demanda-t-il.

— Depuis longtemps...; mais racontez.

— Et vous le connaissez intimement?

— Oh oui! — Irène soupira. — Cela tient
à des circonstances particulières... Vous
avez sûrement entendu parler d'Élise Belsky, celle qui est morte si tragiquement
il y a deux ans...; mais j'oublie que vous ne
connaissez pas nos histoires, & je vous en
félicite. Oh! quelle chance! voici enfin un
homme, un être vivant, qui ne sait rien de

8

ce qui se passe au milieu de nous! Et on peut s'entretenir avec lui en russe, en russe incorrect, mais toujours préférable à cet éternel, insipide, insupportable jargon français de Pétersbourg!

— Potoughine, dites-vous, connaissait cette...

— Il m'est pénible de me souvenir de cela, interrompit encore Irène. Élise était ma meilleure amie à la pension, & ensuite, à Pétersbourg, nous nous voyions perpétuellement. Elle me confiait tous ses secrets : elle était très-malheureuse, elle a beaucoup souffert. Potoughine s'est admirablement conduit dans cette histoire, comme un vrai chevalier. Il s'est dévoué; c'est alors seulement que je l'ai apprécié. Mais nous voici encore loin de notre sujet; j'attends votre récit, Grégoire Mikhailovitch.

— Mais mon récit ne peut guère vous intéresser, Irène Pavlovna.

— Ceci n'est plus votre affaire.

— Souvenez-vous, Irène Pavlovna, que nous ne nous sommes pas vus durant dix ans, dix ans entiers. Combien d'eau a coulé depuis ce temps!

— Pas de l'eau seulement, répliqua-t-elle avec amertume ; c'est pourquoi je veux vous écouter.

— Je ne sais d'ailleurs par où commencer.

— Par le commencement. Du jour que vous..., que je suis partie pour Pétersbourg. Vous avez alors quitté Moscou... Savez-vous que depuis cette époque je ne suis jamais revenue à Moscou!

— Vraiment?

— C'était d'abord impossible ; puis, quand je me suis mariée...

— Vous êtes mariée depuis longtemps?

— Depuis quatre ans.

— Vous n'avez pas d'enfants?

— Non, répondit-elle d'une voix brève. Litvinof se tut un moment.

— Et jusqu'à votre mariage vous avez toujours vécu chez ce..., comment l'appelez-vous déjà, chez ce comte Reuzenbach? Irène le considéra attentivement ; elle semblait vouloir se rendre compte du motif de cette question ; il ignorait donc tout.

— Non, répondit-elle enfin.

— Par conséquent, vos parents... je ne vous en ai pas encore parlé. Ils sont...

— Ils sont bien portants.

— Ils habitent, comme auparavant, Moscou?

— Comme auparavant.

— Et vos frères? vos sœurs?

— Ils vont bien; je les ai tous placés.

— Ah! — Litvinof regarda Irène obliquement. — En réalité, Irène Pavlovna, ce n'est pas moi, c'est vous qui auriez beaucoup à m'apprendre, si seulement...

Il ne savait plus comment achever sa phrase. Irène, approchant ses mains de son visage, se mit à tourner son anneau nuptial.

— Je ne m'y refuse pas, fit-elle à la fin. Je le veux bien, un jour... Mais c'est d'abord votre tour... parce que, voyez-vous, quoique je vous aie suivi de loin, je ne sais pourtant pas grand' chose sur vous, tandis que sur moi vous avez sûrement entendu parler assez au long. N'est-il pas vrai? Ne me le cachez pas?

— Vous occupiez, Irène Pavlovna, une place trop élevée dans le monde pour être à l'abri de commentaires... surtout en province où on croit à toute espèce de bruit.

— Vous y avez ajouté foi? de quel genre étaient ces bruits?

— Je vous avoue qu'ils ne venaient que très-rarement jusqu'à moi. Je vivais solitairement.

— Vous avez été cependant comme volontaire en Crimée?

— Vous avez su cela?

— Comme vous voyez. Je vous ai dit que je vous surveillais.

Litvinof fut de nouveau déconcerté.

— Pourquoi donc, reprit-il à demi-voix, entreprendrais-je de vous raconter ce que vous savez sans moi?

— Pour satisfaire mon désir, Grégoire Mikhailovitch.

Litvinof baissa la tête & commença à raconter, un peu confusément & à la hâte, ses aventures dénuées d'incidents compliqués. Souvent il s'arrêtait, demandant du regard à Irène de lui faire grâce. Mais elle exigeait implacablement la fin de son récit &, ses cheveux rejetés derrière les oreilles, appuyée sur un bras du fauteuil, elle semblait saisir chaque mot avec un redoublement d'attention. Cependant si quelqu'un avait suivi le jeu de sa physionomie, il au-

8.

rait facilement découvert qu'elle n'écoutait pas du tout ce que lui débitait Litvinof & qu'elle était plongée dans une profonde méditation. Et l'objet de cette méditation n'était nullement Litvinof, quoiqu'il se troublât & rougît sous le feu de son regard : toute une existence se déroulait devant elle, & ce n'était pas celle de Litvinof, mais bien la sienne.

Avant d'arriver au bout de son récit, Litvinof se tut sous l'impression d'un sentiment de plus en plus pénible ; cette fois, Irène ne dit rien, elle ne lui demanda plus de continuer ; mettant la paume de sa main sur ses yeux, elle s'affaissa dans son fauteuil & demeura sans mouvement. Litvinof attendit un peu ; puis se souvenant que sa visite avait duré plus de deux heures, il cherchait son chapeau, lorsqu'on entendit dans la chambre voisine le craquement de bottes vernies : Valérien Vladimirovitch Ratmirof apparut, répandant autour de lui le parfum distingué qui ne le quittait pas.

Litvinof se leva & échangea un salut avec l'aimable général. Irène ôta, sans se presser, la main qui couvrait son visage, &, regardant son mari, lui dit en français :

— Ah! vous voilà déjà revenu! Quelle
heure est-il donc?

— Près de quatre heures, chère amie, &
tu n'es pas encore habillée; la princesse
nous attendra. Et, se tournant cérémo-
nieusement du côté de Litvinof, il ajouta
avec le ton courtois qui lui était habituel,
— il paraît qu'un aimable hôte vous a fait
oublier l'heure.

Le lecteur nous permettra de lui communiquer ici quelques renseignements sur
le général Ratmirof. Son père procédait
indirectement d'un grand seigneur du
temps d'Alexandre Ier & d'une actrice
française. Le grand seigneur avait poussé
son fils dans le monde, mais ne lui avait
pas laissé de fortune; & ce fils lui-même, —
le père de notre héros, — n'avait pas eu
le temps de s'enrichir : il était devenu
colonel & maître de police, quand la mort
vint le surprendre. Une année avant de
mourir, il avait épousé une jeune & riche
veuve qui était venue se mettre sous sa
protection. Le fils du maître de police &
de la veuve, Valérien Ratmirof, avait été
placé, par protection spéciale, dans le
corps des pages, & il attira bientôt sur lui

l'attention de ses chefs, moins par ses succès scientifiques que par sa tenue martiale & son inaltérable soumission. Il entra dans la garde & fit une carrière brillante, grâce à la modeste aménité de son caractère, à son agilité au bal, à la façon élégante dont il montait, aux parades, des chevaux que ses camarades lui prê- taient, grâce enfin à je ne sais quel art singulier de politesse familièrement res- pectueuse envers ses supérieurs, d'em- pressement caressant & insinuant, auquel venait se mêler un tout petit grain de libé- ralisme. Ce libéralisme ne l'empêcha pas pourtant de faire rosser à mort cinq paysans dans un village de la Russie Blanche qu'il avait été chargé de mettre à la raison. Il jouissait d'un extérieur at- trayant & singulièrement juvénile. Blanc & rose, souple & galant, il avait de grands succès dans les salons : les douairières en raffolaient. Prudent par habitude, silen- cieux par calcul, le général Ratmirof, semblable à l'abeille laborieuse qui extrait des sucs précieux des plus vilaines fleurs, ne cessait de fréquenter le plus grand monde, & sans aucune instruction, sans aucune morale, mais avec du flair, de l'esprit de conduite, & surtout avec l'iné-branlable résolution d'aller aussi loin & aussi haut que possible, il ne voyait plus d'obstacles sur son chemin.

Litvinof eut un sourire forcé, Irène haussa seulement les épaules.

— Eh bien, dit-elle d'un ton sérieux, avez-vous vu le comte ?

— Comment donc, je l'ai vu. Il m'a chargé de te saluer.

— Ah ! & il est toujours aussi bête, votre protecteur ?

Le général Ratmirof ne répondit rien ; il accorda seulement à la précipitation de cet arrêt féminin ce léger sourire que les saillies enfantines provoquent chez l'homme mûr.

— Oui, ajouta Irène, votre comte est déjà par trop bête.

— C'est vous-même, remarqua entre ses dents le général, qui m'avez envoyé auprès de lui. Puis, se tournant vers Lit-vinof, il lui demanda en russe s'il prenait les eaux de Baden.

— Je suis, grâce à Dieu, bien portant, répondit Litvinof.

— C'est ce qu'il y a de mieux, continua le général en souriant d'un air gracieux, on ne vient généralement pas à Baden pour se guérir, cependant ses eaux sont très-efficaces & celui qui souffre comme moi d'une toux nerveuse...

Irène se leva avec impétuosité.

— Nous nous reverrons, Grégoire Mikhailovitch, &, je l'espère, bientôt, dit-elle en français, coupant dédaigneusement la parole à son mari ; maintenant je suis obligée de faire ma toilette. Cette vieille princesse est insupportable avec ses éternelles parties de plaisir où l'on ne trouve que de l'ennui.

— Vous êtes aujourd'hui bien sévère pour tout le monde, marmotta le mari en gagnant sa chambre.

Litvinof se dirigeait vers la porte. Irène l'arrêta.

— Vous m'avez tout raconté, dit-elle, vous m'avez pourtant caché le plus important.

— Qu'est-ce ?

— On dit que vous vous mariez.

Litvinof rougit jusqu'aux oreilles. C'est avec intention qu'il n'avait pas parlé

de Tatiana; il lui était fort désagréable
qu'Irène eût découvert ses intentions de
mariage ainsi que son désir de les lui cacher. Il ne savait que dire tandis que les
yeux d'Irène ne le quittaient pas.

— Oui, je me marie, dit-il enfin, & il
se retira aussitôt.

Ratmirof rentra dans la chambre.

— Est-ce que tu ne t'habilles pas?
demanda-t-il.

— Allez seul; j'ai mal à la tête.

— Mais la princesse...

Irène mesura son mari des pieds à la
tête, lui tourna le dos brusquement & entra dans son cabinet.

XII

Litvinof était aussi mécontent de lui-
même que s'il avait perdu à la roulette
ou n'avait pas tenu une parole donnée.
Une voix intérieure lui disait qu'il ne convenait pas à un fiancé, à un homme de
son âge de se laisser entraîner à la curio-

sité ou à la séduction des souvenirs.
« Pourquoi aller chez elle! se disait-il.
De sa part, ce n'est que coquetterie,
lubie, caprice. Elle s'ennuie; elle s'est
accrochée à moi, comme il prend parfois
fantaisie à un gourmand de manger du pain
noir. Pourquoi y suis-je allé? Comme si je
pouvais... ne pas la mépriser? » Ce ne fut
pas sans effort qu'il prononça même mentalement ces derniers mots. « Sans doute,
continua-t-il, il n'y a & il ne peut y avoir
aucun danger; je sais à qui j'ai affaire,
mais il ne faut pas jouer avec le feu, & je
n'y mettrai plus les pieds. Litvinof n'osait
pas, ne pouvait pas encore s'avouer jusqu'à
quel point Irène lui avait paru belle &
avait réveillé ses anciens sentiments.

La journée lui sembla mortellement
longue. A dîner, le sort le plaça à côté
d'un beau monsieur à grosses moustaches,
qui ne desserra pas les dents & ne fit que
souffler en roulant les yeux : un hoquet
découvrit à Litvinof que c'était un com-
patriote, car il lui échappa de s'écrier en
russe avec sévérité : « J'avais bien dit
qu'il ne fallait pas manger de melon! »
Le soir n'apporta rien de bien consolant.

Sous les yeux de Litvinof, Bindasof gagna une somme quatre fois plus forte que celle qu'il lui avait empruntée, & non-seulement il ne s'acquitta point, mais encore il lui jeta un regard menaçant, comme s'il méditait de le punir pour avoir été témoin de sa veine. Le lendemain matin, une troupe de compatriotes vint de nouveau faire irruption chez lui ; dès qu'il eut réussi à s'en débarrasser, il alla dans la montagne, où d'abord il rencontra Irène, qu'il fit semblant de ne pas reconnaître, puis Potoughine. Avec celui-ci, il n'aurait pas demandé mieux que de causer, mais il n'en put tirer de réponse. Potoughine conduisait par la main une petite fille élégamment vêtue, avec des boucles presque blanches, de grands yeux sombres, un visage pâle, maladif, portant cette expression de commandement & d'impatience qui caractérise les enfants gâtés. Litvinof passa deux heures dans les montagnes & rentra par l'allée de Lichtenthal. Une dame avec un voile bleu, assise sur un banc, se leva dès qu'elle l'aperçut & l'aborda. Il reconnut Irène.

— Pourquoi me fuyez-vous, Grégoire

9

Mikhailovitch? lui dit-elle avec cet voix inégale qui dénote l'agitation intérieure.

Litvinof se troubla.

— Je vous fuis, Irène Pavlovna!

— Oui, vous...

Irène paraissait très-émue, presque irritée.

— Vous vous trompez, je vous assure.

— Non, je ne me trompe pas. Comme si ce matin, quand nous nous sommes croisés, je n'avais pas vu que vous m'aviez reconnue? Dites, ne m'avez-vous pas reconnue, dites?

— Vraiment, Irène Pavlovna...

— Grégoire Mikhailovitch, vous êtes un homme sincère, vous avez toujours dit la vérité; dites-moi, vous m'avez bien reconnue? Vous vous êtes détourné avec intention?

Litvinof considéra Irène. Ses yeux brillaient d'un éclat étrange; on voyait ses joues & ses lèvres blémir sous son voile. Il y avait dans l'expression de son visage & le son entrecoupé de sa voix quelque hose d'irrésistiblement désolé & suppliant... Litvinof ne put feindre davantage.

— Oui... je vous ai reconnue, répondit-
il avec effort.

Irène frissonna & laissa lentement tomber ses bras.

— Pourquoi ne vous êtes-vous pas ap-
proché de moi ? murmura-t-elle ?

— Pourquoi... pourquoi !... Litvinof
quitta l'allée, Irène le suivit en silence. —
Pourquoi ? répéta-t-il, & son visage s'enflamma subitement, & un mouvement de
colère étreignit sa poitrine & sa gorge. —
Vous !... vous me le demandez, après ce
qui s'est passé entre nous ? Pas maintenant, sans doute, mais naguère... à Moscou.

— Mais nous avions décidé, vous m'a-
viez promis... dit Irène.

— Je n'ai rien promis ! s'écria-t-il.
Excusez la vivacité de mes paroles, mais
vous exigez la vérité ; jugez donc vous-
même. N'est-ce pas à une coquetterie,
que j'avoue ne pas comprendre, n'est-ce
pas au désir de constater une fois de plus
votre influence sur moi, que je puis attribuer votre.. je ne sais comment dire...
votre insistance ? Nos routes sont maintenant si différentes ! J'ai tout oublié, je suis

devenu un autre homme ; vous êtes mariée, heureuse, du moins en apparence ;
vous jouissez dans le monde d'une position
enviable, pourquoi donc ce rapprochement? Nous ne pouvons plus nous comprendre l'un l'autre ; il n'y a plus rien
entre nous de commun, ni dans le passé
ni dans l'avenir... surtout... surtout dans
votre passé

Litvinof prononça toutes ces phrases à
la hâte, avec saccades, sans tourner la
tête. Irène ne bougeait pas ; seulement de
temps en temps elle lui tendait impercep-
tiblement les mains; elle semblait le supplier de s'arrêter, de l'écouter, &, à sa
dernière parole, elle se mordit la lèvre
inférieure comme si elle eût senti la piqûre
d'un dard aigu.

— Grégoire Mikhailovitch, reprit-elle
avec une voix déjà plus calme, — & elle
s'écarta encore davantage de l'allée, où il y
avait quelques rares promeneurs. Litvinof
la suivit à son tour. — Grégoire Mikhailovitch, croyez-moi ; si j'avais pu imaginer
que j'avais conservé sur vous une ombre
d'influence, j'aurais été la première à vous
éviter. Si je ne l'ai pas fait, si je me suis

décidée, malgré... mes fautes passées, à renouer connaissance avec vous, c'est parce que... parce que...

— Parce que ? répéta presque durement Litvinof.

— Parce que, reprit Irène avec une subite énergie, je n'en pouvais plus, j'étouffais déjà trop dans ce monde, dans cette position *enviable* dont vous me parlez ; parce que, rencontrant un homme vivant au milieu de tous ces mannequins, — vous avez pu en avoir l'autre jour un échantillon au Vieux-Château, — il m'a fait l'effet d'une source dans un désert... & vous m'appelez coquette, vous me soupçonnez, vous me repoussez sous le prétexte que j'ai été réellement coupable envers vous & encore davantage envers moi-même !

—Vous avez vous-même choisi votre lot, Irène Pavlovna, répondit d'un air farouche Litvinof, toujours sans détourner la tête.

— Moi-même... je ne me plains pas, je n'ai pas le droit de me plaindre, s'empressa de reprendre Irène, que la sévérité même de Litvinof semblait soulager ; je sais que vous devez me condamner, je ne

me justifie pas ; je tiens seulement à vous
faire comprendre mes sentiments, à vous
convaincre qu'il n'y a pas maintenant en
moi de coquetterie... Faire la coquette
avec vous ! Mais cela n'a pas le sens commun ! Quand je vous ai vu, tout ce que
j'avais de bon, de jeune s'est réveillé en
moi... Ce temps, lorsque je n'avais pas
encore choisi mon lot, tout ce qui s'est
passé dans cette sereine époque, avant
ces dix ans...

— Mais permettez, Irène Pavlovna ; si
je ne me trompe, la phase brillante de
votre existence date précisément de l'é-
poque de notre séparation...

Irène approcha son mouchoir de ses
lèvres.

— Ce que vous me dites là est dur,
Grégoire Mikhailovitch, mais je ne puis
me fâcher contre vous. Oh ! non, ce temps
n'a pas été heureux, ce n'est pas pour
mon bonheur que j'ai quitté Moscou ; je
n'ai pas connu une seule minute de bonheur, pas une seule, croyez-moi, quoi
qu'on ait pu vous conter. Si j'étais heureuse, pourrais-je vous parler comme je le
fais maintenant... Je vous le répète, vous

ne savez pas ce que c'est que ces hommes...
Ils ne comprennent rien, ils ne sentent
rien, ils n'ont pas même de l'esprit, mais
seulement de la ruse & de l'adresse ; la
musique, la poésie, & les beaux-arts leur
sont également étrangers. Vous me direz
que j'étais moi-même assez indifférente à
tout cela, — pas cependant à ce degré,
Grégoire Mikhailovitch, pas à ce degré !
Ce n'est pas une femme du monde qui est
devant vous, — un seul coup. d'œil peut
vous le prouver si vous vouliez seulement
me regarder, — ce n'est pas une *lionne*...
c'est ainsi, paraît-il, qu'on nous nomme,
— mais un pauvre être digne en vérité de
compassion. Ne soyez pas surpris de mes
paroles... ma fierté est passée. Je vous
tends la main comme une misérable, comprenez enfin cela, comme une misérable...
J'implore l'aumône, ajouta-t-elle avec une
involontaire & irrésistible véhémence, je
demande l'aumône, & vous...!

La voix lui fit défaut. Litvinof releva la
tête & la regarda : sa respiration était
haletante, ses lèvres tremblantes. Il sentit
battre son cœur, & cette espèce de colère
qu'il avait ressentie disparut.

— Vous dites, continua Irène, que nos voies sont différentes; je sais que vous vous mariez par inclination, vous avez arrangé déjà un plan pour toute votre vie, mais nous ne sommes pas devenus si étrangers l'un à l'autre, Grégoire Mikhailovitch, nous pouvons encore nous comprendre l'un l'autre. Supposez-vous que je sois complétement hébétée, que je me sois complétement embourbée dans ce marais? Ah ! non, ne croyez pas cela, de grâce. Laissez-moi reposer un peu mon âme, quand ce ne serait qu'au nom des jours écoulés, puisque vous ne voulez pas les oublier. Faites en sorte que notre rencontre ne soit pas stérile, je ne demande que peu, très-peu... un peu de sympathie, je demande seulement que vous ne me repoussiez pas, que vous laissiez reposer un peu mon âme...

Irène se tut ; on sentait des larmes dans sa voix. Elle soupira & tendit la main. Litvinof la prit lentement & la pressa faiblement.

— Soyons amis, murmura Irène.

— Amis, répéta mélancoliquement Litvinof.

— Oui, amis, &, si c'est trop exiger, soyons du moins de bonnes connaissances, comme si rien n'était jamais arrivé...

— Comme si rien n'était arrivé !... répéta Litvinof. Vous venez de me dire, Irène Pavlovna, que je ne veux pas oublier les jours écoulés... & si je ne pouvais les oublier ?

Un rapide sourire effleura le visage d'Irène, mais fut immédiatement remplacé par une expression préoccupée, presque effrayée.

— Faites comme moi, Grégoire Mikhailovitch, ne vous souvenez que de ce qui était bien ; donnez-moi seulement votre parole... votre parole d'honneur...

— De quoi ?

— De ne pas me fuir... de ne pas me blesser inutilement... Vous me le promettez, dites ?

— Oui.

— Et vous chasserez de votre tête toute mauvaise pensée ?

— Oui... mais je ne puis toujours pas vous comprendre.

— Cela n'est pas nécessaire... du reste,

9.

attendez, vous me comprendrez. Mais
vous me promettez?

— J'ai déjà dit oui.

— Merci. Faites-y attention, je suis
habituée à vous croire. Je vous attendrai
aujourd'hui, demain; je ne sortirai pas.
Maintenant il faut que je vous laisse; la
duchesse se promène dans l'allée; elle
m'a vue, je dois l'aborder. Au revoir.
Donnez-moi vite votre main, vite, vite, au
revoir.

Et après avoir serré la main de Litvinof,
Irène se dirigea vers une personne entre
deux âges, qui, d'un air majestueux, marchait à pas comptés sur le sable de l'allée,
suivie de deux dames & d'un laquais à
livrée éclatante.

— Eh! bonjour, chère madame, dit la
duchesse, quand Irène se fut respectueusement approchée d'elle. Comment allez-
vous aujourd'hui? Venez un peu avec moi

— Votre Altesse a trop de bonté, répondit Irène de sa voix insinuante.

XIII

Litvinof laissa la duchesse s'éloigner avec sa suite & sortit aussi de l'allée. Il ne pouvait pas se rendre compte de ce qu'il éprouvait; il ressentait de la honte & de l'effroi, mais en même temps sa vanité était flattée. L'explication d'Irène l'avait pris à l'imprévu; ses paroles ardentes & précipitées étaient tombées sur lui comme une grêle. « Elles sont étranges, ces femmes du grand monde, pensait-il, comme elles sont inconséquentes, comme elles sont gâtées par le cercle dans lequel elles vivent & dont elles sentent elles-mêmes l'inanité! » En réalité, il répétait machinalement ces lieux communs, comme pour chasser d'autres réflexions poignantes. Il sentait qu'il ne fallait pas en ce moment s'abandonner à des réflexions sérieuses, car il serait probablement amené à se trouver coupable, & il marchait à pas lents, s'efforçant d'appliquer son attention sur ce qui l'entourait. Tout à coup, il se trouva auprès d'un banc, vit des jambes, leva la tête; ces jambes appartenaient à un homme lisant un journal, & cet homme était Potoughine. Litvinof poussa une légère exclamation; Potoughine posa le journal sur ses genoux & regarda attentivement, sans sourire, Litvinof, qui le regarda de même.

— Peut-on s'asseoir à côté de vous, dit-il enfin?

— Asseyez-vous, faites-moi ce plaisir. Seulement je vous préviens qu'il ne faut pas vous fâcher, si vous entamez avec moi une conversation : je me sens dans les dispositions les plus misanthropiques; tous les objets m'apparaissent d'une laideur exagérée.

— Ce n'est rien, Sozonthe Ivanovitch, répondit Litvinof en prenant place sur le banc; cela vient même fort à propos. Mais sur quelle herbe avez-vous marché?

— Je n'ai aucun motif de mauvaise humeur, dit Potoughine. Au contraire, je viens de lire dans le journal le projet de la réforme judiciaire en Russie, & je vois avec une sincère satisfaction que nous avons enfin du bon sens, que nous n'avons plus l'intention, sous prétexte d'indépendance, de nationalité ou d'originalité, d'accrocher une petite queue de notre cru à la pure & évidente logique européenne, mais que nous empruntons ici, sans marchander, à l'étranger ce qu'il a de bon. C'est assez d'avoir fait des concessions de ce genre lors de l'émancipation... Tirez-vous-en maintenant comme vous pourrez avec la communauté de biens que nous avons établie! Sûrement, sûrement, je n'ai pas lieu d'être de mauvaise humeur; mais, pour mon malheur, j'ai rencontré un *diamant brut*, j'ai causé avec lui, & tous ces diamants bruts, tous ces fanfarons me troubleront jusque dans la tombe!

— Quel diamant? demanda Litvinof.

— Mais, vous savez, ce gros monsieur qu'on voit ici & qui s'imagine qu'il est un musicien de génie. « Sans doute, dit-il, je ne suis qu'un zéro, parce que je n'ai pas étudié; mais j'ai, sans comparaison, plus de mélodie & d'idée que Meyerbeer. » En premier lieu, avais-je envie de lui répondre, pourquoi n'as-tu pas étudié? Et en deuxième lieu, sans parler de Meyerbeer, chez le dernier joueur de flûte allemand, faisant modestement sa partie dans le dernier orchestre d'Allemagne, il y a vingt fois plus d'idées que chez tous nos soi-disant diamants bruts; seulement ce joueur de flûte garde pour lui ses idées & n'en importune pas la patrie des Mozart & des Haydn, tandis que notre fanfaron, dès qu'il a composé la moindre valse ou la moindre romance, les mains dans les goussets & un sourire de mépris à la bouche, se déclare un génie. Le même manége se répète pour la peinture & dans tout. Ah! ces diamants bruts, j'en ai par-dessus la tête. Ne serait-il pas temps de jeter aux orties toutes ces vanteries, tous ces mensonges : « Personne ne meurt de faim en Russie... Nulle part on ne voyage plus vite... Nous sommes assez nombreux pour enterrer nos ennemis sous nos bonnets... » On me parle toujours de la riche nature russe, de notre instinct supérieur, de Koulibine! Où vont-ils chercher cette richesse? Je n'entends que le bégayement de l'homme qui se réveille, qu'une finesse plus digne de l'animal que de l'être humain. De l'instinct! Il y a bien de quoi se pavaner! Prenez une

fourmi dans le bois, portez-la à un verste
de sa fourmillière, elle en retrouvera le
chemin ; l'homme ne peut rien faire de pareil ; est-ce à dire qu'il est inférieur à la
fourmi? L'instinct, quand il serait porté au
suprême degré, n'est pas ce qui distingue
l'homme ; ce qui le distingue, c'est le bon
sens, le simple bon sens, le vrai bon sens ;
voilà notre apanage, notre juste motif
d'orgueil. Quant à Koulibine, qui, sans
connaître la mécanique, fabriqua une horloge très-mauvaise, j'aurais fait exposer
son horloge sur un pilori avec cette in-
scription : « Voyez, braves gens, comme il
ne faut pas travailler. » Koulibine n'est
pas coupable, mais sa manière ne vaut pas
un fétu. Faites l'éloge du couvreur Te-
louchkine pour la hardiesse & l'agilité
qu'il a mises à atteindre l'aiguille de l'A-
mirauté, je le veux bien ; mais ne hurlez
pas qu'il a donné un pied de nez aux ar-
chitectes allemands, qu'ils ne sont bons
qu'à empocher de l'argent. Il ne leur a pas
donné un pied de nez : il a bien fallu recourir à eux pour réparer l'aiguille, après
qu'elle a été démontée. Pour l'amour de
Dieu, ne répandez pas en Russie l'idée que

l'on peut parvenir à quelque chose sans
étude! Non, quand tu aurais un front
large de sept empans, apprends, apprends
à commencer par l'alphabet, sinon tais-toi
& reste tranquille. Ouf! j'en ai chaud.

Potoughine ôta son chapeau & s'éventa
avec son mouchoir.

— Les beaux-arts, reprit Potoughine,
l'industrie russes! Je connais l'enflure
russe, je connais aussi son impuissance,
mais, Dieu me pardonne, je n'ai jamais
rencontré ses beaux-arts. Vingt années
durant on s'est tenu agenouillé devant
Brulof, devant cette nullité prétentieuse,
& on s'est imaginé qu'il s'était formé chez
nous une école supérieure à toutes les
autres... Les beaux-arts russes! ah! ah! ah!
hi! hi!

— Cependant permettez, Sozonthe Ivanovitch, remarqua Litvinof, est-ce que
vous n'admettriez pas même Glinka?

Potoughine se gratta l'oreille.

— Les exceptions, vous le savez, ne
font que confirmer la règle. Dans le cas
même que vous me citez, nous n'avons pas
encore pu nous garer de la fanfaronnade.
Si l'on s'était borné, par exemple, à dire

que Glinka a été réellement un musicien remarquable, que les circonstances & ses propres fautes ont empêché de devenir le fondateur de l'opéra russe, personne ne le contesterait; mais non, impossible de rester dans la mesure. Incontinent il a fallu l'élever au grade de général en chef, de grand-maréchal dans la partie musicale, prétendre que les autres nations n'ont rien de pareil... Et, comme preuve, on vous cite quelque grand génie du cru dont les « sublimes productions » ne sont qu'une pitoyable imitation des compositeurs étrangers de second ordre... de second ordre, remarquez-le bien; — car ceux-là sont les plus faciles à imiter. Rien de pareil! O malheureux barbares qui comprennent la perfection dans l'art comme s'il s'agissait du saltimbanque Rappo; un hercule étranger soulève d'une main six pouds, le nôtre vingt; vous voyez, les autres n'ont rien de pareil! Je prendrai la liberté de vous communiquer un souvenir qui ne me sort pas de la tête. J'ai visité ce printemps le Palais de cristal de Londres; dans ce palais, comme vous le savez, sont réunis des spécimens de toutes les inventions, — c'est pour ainsi dire l'encyclopédie de l'humanité. Je me suis promené au milieu de toutes ces machines, de tous ces instruments, de toutes ces statues de grands hommes, & j'ai été saisi par cette pensée : si tout à coup une nation venait à disparaître de la surface du monde, & si en même temps disparaissait de ce palais tout ce que cette nation a inventé, notre bonne petite mère, l'orthodoxe Russie, pourrait s'enfoncer dans le Tartare sans ébranler un seul clou, sans déranger une seule épingle ; tout resterait paisiblement à sa place, car le samovar, les chaussures d'écorce, le knout, — nos plus importants produits, — n'ont même pas été inventés par nous. La disparition des îles Sandwich produirait plus d'effet ; ses indigènes ont inventé je ne sais quelles lances & quelles pirogues ; les visiteurs remarqueraient leur absence. Nos vieilles inventions viennent de l'Orient, nos nouvelles sont tirées de l'Occident, & nous continuons à discuter encore sur l'originalité de l'art & de l'industrie nationale ! Quelques jeunes gens ont même découvert une science russe, une arithmétique russe : deux & deux font bien quatre, chez nous comme ailleurs, mais plus *crânement,* paraît-il.

— Arrêtez, Sozonthe Ivanovitch, s'écria Litvinof. Nous envoyons cependant quelque chose aux expositions universelles, & l'Europe s'approvisionne de bien des choses chez nous.

— Oui, elle prend chez nous les matières brutes; mais remarquez, monsieur, que ces matières brutes ne sont généralement bonnes que par suite de détestables circonstances : notre soie de cochon, par exemple, est longue & forte, parce que l'animal est chétif; notre cuir est solide & épais, parce que les vaches sont maigres, le suif est gras, parce qu'on y laisse des lambeaux de chair... Du reste, pourquoi m'étendrais-je là-dessus : vous vous occupez de technologie, vous savez tout cela mieux que moi. On me parle de l'aptitude russe, eh bien! voilà nos propriétaires qui se plaignent amèrement & éprouvent d'immenses pertes parce qu'il n'existe pas de machine à sécher qui les délivre de la nécessité de mettre leurs gerbes dans des fours, comme du temps de Rurick; ces fours causent un déchet effrayant & brû-

lent sans cesse. Les propriétaires se lamentent, & il n'y a toujours pas de machines à sécher. Or, pourquoi n'y en a-t-il
pas? Parce que l'Allemand n'en a pas besoin : il bat son blé humide ; il n'a pas par
conséquent à se préoccuper de cette invention, & nous n'en sommes pas capables, nous ne sommes même pas capables
de cela! A partir d'aujourd'hui, dès que
j'apercevrai quelque part un de ces diamants bruts, un de ces génies inventifs &
naïfs, je lui crierai aussitôt : « Halte-là! où
est la machine à sécher? » Mais ils s'occupent bien de cela! Ramasser un soulier
éculé, tombé depuis longtemps des pieds
de Saint-Simon ou de Fourier, se le poser
respectueusement sur la tête & le porter
comme une relique, nous sommes capables de cet effort ; ou bien compiler un
petit article sur la valeur historique &
contemporaine du prolétariat dans les
principales villes de France, nous pouvons
encore faire cela ; mais un jour j'ai essayé
de proposer à un de ces écrivains d'économie politique, comme M. Vorochilof, de
me nommer vingt villes de cette même
France, & savez-vous ce qui est arrivé? Il

est arrivé que, pour compléter le chiffre,
le politico-économiste s'est trouvé réduit
à me nommer Montfermeil, dont il s'est
souvenu grâce à un roman de Paul de
Kock. Il me revient ici en mémoire une
anecdote. J'entrais un jour dans un bois
avec un fusil & un chien.

— Vous êtes donc chasseur? demanda
Litvinof.

— Je tire un peu. J'allais chercher des
bécassines dans un marais fréquenté, m'a-
vait-on dit, par les chasseurs. J'entre donc
dans un bois que des marchands avaient
acheté pour l'arracher. Comme d'habitude,
ils y avaient construit une maisonnette,
une sorte de comptoir. — Je regarde : sur
le seuil se tient un commis, frais & lisse
comme une noisette écossée ; il ricanait à
lui tout seul. Je lui demande : « Où est le
marais, & y trouve-t-on des bécassines? —
Venez, venez, me dit-il aussitôt avec une
expression de joie comme si je lui eusse
fait cadeau d'un rouble; — ce marais est
de première qualité; il abonde en toute
espèce d'oiseaux sauvages, au point de ne
savoir qu'en faire. » Je suivis ses indica-
tions, & non-seulement je n'aperçus aucun

oiseau sauvage, mais je ne découvris
même pas le marais depuis longtemps
desséché. Eh bien! faites-moi le plaisir de
me dire pourquoi le Russe ment toujours,
le commis-marchand comme le politico-
économiste?

Litvinof ne répondit rien & se contenta
de soupirer.

— Entamez une conversation avec ce
dernier, continua Potoughine, sur les pro-
blèmes les plus ardus de la science sociale,
pris en général, sans faits positifs... prrrr!
il part aussitôt comme un oiseau dont on a
délié les ailes. Un jour j'ai réussi pourtant
à attraper un de ces oiseaux; je m'étais
servi, comme vous allez voir, d'un excellent appât. Je discutais avec un de nos
jeunes gars du jour sur diverses « questions, » ainsi qu'ils disent. Comme à l'ordinaire, il se fâchait beaucoup; il niait, entre
autres, le mariage avec une obstination
vraiment puérile. Je lui soumis quelques
arguments..... c'est comme si j'eusse parlé
à un mur! Je désespérais de l'aborder
d'aucun côté, lorsqu'une heureuse idée
me traversa l'esprit. « Veuillez me permettre de vous faire une observation, lui

dis-je, — avec les blancs-becs il faut toujours être respectueux, — vous m'étonnez
beaucoup, monsieur. Vous vous occupez
de sciences naturelles, & jusqu'à présent
vous n'avez pas porté votre attention sur
le phénomène suivant : tous les animaux
carnassiers & pillards, les oiseaux de proie,
tous ceux qui vivent de proie, travaillent à
procurer de la nourriture à leurs petits
comme à eux-mêmes... Or vous classez
l'homme parmi ces animaux? — Sans
doute, répliqua mon gars, l'homme n'est
en général qu'un animal carnassier. — Et
pillard, ajoutai-je. — Et pillard, affirma-
t-il. — C'est parfaitement dit, poursuivis-je.
Je m'étonne donc que vous n'ayez pas remarqué que tous ces animaux vivent en
monogamie. » Le blanc-bec fit un soubresaut. « Comment cela? — Mais comme
cela : voyez le lion, le loup, le renard, le
vautour, comment pourraient-ils se conduire autrement, veuillez y réfléchir? C'est
à peine s'ils peuvent à deux nourrir leurs
petits. » Le blanc-bec devint rêveur.
« Dans ce cas, reprit-il, l'animal n'est pas
un modèle pour l'homme. » Ici, je le qua-
lifiai d'idéaliste; il en fut tellement mor-

tifié qu'il faillit fondre en larmes ; je fus obligé de le calmer, de lui promettre que je n'en dirais rien à ses camarades. Mériter la qualification d'idéaliste, ce n'est pas une bagatelle ! Voyez-vous, monsieur, la jeunesse d'aujourd'hui s'est trompée dans son calcul. Elle s'est imaginé que la précédente époque de travail obscur & souterrain était passée ; que c'était bon pour nos vieux pères de creuser comme des taupes, que ce rôle est pour nous autres trop humiliant ; nous devons agir en plein air... Nous agirons... Chères petites colombes ! vos enfants mêmes n'agiront pas encore, &, pour vous, veuillez rentrer dans la tranchée, dans le trou, & y continuer l'œuvre sourde de vos vieux pères.

Il y eut un moment de silence.

— Quant à moi, monsieur, reprit Potoughine, non-seulement je suis persuadé que nous devons à la civilisation tout ce que nous possédons de sciences, d'industrie, de justice, mais encore j'affirme que le sentiment même du beau & de la poésie ne peut naître & se développer que sous l'influence de cette civilisation ; & que ce qu'on appelle œuvre nationale &

spontanée n'est que niaiserie & absurdité.
On distingue jusque dans Homère les
germes d'une civilisation riche & raffinée;
l'amour même s'épure à son contact. Les
slavophiles me pendraient volontiers pour
une pareille hérésie, s'ils n'avaient pas un
cœur si tendre; mais je n'en démordrai
pas, & Mme Kokhanoski aura beau m'offrir
ses idylles où la simple nature slave est
tellement glorifiée, je ne respirerai pas ce
triple extrait de mougik russe, parce que
je n'appartiens pas à la haute société qui
sent de temps en temps le besoin de se
faire croire à elle-même qu'elle ne s'est
pas complétement francisée, & pour l'u-
sage exclusif de laquelle on compose cette
littérature en cuir de Russie. Je le répète,
sans civilisation, il n'y a pas de poésie.
Voulez-vous vous rendre compte de l'idéal
poétique du Russe primitif? Ouvrez nos
légendes. L'amour ne s'y manifeste jamais
que comme la conséquence d'un charme,
d'un sort. Il s'infiltre « par la liqueur de
l'oubli; » on en compare l'effet à une terre
desséchée ou glacée; ce qu'on appelle
notre littérature épique, seule parmi toutes
les autres d'Europe & d'Asie, ne fournit

10

pas un couple typique d'êtres qui s'aiment; le héros de la « sainte Russie » commence toujours ses relations avec celle que le sort lui destine par la maltraiter sans merci. Mais je ne veux pas discourir sur tout cela ; je prendrai uniquement la liberté d'attirer votre attention sur la peinture que fait du « jeune premier » le Slave primitif & incivilisé. Voyez : le jeune premier s'avance ; il s'est donné « une pelisse de martre piquée sur toutes les coutures ; une ceinture de soie bigarrée prend sa taille sous les aisselles, ses mains sont enfouies dans ses manches ; le collet de sa pelisse, plus haut que son chef, cache par devant son visage vermeil & par derrière son col blanc ; son chapeau est planté sur une oreille ; des bottes de maroquin enveloppent ses jambes ; elles se relèvent en pointe d'alène ; leurs talons sont si hauts qu'un moineau passerait, ailes déployées, sous le milieu de la botte. »

Voilà l'idéal poétique du russe incivilisé. Eh bien! ce modèle est-il joli? Offre-t-il beaucoup de matériaux pour le peintre & le sculpteur? Et la jeune fille qui captive le jeune homme & qui a un teint comme du sang de lièvre... Mais il me semble que vous ne m'écoutez **pas**?

Litvinof tressaillit. Il n'écoutait pas, en effet, ce que lui disait Potoughine; il songeait, songeait obstinément à Irène, à sa dernière entrevue.

— Excusez-moi, Sozonthe Ivanovitch, dit-il, mais j'ai à vous renouveler ma question sur...

— Sur?

— Sur Mme Ratmirof.

Potoughine plia le journal & l'enfonça dans sa poche.

— Vous voulez encore savoir comment j'ai fait sa connaissance?

— Non, ce n'est pas cela; je voudrais avoir votre opinion... sur le rôle qu'elle a joué à Pétersbourg. Quel a été en définitive ce rôle?

— Je ne sais vraiment que vous dire, Grégoire Mikhailovitch. Je me suis trouvé en relations assez intimes avec Mme Ratmirof... mais cela a été tout à fait par hasard & de peu de durée. Je n'ai pas pénétré dans son monde & ce qui s'y passe m'est inconnu J'ai bien entendu quelque chose, mais, vous savez, les caquets ne

règnent pas seulement dans les cercles
démocratiques, & cela m'intéressait peu.
Cependant, je m'aperçois, ajouta-t-il après
un moment de silence, qu'elle vous occupe.

— Oui, nous avons causé ensemble deux
fois, assez franchement. Je me demande
toutefois si elle est sincère?

Potoughine baissa les yeux.

— Quand elle s'emporte, elle est sincère,
comme toutes les femmes passionnées. Parfois l'orgueil l'empêche aussi de mentir.

— Elle est orgueilleuse? Je supposais
plutôt qu'elle était capricieuse.

— Orgueilleuse comme le démon, mais
ce n'est rien.

— Il m'a paru qu'elle exagérait quelquefois...

— Et ce n'est rien encore; elle n'en est
pas moins sincère. Mais où prétendez-vous
chercher la vérité? Les meilleures de ces
dames sont gangrenées jusqu'à la moelle
des os.

— Mais, Sozonthe Ivanovitch, rappelez-
vous, ne l'avez-vous pas appelée vous-
même votre amie? Ne m'avez-vous pas
conduit chez elle presque de force?

— Qu'est-ce à dire? Elle m'a prié de vous amener; je me suis dit: Pourquoi pas? Et quant à l'amitié, oui, je suis réellement son ami. Elle n'est pas sans qualités; elle est bonne, c'est-à-dire généreuse, c'est-à-dire qu'elle donne aux autres ce qui ne lui est pas tout à fait nécessaire. Du reste, vous devez la connaître aussi bien que moi.

— J'ai connu Irène Pavlovna il y a dix ans; depuis ce temps...

— Ah! Grégoire Mikhaïlovitch, que dites-vous! Est-ce que le caractère change? Tel on est au berceau, tel on descend au tombeau. Peut-être, — ici Potoughine se courba encore davantage, — peut-être craignez-vous de tomber entre ses mains? C'est possible, mais peut-on échapper à des mains quelconques?

Litvinof eut un sourire forcé.

— Vous croyez?

— On ne peut y échapper. L'homme est faible, la femme est tenace, le hasard est tout-puissant; se résigner à une vie décolorée est difficile, s'y résigner complétement est impossible... & ici il y a beauté & sympathie, chaleur & lumière, comment s'y dérober? On s'élance comme un enfant

10.

vers sa bonne. Ensuite viennent sans doute, comme à l'ordinaire, le froid, les ténèbres, le vide, & puis on se déshabitue de tout, on ne comprend plus rien. D'abord on ne comprend pas qu'on puisse aimer, puis on ne comprend même pas comment on peut vivre.

Litvinof regarda Potoughine; il lui sembla qu'il n'avait encore jamais rencontré un être plus isolé & plus malheureux. Sombre, livide, la tête inclinée sur la poitrine, les mains croisées sur les genoux, il était immobile & souriait d'un sourire abattu. Litvinof eut pitié de ce pauvre, honnête, bilieux original...

— Irène Pavlovna, reprit-il à demi-voix, m'a parlé, entre autres, d'une de ses meilleures connaissances, qu'on appelait, si je ne me trompe, Belsky ou Dolsky...

Potoughine fixa sur Litvinof son regard morne:

— Ah! dit-il d'une voix sourde. Elle vous a parlé... Eh bien! quoi? Du reste, ajouta-t-il en bâillant d'une manière forcée, il est temps que je retourne à la maison... dîner. Adieu.

Il sauta de son banc & s'éloigna rapide-

ment avant que Litvinof eût le temps de
prononcer un mot. Le dépit remplaça er
lui la compassion; dépit, bien entendu,
contre lui-même. Toute espèce d'indiscrétion lui était antipathique : il avait voulu
exprimer à Potoughine sa sympathie, &,
au lieu de cela, il n'avait fait qu'une
maladroite allusion. Il rentra à son hôtel
avec un secret mécontentement sur le
cœur.

— Elle est gangrenée jusqu'à la moelle
des os, pensa-t-il pendant quelque temps...
orgueilleuse comme un démon! elle, cette
femme qui est presque tombée à mes
genoux, orgueilleuse? orgueilleuse & pas
capricieuse?

Litvinof essaya, mais sans succès, d'é-
loigner de son esprit l'image d'Irène. Il ne
voulait pas songer à sa fiancée; il sentait
qu'elle n'aurait pas ce jour-là le dessus.
Il résolut d'attendre, sans s'émouvoir davantage, le dénoûment de toute « cette
étrange histoire. » Ce dénoûment ne pouvait tarder, & Litvinof ne doutait pas qu'il
ne fût des plus inoffensifs & des plus natu-
rels. Il en décida ainsi, mais cependant
l'image d'Irène ne le quittait pas, & cha-

cune de ses paroles lui revenait obstinément en mémoire.

Le garçon d'auberge lui apporta un
billet ainsi conçu :

« Si vous ne faites rien ce soir, venez ; je ne serai pas
seule, j'aurai du monde & vous pourrez voir de plus
près notre société. J'ai grande envie que vous la voyiez ;
j'ai le pressentiment qu'elle se montrera dans tout son
éclat. Il faut que vous vous rendiez compte de l'air que
je respire. Venez ; je serai heureuse de vous voir, &
vous ne vous ennuierez pas. Prouvez-moi que notre
explication d'aujourd'hui a rendu désormais impossible
tout malentendu.

« Votre dévouée, I. »

Litvinof mit un habit, une cravate
blanche, & se rendit à l'invitation. « Tout
cela n'est pas grave, se répétait-il en chemin. Pourquoi ne pas *les* examiner? C'est
curieux. » Il y a peu de jours, ce n'était
pas un sentiment de curiosité, mais de répugnance, que ce même monde lui inspirait.

Il marchait à pas précipités, le chapeau
sur les yeux, un sourire forcé sur les
lèvres ; Bambaéf, assis devant le café
Weber, le montrant de loin à Vorochilof

& à Pichtchalkin, s'écria solennellement :

— Voyez-vous cet homme? C'est une pierre! c'est un roc! c'est du granit.

XIV

Litvinof trouva chez Irène assez de monde. Dans un coin étaient assis à une table de jeu, trois des généraux du pique-nique : l'obèse, l'irascible & le doucereux. Ils jouaient le whist avec un mort, & notre vocabulaire n'a pas de termes pour rendre la gravité avec laquelle ils donnaient les cartes, ramassaient les levées, entraient en trèfle, en carreau; c'étaient vraiment des hommes d'État! Laissant aux roturiers, aux bourgeois, les plaisanteries qui accompagnent ordinairement le jeu, MM. les généraux ne prononçaient que les mots sacramentels; il n'y avait que l'obèse qui se permît, entre deux levées, de proférer énergiquement : « Ce sâtané as de pique! » Parmi les dames, Litvinof reconnut celles qui avaient fait partie du pique-nique; mais il

y en avait d'autres qu'il n'avait jamais
vues. Il y en avait une si vieille qu'on avait
peur qu'elle ne tombât en poussière; elle
étalait des épaules décolorées, effrayantes,
livides, &, la bouche cachée par son éventail, elle lorgnait langoureusement Ratmirof avec des yeux de trépassée. Celui-ci
était auprès d'elle aux petits soins : on
avait pour elle une grande considération
dans le beau monde, parce que c'était la
dernière demoiselle d'honneur de l'impé-
ratrice Catherine. A la fenêtre, costumée
en bergère, était assise la comtesse Ch...,
« la reine des guêpes, » entourée de
jeunes gens parmi lesquels se distinguait,
par son air arrogant, son crâne complétement plat & l'expression brutale de sa figure, digne d'un khan de Boukharie ou
d'Héliogabale, le célèbre millionnaire, le
beau Finikof; une autre dame, également
comtesse, plus connue sous le petit nom
de Lise, conversait avec un spirite blond;
blafard, à longs cheveux; à côté de lui se
tenait un monsieur également très-pâle &
portant une longue chevelure; il souriait
d'un air important : au spiritisme il ajoutait
le don des prophéties, & expliquait avec

une égale facilité l'Apocalypse & le Talmud ; aucune de ses prédictions ne s'était
réalisée, mais cela ne l'embarrassait guère,
& il continuait à prophétiser. Au piano
était installé le diamant brut qui agaçait
tant Potoughine : d'une main distraite il
frappait des accords en regardant négligemment autour de lui. Irène était sur un
divan, entre le prince Coco & Mme X...,
ex-beauté & ex-femme d'esprit, aussi dé-
vote que méchante : mais l'huile de sa-
cristie avait délayé le vieux venin. En
voyant Litvinof, Irène rougit, se leva
&, lorsqu'il s'approcha, lui serra vivement
la main. Elle avait une robe de crêpe noir,
avec d'imperceptibles ornements en or,
qui faisait ressortir encore davantage son
teint d'une blancheur mate ; son visage
respirait le triomphe de la beauté, & elle
n'était pas seulement belle : une joie secrète, presque railleuse, brillait dans ses
yeux à demi fermés, & courait autour de
ses lèvres & de ses narines.

Ratmirof s'approcha de Litvinof &, après
avoir échangé avec lui quelques paroles
banales, qui n'étaient pas empreintes de
son enjouement habituel, il le présenta à

plusieurs dames : à la vieille ruine, à la
reine des guêpes, à la comtesse Lise.
Elles l'accueillirent avec assez de bienveillance. Litvinof n'appartenait pas à leur
cercle, mais il n'était pas mal : ses traits
expressifs & sa jeunesse attirèrent leur attention. Il ne sut pas profiter de cette
bonne disposition ; il était déshabitué du
monde, il ne se sentait pas à l'aise, & de
plus il était gêné par le regard persistant
du gros général. « Ah! pékin! libre pen-
seur! semblait lui dire ce lourd regard, te
voilà donc faufilé chez nous! Faut-il te
donner la main à baiser? » Irène vint
au secours de Litvinof. Elle s'arrangea si
adroitement qu'il se trouva casé dans un
petit coin, auprès de la porte, un peu derrière elle. Chaque fois qu'elle lui adressait
la parole, elle était obligée de se retourner,
& chaque fois il était ébloui par les souples
contours de son cou, enivré par le parfum
de sa chevelure. L'expression d'une reconnaissance profonde & calme n'abandonnait
pas le visage d'Irène ; il ne pouvait pas s'y
méprendre ; oui, c'était de la reconnaissance & il se sentait frémir de bonheur
& de joie. Irène semblait continuelle-

ment vouloir lui dire : « Eh bien! comment les trouvez-vous? » Litvinof croyait surtout entendre cette interrogation lorsqu'un des assistants disait ou commettait quelque sottise, ce qui arriva plus d'une fois dans le courant de la soirée. Une fois elle n'y tint pas & éclata de rire.

Très-superstitieuse & portée au merveilleux, la comtesse Lise, après avoir épuisé avec le spirite albinos la conversation sur Home, finit par lui demander s'il existait des animaux sensibles au magnétisme.

— Il en existe au moins un, s'écria du bout du salon le prince Coco. Vous connaissez Milvanosky? On l'endormit devant moi, & en une seconde il ronfla... hi! hi!

— Vous êtes très-méchant, mon prince, je parle des véritables animaux, je parle des bêtes.

— Mais moi aussi, madame, je parle d'une bête...

— Il y en a, déclara le spirite; par exemple, les écrevisses : elles sont très-nerveuses, & tombent facilement en catalepsie.

La comtesse montra un grand étonnement.

— Comment! les écrevisses! est-ce pos-

11

sible? Ah! c'est extrêmement curieux! Je voudrais bien voir cela. Monsieur Loujine, ajouta-t-elle en se tournant vers un jeune homme qui avait une figure de cire comme une poupée, & portait des cols durs comme du marbre (il était très-fier d'avoir humecté ces cols à la poussière des cataractes du Niagara & du Nil, mais ne se souvenait de rien autre de tous ses voyages, & n'aimait que les calembours russes), monsieur Loujine, soyez assez aimable pour nous procurer une écrevisse.

M. Loujine s'inclina.

— Faut-il l'apporter vivante ou vivement?

La comtesse ne comprit pas.

— Mais oui, **une écrevisse**, répéta-t-elle; une écrevisse.

— Qu'est-ce que c'est? une écrevisse? demanda sévèrement la comtesse Ch...

L'absence de M. Verdier l'irritait : elle ne pouvait comprendre pourquoi Irène n'avait pas engagé le plus délicieux des Français. La vieille ruine, qui ne comprenait rien depuis longtemps (elle avait en outre l'avantage d'être sourde), branla aussi la tête d'un air désapprobateur.

— Oui, oui, vous allez voir. Monsieur Loujine, je vous prie...

Le jeune voyageur salua, sortit & ne tarda pas à rentrer suivi d'un garçon qui, s'efforçant de ne pas rire, portait dans un plat une énorme écrevisse.

— Voici, madame, s'écria Loujine ; on peut maintenant procéder à *l'opération du cancer.* Ha! ha! ha! (Les Russes sont toujours les premiers à rire de leurs saillies.)

— Hi! hi! hi! crut devoir faire le prince Coco, en qualité de patriote & de protecteur des produits indigènes.

Nous prions ici le lecteur de nous excuser : qui peut répondre qu'assis dans un fauteuil du théâtre Alexandra & saisi par son atmosphère, qui peut répondre de n'avoir pas applaudi un pire calembour?

— Merci! merci! dit la comtesse. Allons, allons, monsieur Fox, montrez-nous ça.

Le garçon posa le plat sur une table ronde. Une certaine agitation se fit dans le salon : les cous s'allongèrent ; seuls les généraux, à la table de jeu, conservèrent leur solennelle impassibilité. Le spirite ébouriffa ses cheveux, fronça les sourcils, &, s'approchant de la table, commença à promener ses mains en l'air : l'écrevisse s'agita, recula & souleva ses pinces. Le spirite redoubla ses mouvements, l'écrevisse continua les siens.

— Mais que doit-elle donc faire? demanda la comtesse.

— Elle doâ rester immobile & se dresser sur sa quioue, répondit avec un accent américain très-prononcé M. Fox en agitant convulsivement ses doigts sur le plat. Mais le magnétisme n'agissait point : l'écrevisse ne devenait que plus pétulante. Le spirite déclara n'être pas en veine, & s'éloigna mécontent de la table. La comtesse entreprit de le consoler en l'assurant que M. Home lui-même ne réussissait pas toujours. Le prince Coco confirma ces paroles. L'amateur de l'Apocalypse & du Talmud s'approcha furtivement de la table & voulut aussi, en faisant quelques brusques passes sur l'écrevisse, essayer de son bonheur; mais il ne réussit pas davantage : aucun signe de catalepsie ne se manifesta.

Le garçon rappelé remporta l'écrevisse, non sans éclater derrière la porte. On ne rit pas moins ensuite à la cuisine *über diese*

Russen. Le Diamant brut, qui avait continué à plaquer des accords pendant l'opération de l'écrevisse, en se bornant aux modes mineurs... car on ne sait pas ce qui peut agir sur les nerfs même d'un crustacé, joua son éternelle valse & fut, bien entendu, chaudement applaudi. Piqué d'émulation, le comte X..., notre incomparable dilettante (voyez le premier chapitre), dit une chansonnette de sa composition, entièrement empruntée à Offenbach. Son badin refrain : « Quel œuf ! quel bœuf ! » fit balancer de droite & de gauche presque toutes les têtes des dames ; une d'elles frappa légèrement des mains, & aussitôt l'inévitable exclamation : « Charmant ! charmant ! » s'échappa de toutes les lèvres. Irène échangea un coup d'œil avec Litvinof, & une expression railleuse effleura de nouveau ses lèvres. Cette expression fut encore plus visible un moment après, & prit une teinte de joie maligne, lorsque le prince Coco, représentant & protecteur des intérêts nobiliaires, imagina de développer ses opinions devant le spirite, & ne manqua pas naturellement l'occasion de glisser sa célèbre phrase sur l'ébranlement

de la propriété russe, sans ménager, naturellement, les démocrates. Le sang américain bouillonna chez le spirite ; il s'élança
dans la discussion. Comme à l'ordinaire, le
prince commença aussitôt à crier à gorge
déployée, répétant sans cesse, au lieu de
donner des raisons : « C'est absurde ! cela
n'a pas le sens commun ! » Le riche Finikof
se mit à dire des sottises, sans discerner
sur qui elles tombaient ; le talmudiste gei-
gnit, la comtesse Ch... elle-même se jeta
dans la mêlée. Ce fut une cacophonie
presque égale à celle qui avait eu lieu
chez Goubaref ; il y manquait seulement de
la bière & de la fumée de tabac, & les
acteurs y portaient des costumes plus élé-
gants. Ratmirof essaya de rétablir l'ordre
(les généraux manifestaient leur mécontentement ; on entendit Boris répéter :
« Encore cette satanée politique ! ») ; mais
il n'y réussit pas, & un homme d'État de
la classe des modérés s'étant chargé de
présenter *le résumé de la question en peu de
mots,* subit une défaite complète ; il est
vrai qu'il mâchonnait & bredouillait tant,
savait si peu saisir les arguments, & laissait si parfaitement voir qu'il ne compre-

nait pas lui-même en quoi consistait la
question, qu'on ne pouvait pas espérer un
autre résultat ; puis Irène excitait sous
main les deux partis, les lançait l'un contre
l'autre, en regardant Litvinof & en cli-
gnant légèrement de l'œil... Pour lui, il
semblait dominé par un charme : il n'entendait rien, il attendait seulement que ces
yeux magnifiques se tournassent vers lui,
& qu'il aperçût encore ce visage pâle, gracieux, méchant & ravissant... A la fin les
dames se révoltèrent & exigèrent la clô-
ture. Ratmirof pria le dilettante de répéter
sa chansonnette, & le Diamant brut rejoua
sa valse.

Litvinof resta jusqu'après minuit & ne
se retira que le dernier. La conversation
effleura, dans le courant de la soirée, énor-
mément de sujets, évitant soigneusement
tout ce qui présentait un peu d'intérêt
réel ; après avoir terminé leur jeu majestueux, les généraux y prirent majestueusement part ; l'influence de ces hommes
d'État se fit sentir aussitôt. On commença
à parler des célébrités du demi-monde
parisien, dont les noms & les talents se
trouvèrent connus de tous ; on parla de la

dernière pièce de Sardou, du roman d'A-
bout, de la Patti dans la *Traviata.* Quelqu'un proposa de jouer *au secrétaire,* mais
cela ne prit pas. Les réponses n'avaient
pas de sel, mais en revanche beaucoup de
fautes d'orthographe ; le gros général raconta qu'il lui était arrivé une fois, à la
demande : « *Qu'est-ce que l'amour?* » de
répondre : « *Une colique remontée au cœur,* »
& éclata immédiatement de son pesant
rire. La ruine lui appliqua un coup d'é-
ventail sur la main, mouvement énergique
qui détacha de son front un peu de stuc,
dont elle plâtrait son visage. L'ex-bas-
bleu fit mention des principautés slaves &
de la nécessité de faire de la propagande
orthodoxe sur le Danube ; mais elle ne
rencontra pas d'écho. En somme, c'est sur
Home qu'on discutait le plus volontiers ;
la reine des guêpes daigna elle-même
raconter qu'elle avait vu des mains monter
sur ses genoux, & qu'elle avait mis à l'une
d'elles sa propre bague. Irène pouvait
triompher : car même si Litvinof avait fait
plus attention à ce qui se disait autour de
lui, il n'aurait pas récolté, dans ce bavar-
dage sans suite ni animation, une seule

parole sincère, une seule pensée judi-
cieuse, un seul nouveau fait. Les cris
mêmes & les exclamations violentes man-
quaient de sincérité, on ne sentait pas de
passion même dans la calomnie. Ces gens
qui semblaient gémir sur le sort de la
patrie, ne déploraient en réalité que la
diminution probable de leurs revenus; la
peur les prenait à la gorge & des noms que
la postérité n'oubliera pas étaient pro-
noncés avec des grincements de dents.
Et s'il y avait eu du moins une seule goutte
d'eau vive sous tous ces décombres & ces
balayures! Quels oripeaux, quelles vaines
fadaises, quelles viles futilités occupaient
toutes ces têtes, toutes ces âmes! & les
occupaient non-seulement pendant cette
soirée, non-seulement dans le monde,
mais à la maison, tous les jours, à chaque
heure, dans toute l'étendue & la profondeur de leur existence! En définitive,
quelle ignorance! quelle inintelligence de
tout ce qui constitue & embellit la vie
humaine !

En prenant congé de Litvinof, Irène lui
pressa de nouveau la main & lui murmura
d'un ton significatif :

11.

— Eh bien ! êtes-vous content ? Vous avez vu ? Est-ce joli ?

Il ne répondit rien & la salua très-bas en silence.

Restée seule avec son mari, Irène voulut gagner sa chambre à coucher ; il l'arrêta.

— Je vous ai beaucoup admirée ce soir, madame, lui dit-il en fumant une cigarette, appuyé sur la cheminée ; vous vous êtes parfaitement moquée de nous tous.

— Pas plus cette fois-ci que les autres, répondit-elle tranquillement.

— Comment faut-il interpréter cela ? demanda Ratmirof.

— Comme vous voudrez.

— Hum ! C'est clair.

Ratmirof secoua avec précaution, par un mouvement de chat, la cendre de sa cigarette avec l'ongle de son petit doigt.

— A propos, votre nouvelle connaissance, comment l'appelle-t-on déjà ?... M. Litvinof ? Il jouit sans doute de la réputation d'un homme de beaucoup d'esprit ?

Au nom de Litvinof, Irène se retourna vivement.

— Que voulez-vous dire ?

Le général sourit.

— Il est toujours silencieux... On voit qu'il craint de se compromettre.

Irène sourit à son tour, seulement d'une tout autre façon.

— Il vaut mieux se taire que de parler comme quelques-uns.

— Attrape! dit Ratmirof avec une feinte soumission. Plaisanterie à part, il a une figure très-intéressante, une expression... concentrée... & en général une tournure...

— Ratmirof arrangea le nœud de sa cravate. — Oui, je présume que c'est un républicain dans le genre de votre autre ami, M. Potoughine; en voilà encore un génie muet!

Les cils d'Irène se soulevèrent lentement, ses grands yeux devinrent brillants; ses lèvres se serrèrent par une légère contraction.

— Pourquoi dites-vous cela, Valérien Vladimirovitch? remarqua-t-elle d'un air de feinte compassion. Vous donnez des coups d'épée dans l'eau... Nous ne sommes pas en Russie, & personne ne vous entend.

Ratmirof eut une crispation involontaire.

— Ce n'est pas seulement mon opinion,

Irène Pavlovna, reprit-il avec une voix subitement creuse ; d'autres trouvent que ce monsieur a l'air d'un carbonaro.

— Vraiment? Quels sont ces autres?

— Mais Boris, par exemple...

— Comment? celui-là aussi a senti le besoin d'exprimer son opinion?

Irène fit un mouvement, comme si elle avait froid, & caressa son épaule du bout de ses doigts.

— Celui-là... oui, celui-là... Permettez-moi de vous faire observer, Irène Pavlovna, que vous vous fâchez, & vous savez, celui qui se fâche...

— Je me fâche? A quel propos?

— Je ne sais ; peut-être avez-vous été désagréablement impressionnée par la remarque que j'ai faite sur le compte...

Ratmirof s'arrêta.

— Sur le compte? répéta impérativement Irène. Ah ! Je vous prie, sans ironie & plus vite. Je suis fatiguée, je veux dormir

Elle prit un flambeau sur la table.

— Sur le compte?

— Mais toujours sur le compte de ce M. Litvinof. Comme il n'y a plus de doute maintenant qu'il vous occupe beaucoup...

Irène leva la main qui tenait le flambeau : la lumière se trouva à la hauteur du visage de son mari ; elle le regarda dans le blanc des yeux avec attention & curiosité, puis éclata de rire tout à coup.

— Qu'avez-vous ? demanda Ratmirof en fronçant le sourcil ? Qu'est-ce que c'est ? répéta-t-il en frappant du pied.

Il se sentait offensé, humilié, & en même temps la beauté de cette femme, debout devant lui, avec tant d'aisance & de hardiesse, l'éblouissait & le déchirait. Aucun de ses charmes ne lui échappa : jusqu'au reflet rose des ongles de ses doigts effilés, tenant ferme le bronze foncé du flambeau ; il vit jusqu'à ce reflet... & l'offense pénétra encore plus profondément dans son cœur.

Et Irène continuait de rire.

— Comment ! vous ! vous êtes jaloux ? dit-elle enfin ; &, tournant le dos à son mari, elle sortit de la chambre. — Il est jaloux ! entendit-il derrière la porte avec un nouvel éclat de rire.

Ratmirof, d'un air sombre, regarda sa femme sortir. Ici encore il ne put s'empêcher de remarquer tout ce que sa tournure, tout ce que sa démarche avait de séduisant; il éteignit d'un coup sec sa cigarette sur le marbre de la cheminée & la lança au loin. Ses joues pâlirent, un frisson agita son menton, ses yeux parcoururent le plancher d'un air égaré & sauvage; on aurait dit qu'il cherchait quelque chose... Toute trace d'élégance s'était effacée de son visage : il devait avoir une semblable expression lorsqu'il faisait fouetter les paysans de la Russie Blanche.

Pendant ce temps Litvinof rentrait dans sa chambre; assis sur une chaise devant une table, &, la tête dans ses deux mains, il demeura longtemps immobile. Il se leva enfin, ouvrit un coffre & y prit un portefeuille dont il tira la carte de Tatiana. Enlaidi, vieilli comme la photographie rend souvent les visages, celui de Tatiana le regardait tristement.

La fiancée de Litvinof était une jeune fille de pur sang russe, blonde, un peu grasse, avec des traits peut-être lourds, mais une expression singulière de bonté & de franchise dans des yeux châtain clair, & un charmant front blanc sur lequel semblait toujours reposer un rayon de soleil.

Litvinof demeura longtemps les yeux fixés sur le portrait, puis il l'éloigna & cacha de nouveau sa tête dans ses mains. « Tout est fini ! murmurat-il enfin. Irène ! Irène ! » Il comprit alors qu'il était épris d'elle irrévocablement, follement : qu'il en était épris dès sa rencontre au Vieux-Château, qu'il n'avait pas cessé d'y songer. Comme il aurait été surpris, comme il aurait été incrédule, bien plus, comme il aurait ri, si on lui avait dit cela quelques heures plus tôt !

— Mais Tatiana, Tatiana, mon Dieu! Tatiana, Tatiana!... répétait-il avec angoisse.

Et l'image d'Irène se dressait sans cesse devant lui avec son noir vêtement de deuil, mais avec le calme resplendissant de la victoire sur son visage blanc comme le marbre.

XV

Litvinof ne ferma pas l'œil de la nuit & ne se déshabilla point; il étouffait. En vé-

ritable honnête homme il comprenait la
valeur des obligations, la sainteté du devoir & considérait comme une honte de
ruser avec lui-même, avec sa faiblesse &
sa faute. Il fut d'abord sous l'empire d'une
sorte d'engourdissement : longtemps il ne
put soulever le poids d'un sentiment mal
défini, puis il fut pris de terreur à la pensée que son avenir à peine conquis était
de nouveau enveloppé de ténèbres, que
la maison qu'il venait de bâtir était déjà
ébranlée. Il commença par s'accuser sans
miséricorde, mais il interrompit bientôt
son réquisitoire. « Quelle pusillanimité!
se dit-il. Il ne s'agit pas maintenant de se
faire des reproches, mais d'agir. Tatiana est
ma fiancée ; elle a ajouté foi à mon amour,
à mon honneur ; nous sommes unis pour
l'éternité ; nous ne pouvons pas, nous ne
devons pas nous séparer. » Il se représenta
vivement toutes les qualités de Tatiana, il
les compta une à une ; il essaya d'exciter
en lui-même de la contrition & de l'at-
tendrissement. « Il ne reste plus qu'une
chose à faire, songeait-il : s'enfuir, s'enfuir
immédiatement, sans attendre son arrivée, voler à sa rencontre... Serai-je mal-

heureux avec Tatiana? c'est improbable;
en tous cas, il n'y a pas lieu à discuter
cette hypothèse & à la prendre en considération; il faut accomplir son devoir,
mourir ensuite, s'il le faut! — Mais tu
n'as pas le droit de la tromper, lui murmurait une autre voix, tu n'as pas le droit
de lui cacher le changement opéré dans
tes sentiments; sachant que tu t'es épris
d'une autre, peut-être ne voudra-t-elle
plus être ta femme. — Mensonges! mensonges! répliquait-il, tout cela n'est que
sophismes, honteux artifices, mauvaise
foi; je n'ai pas le droit de manquer de
parole, & voilà tout. C'est cela... Mais
alors, il faut partir sans revoir l'autre... »

Ici le cœur de Litvinof se serra; il eut
froid, physiquement froid; un frisson subit
parcourut son corps, ses dents claquèrent;
il étendit ses membres & bâilla comme
aux approches de la fièvre. N'insistant
plus sur sa dernière pensée, l'étouffant, se
détournant d'elle, il se mit à se demander
comment il avait pu de nouveau être sé-
duit par cet être corrompu, mondain, entouré de gens qui lui étaient si répugnants
& si hostiles. Est-ce bien vrai, se dit-il, &

pour toute réponse, il fit un geste découragé.

Et, tandis qu'il s'étonnait & hésitait encore, des traits enchanteurs sortaient
comme d'un léger nuage, de beaux cils
sombres se levaient lentement sur des
yeux dont le regard vainqueur s'enfonçait
dans son âme, & de gracieuses épaules,
des épaules de jeune reine, sortaient fris-
sonnantes des ténèbres parfumées...

Le matin, Litvinof prit enfin une résolution. Il décida qu'il irait le même jour à
la rencontre de Tatiana, que, dans une
dernière entrevue avec Irène, il lui dirait,
si cela ne se pouvait autrement, toute la
vérité, & ne la reverrait plus jamais.

Il rangea & emballa ses affaires, attendit
le milieu du jour, & sortit.

Mais à la vue de ses jalousies à demi
closes, le cœur lui manqua ; il n'eut pas le
courage de franchir le seuil de l'hôtel, &
fit quelques tours dans l'allée de Lichtenthal. « J'ai l'honneur de présenter mes
hommages à M. Litvinof, » dit tout à coup
une voix railleuse du sommet d'un élégant
dogcart. Litvinof leva les yeux, & vit le
général Ratmirof juché à côté du prince

M***, sportman émérite. Le prince conduisait; le général se pencha de côté,
&, montrant ses dents, leva démesuré-
ment son chapeau. Litvinof lui rendit son
salut, &, à l'instant, comme s'il obéissait
à un ordre mystérieux, il courut chez
Irène.

Elle était à la maison. Il se fit annoncer
& fut de suite reçu. Quand il entra, elle
était debout au milieu de la chambre. Elle
avait une robe du matin à larges manches;
son pâle visage dénotait de la fatigue. Elle
lui tendit la main & le regarda d'un air
gracieux, mais distrait.

— Merci d'être venu, lui dit-elle d'une
voix dolente, & elle se laissa tomber dans
un fauteuil. Je ne suis pas tout à fait
bien portante aujourd'hui; j'ai passé une
nuit sans sommeil. Eh bien! que dites-
vous de la soirée d'hier? n'avais-je pas
raison?

Litvinof s'assit.

— Je suis venu, Irène Pavlovna, commença-t-il...

Elle se redressa & regarda fixement
Litvinof.

— Qu'avez-vous? s'écria-t-elle. Vous

êtes pâle comme un mort. Vous êtes malade. Qu'avez-vous?

Litvinof se troubla.

— Ce que j'ai, Irène Pavlovna?

— Vous avez reçu une mauvaise nouvelle? Il est arrivé un malheur, dites, dites?...

Litvinof, à son tour, regarda Irène.

— Je n'ai reçu aucune nouvelle, répondit-il non sans effort; mais un malheur est en effet arrivé, un grand malheur... & c'est ce qui m'amène auprès de vous.

— Un malheur? & lequel?

— Voilà... C'est que...

Litvinof voulut continuer, mais cela lui fut impossible. Il serrait tellement ses mains que ses doigts en craquèrent. Irène se pencha en avant.

— Ah! je vous aime! dit Litvinof, avec un gémissement sourd, comme si ces mots eussent été violemment arrachés de sa poitrine.

Et il se retourna comme pour cacher son visage.

— Comment, Grégoire Mikhailovitch, vous...

Irène, à son tour, ne put achever sa

phrase, &, s'appuyant sur le dossier du fauteuil, elle porta ses deux mains à ses yeux.

— Vous... m'aimez?

— Oui... oui... oui! répéta-t-il avec dureté, en détournant de plus en plus son visage.

Le silence régnait dans le salon; un papillon agitait ses ailes & se débattait entre le rideau & la fenêtre. Litvinof reprit le premier la parole.

— Voilà, Irène Pavlovna, voilà le malheur qui m'a... frappé, que j'aurais dû prévoir & éviter, si, comme naguère à Moscou, je n'eusse été tout de suite entraîné par le torrent. Il paraît que le sort a voulu me faire encore éprouver, & toujours par vous, des tourments qui semblaient ne pouvoir se renouveler... J'ai résisté, j'ai essayé de résister, mais on ne peut se soustraire à ce qui doit arriver. Je vous dis tout cela pour terminer plus vite cette... cette tragi-comédie, ajouta-t-il avec une nouvelle explosion de violence & de honte.

Litvinof s'arrêta. Le papillon continuait à se heurter contre la fenêtre. Irène n'ôtait pas ses mains de son visage.

— Et vous ne me trompez pas?... Ces mots sortirent entre ses mains si blanches qu'on aurait juré qu'elles n'avaient pas une goutte de sang.

— Je ne me trompe pas, répondit Litvinof d'une voix sourde. Je vous aime comme jamais je n'ai aimé personne. Je ne vous adresserai pas de reproches, ce serait trop absurde; je ne vous répéterai pas que peut-être tout cela ne serait pas arrivé si vous aviez autrement agi à mon égard... Sans doute, je suis seul coupable, ma présomption m'a perdu; je suis justement puni & vous ne pouviez nullement vous attendre...; sans doute, vous ne pouviez pressentir que le danger eût été moins grand pour moi si vous n'aviez pas si vivement ressenti votre faute... votre soi - disant faute, & si vous n'aviez pas désiré la réparer... Mais à quoi bon revenir sur le passé! J'ai seulement voulu vous expliquer ma position : elle est déjà suffisamment pénible. Du moins, il n'existera plus, comme vous dites, de malentendus; & la franchise de mon aveu diminuera, je l'espère, la mortification que vous devez éprouver.

Litvinof parlait sans lever les yeux; du reste, s'il avait regardé Irène, il n'aurait pas pu voir ce qui se passait sur son visage, car elle le tenait comme auparavant caché dans ses mains. Cependant ce qui se passait sur ce visage l'aurait probablement surpris : c'était de la terreur & de la joie, un calme étrange & un effroi plus étrange encore; ses yeux se cachaient à demi sous ses paupières baissées, une respiration longue & saccadée glaçait ses lèvres entr'ouvertes.

Litvinof se tut, attendant une réponse, un son.... Rien!

— Il ne me reste plus, reprit-il, qu'à m'éloigner; je suis venu prendre congé de vous.

Irène laissa ses mains tomber lentement sur ses genoux.

— Mais il me souvient, Grégoire Mikhailovitch, que cette... cette personne dont vous m'avez parlé, doit arriver ici? Vous l'attendiez?

— Oui; mais je lui écrirai... Elle s'arrêtera quelque part en route... à Heidelberg, par exemple.

— Ah! à Heidelberg... oui... c'est très-bien. Mais tout cela dérange vos plans. Êtes-vous sûr, Grégoire Mikhailovitch, que vous n'exagérez pas, & que ce n'est pas une fausse alarme?

Irène parlait tranquillement, presque froidement, avec de légères pauses, regardant du côté de la fenêtre. Litvinof ne répondit pas à sa dernière question.

— Pourquoi avez-vous parlé de mortification? continua-t-elle. Je ne suis pas blessée... oh! non. Et si un de nous est coupable, ce n'est pas vous; en tous cas, ce n'est pas vous seul... Rappelez-vous nos dernières conversations, & vous vous convaincrez que ce n'est pas vous qui êtes coupable.

— Je n'ai jamais douté de votre générosité, dit entre ses dents Litvinof; mais je voudrais savoir si vous approuvez mon intention?

— De partir?

— Oui.

Irène continuait à regarder de côté.

— Au premier moment votre intention m'a paru prématurée... Maintenant j'ai réfléchi sur ce que vous m'avez dit... & si réellement vous ne vous trompez pas, je suppose alors qu'il vous convient de vous éloigner. Cela vaudra mieux... mieux pour tous deux.

La voix d'Irène devenait de plus en plus faible & son parler plus lent.

— En effet, le général Ratmirof pourrait remarquer... voulut reprendre Litvinof.

Irène baissa les yeux; un tressaillement étrange apparut autour de sa bouche, — apparut & disparut.

— Non, vous ne m'avez pas comprise, interrompit-elle. Je ne songeais pas à mon mari. A quel propos? Il n'a rien à remarquer. Mais, je le répète, une séparation nous est indispensable à tous deux.

Litvinof reprit son chapeau, qui avait glissé sur le parquet.

— Tout est fini, pensa-t-il, il faut s'en aller. Ainsi il ne me reste qu'à prendre congé de vous, Irène Pavlovna, dit-il tout haut, & son cœur se serra tout à coup comme s'il eût prononcé son propre jugement. Il ne me reste plus qu'à espérer que vous ne conserverez pas de moi un trop mauvais souvenir, & que si jamais...

Irène lui coupa de nouveau la parole.

12

— Attendez, Grégoire Mikhailovitch, ne prenez pas encore congé de moi ; ce serait trop... précipité.

Litvinof tressaillit, mais une amertume brûlante gonfla aussitôt son cœur.

— Mais je ne puis rester, s'écria-t-il. Pourquoi, pourquoi prolonger ce tourment?

— Ne prenez pas encore congé de moi, répéta Irène. Il faut que je vous revoie... Encore une muette séparation comme à Moscou... non, je n'y puis consentir. Vous pouvez maintenant vous retirer, mais promettez-moi, donnez-moi votre parole d'honneur, que vous ne partirez pas sans m'avoir vue encore une fois.

— Vous le désirez?

— Je l'exige. Si vous partez sans me voir, jamais, jamais je ne vous le pardonnerai, entendez-vous, jamais! C'est étrange! ajouta-t-elle comme à elle-même : je ne puis m'imaginer que je suis à Bade... je me figure être à Moscou... Allez.

Litvinof se leva.

— Irène Pavlovna, dit-il, donnez-moi la main.

Irène secoua la tête

— Je vous ai dit que je ne veux pas vous dire adieu...

— Ce n'est pas en signe d'adieu que je la demande.

Irène allait tendre la main, mais elle regarda Litvinof... pour la première fois après son aveu, & la retira.

— Non, non, murmura-t-elle, je ne vous donnerai pas la main. Non... non. Allez.

Litvinof salua & sortit. Il ne se rendait pas compte du refus d'Irène de lui accorder un dernier serrement de main amical, il ne comprenait pas pourquoi elle craignait de le faire. Il sortit, & Irène s'enfonça de nouveau dans son fauteuil, &, de nouveau se cacha le visage.

XVI

Litvinof ne rentra pas chez lui; il alla dans la montagne, &, pénétrant dans un épais fourré, il se jeta le visage contre terre, & resta ainsi étendu près d'une heure. Il ne souffrait pas, il ne pleurait pas; un morne engourdissement s'était emparé de lui. Jamais il n'avait éprouvé rien de pareil : c'était un intolérable & poignant sentiment du vide, du vide en lui-même, autour de lui, partout... Il ne songeait ni à Irène, ni à Tatiana. Il ne sentait qu'une chose : la hache avait frappé; la corde qui le retenait au port était rompue, & il était saisi, entraîné par quelque chose d'inconnu & de glacial. Parfois il lui semblait qu'un tourbillon passait au-dessus de lui, & il sentait le rapide tournoiement, les coups irréguliers de ses ailes noires... Toutefois sa résolution demeurait inébranlable. Il ne mettait plus en question son départ de Bade. Par la pensée, il était déjà en route; il était assis dans un train tonnant & fumant, & s'avançait, s'avançait au loin vers une terre perdue & désolée. Il se releva enfin, &, appuyant sa tête contre un arbre, il demeura immobile, une de ses mains avait seulement saisi une longue fougère & la balançait machinalement en cadence. Le bruit de pas rapprochés le tira de son assoupissement : deux charbonniers, avec d'énormes sacs sur les épaules, descendaient le sentier escarpé.

— Il est temps, murmura Litvinof.

Il suivit les charbonniers, alla à la gare du chemin de fer & expédia un télégramme à la tante de Tatiana, Capitoline Markovna. Il l'informait de son départ immédiat, & lui donnait rendez-vous à l'hôtel Schrader, à Heidelberg.

— Puisqu'il faut en finir, pensait-il, finissons-en vite sans remettre au lendemain.

Il entra ensuite dans la salle de jeu, dévisagea deux ou trois joueurs avec une curiosité hébétée, remarqua de loin l'occiput difforme de Bindasof, le front solennel de Pichtchalkin, &, après être resté un moment sous la colonnade, il se dirigea, sans se presser, vers la maison d'Irène. Ce n'était pas un sentiment subit & involontaire qui l'y conduisait : décidé à partir, il était également décidé à lui tenir parole, à la revoir une dernière fois. Il entra dans l'hôtel sans être vu par le suisse, monta l'escalier sans rencontrer personne ; il poussa machinalement la porte, entra sans frapper dans le salon. Irène était assise dans le même fauteuil, dans le même costume, dans la même posture. Il était évident

12.

qu'elle n'avait pas changé de place, qu'elle n'avait pas bougé tout ce temps. Elle releva lentement la tête, &, voyant Litvinof, elle frissonna & saisit le bras du fauteuil.

— Vous m'avez effrayée, murmura-t-elle.

Litvinof la considéra avec une muette surprise. L'expression de son visage, ses yeux éteints le frappèrent. Irène sourit avec effort & répara le désordre de sa chevelure.

— Ce n'est rien... Je ne sais vraiment pas... il paraît que je me suis endormie ici.

— Excusez-moi, Irène Pavlovna, commença Litvinof, je suis entré sans me faire annoncer... J'ai voulu faire ce qu'il vous a plu de me demander. Comme je pars ce soir...

— Ce soir? Mais vous m'avez dit, ce me semble, que vous vouliez d'abord écrire une lettre...

— J'ai envoyé un télégramme.

— Ah! vous jugez urgent... Et quand partez-vous? C'est-à-dire à quelle heure?

— A sept heures.

— Ah! à sept heures! Et vous êtes venu prendre congé de moi?

— Oui! Irène Pavlovna, prendre congé.

Irène se tut.

— Je dois vous remercier, Grégoire Mikhailovitch; il vous a probablement fallu faire un effort pour venir ici?

— C'est vrai, Irène Pavlovna, un effort.

— En général, la vie n'est pas une chose facile, Grégoire Mikhaïlovitch; qu'en pensez-vous?

— C'est selon, Irène Pavlovna.

Irène se tut derechef; elle semblait égarée dans ses pensées.

— Vous m'avez prouvé votre amitié en revenant, dit-elle enfin. Je vous remercie, en somme, j'approuve votre intention de terminer tout au plus vite..., parce que tout retard... parce que... parce que moi, que vous accusez de coquetterie, que vous avez appelée comédienne, — c'est ainsi, ce me semble, que vous m'avez appelée...

Irène se leva soudain, & changeant de fauteuil, elle se pencha & colla son visage & ses mains sur le bord de la table.

— Parce que je vous aime!... murmura-t-elle entre ses doigts serrés.

Litvinof chancela comme si quelqu'un l'avait frappé dans la poitrine. Irène détourna avec angoisse la tête, comme si elle voulait à son tour lui cacher son visage & la coucha sur la table.

— Oui, je vous aime... & vous le savez.

— Moi? moi, je le sais? dit enfin Litvinof. Moi?

— Maintenant, vous voyez, continua Irène, qu'il faut réellement que vous partiez, qu'il est impossible d'ajourner... pour vous & pour moi. C'est dangereux, c'est effrayant... Adieu, ajouta-t-elle en se levant du fauteuil avec véhémence, adieu.

Elle fit quelques pas dans la direction de son cabinet, &, allongeant sa main en arrière, elle l'agita dans l'espace, comme si elle eût désiré rencontrer celle de Litvinof; mais il se tenait loin, comme scellé au parquet. Elle dit encore une fois : « Adieu, oubliez! » &, sans tourner la tête, elle disparut.

Resté seul, Litvinof eut de la peine à reprendre ses sens. Il se remit enfin, s'approcha vivement de la porte du cabinet, prononça le nom d'Irène une fois, deux, trois fois... Il avait déjà la main sur la clef, lorsque la voix sonore de Ratmirof se fit entendre sur le perron de l'hôtel.

Litvinof enfonça son chapeau sur ses yeux & descendit l'escalier. L'élégant général était devant la loge du suisse, & lui expliquait en médiocre allemand qu'il désirait louer une voiture pour toute la journée du lendemain. Apercevant Litvinof, il souleva de nouveau son chapeau d'une façon démesurée & lui présenta de nouveau ses « hommages ; » il se moquait de lui très-clairement, mais Litvinof songeait à bien autre chose. Il répondit à peine au salut de Ratmirof, regagna son logement & s'assit auprès de sa malle déjà faite & cadenassée.

La tête lui tournait, le cœur lui tremblait comme une feuille. Qu'y avait-il à faire à présent? Pouvait-il le prévoir?

Oui, il avait prévu tout cela, quelque invraisemblable que ce fût. Cela l'avait étourdi comme un coup de tonnerre, mais il l'avait prévu, quoiqu'il n'osât pas se l'avouer. Cependant il ne savait rien de sûr. Tout en lui était mêlé & confondu; il avait perdu le fil de ses propres pensées. Il se souvint de Moscou... là aussi tout avait disparu comme dans une bourrasque. Il suffoquait. Un sentiment de triomphe, de triomphe stérile, désespérant, oppressait & déchirait sa poitrine. Pour rien au monde, il n'aurait consenti à ce que les paroles échappées à Irène ne lui fussent pas échappées. Mais quoi? Ces paroles ne pouvaient changer la résolution prise. Comme auparavant, cette résolution n'était pas flottante, mais ferme comme l'ancre qui retient le navire. Litvinof perdait le fil de ses pensées... pourtant il était encore maître de sa volonté, il disposait de lui-même comme d'un être étranger & soumis. Il sonna le garçon, demanda son compte, retint une place dans l'omnibus; il brûlait avec intention tous ses vaisseaux. « Mourir ensuite s'il le faut, » disait-il comme dans sa dernière nuit sans sommeil; cette phrase lui plaisait particulièrement. « Mourir ensuite s'il le faut, » répétait-il en arpentant lentement sa chambre. Parfois il fermait les yeux & cessait de respirer lorsque les paroles d'Irène revenaient faire irruption dans son âme & la brûler. « On ne saurait apparemment aimer deux fois, pensait-il; une autre vie s'est infiltrée en toi, tu ne peux plus t'en délivrer; tu ne guériras jamais de ce poison, tu ne sortiras pas de ces lacs! C'est ainsi, mais qu'est-ce que cela prouve? Le bonheur... Est-il possible? Tu l'aimes? supposons-le... &, elle... elle t'aime... » Ici, il fut encore obligé de faire un grand effort sur lui-même. Comme le voyageur qui, dans une nuit sombre, voit devant lui une faible lueur &, craignant de s'égarer, ne perd pas un instant de vue ce phare sauveur, Litvinof concentrait toutes les forces de son esprit vers un seul objet : rejoindre sa fiancée, ou plutôt arriver, non pas auprès de sa fiancée (il tâchait de ne pas y penser), mais dans l'hôtel de Heidelberg où il lui avait donné rendez-vous; tel était son phare. Ce qui adviendrait ensuite, il l'ignorait & voulait l'ignorer ; il n'y avait qu'une chose indubitable, c'est qu'il ne reviendrait pas en arrière. « Mourir ensuite s'il le faut, » répéta-t-il pour la dixième fois en consultant sa montre. Il était six heures & un quart. Comme il y avait encore longtemps à attendre, il se remit à marcher de long en large. Le soleil baissait, le ciel s'empourprait derrière les arbres. Un reflet rouge pénétrait par d'étroites fenêtres dans la chambre, qui devenait de plus en plus obscure. Il sembla tout à coup à Litvinof que la porte s'était brusquement ouverte & s'était aussi brusquement refermée; il tourna la tête & vit une femme enveloppée dans une mantille noire.

— Irène! s'écria-t-il en joignant les mains.

Elle lui fit un signe de tête, & son front tomba sur la poitrine de Litvinof.

Une heure après cette apparition, Litvinof était assis seul sur son canapé. Sa malle était dans un coin, ouverte & vide; au milieu d'objets en désordre, il y avait sur la table une lettre de Tatiana qu'il venait de recevoir. Elle lui mandait que la santé de sa tante s'étant complétement remise, elle s'était décidée à avancer son départ de Dresde, & que, s'il ne survenait aucun obstacle, elle comptait arriver le lendemain à midi à Bade; elle ajoutait qu'elles espéraient le voir venir à leur rencontre au chemin de fer. Un logement avait été retenu par Litvinof dans l'hôtel où il était descendu. Le soir même, il envoya un billet à Irène & en reçut cette réponse le lendemain matin.

« Un jour plus tôt, un jour plus tard,

écrivait-elle, c'était inévitable. Pour moi, je te répète ce que je t'ai dit hier : ma vie est entre tes mains, fais de moi ce que tu voudras. Je te laisse la pleine liberté ; mais sache bien que, si cela est nécessaire, je quitterai tout & je te suivrai au bout du monde. Nous nous verrons du reste demain. »

XVII

Parmi les personnes rassemblées le 18 août, à midi, sur la plateforme du chemin de fer, se trouvait Litvinof. Quelques minutes auparavant, il avait rencontré Irène : elle était dans une calèche découverte, avec son mari & un monsieur d'un âge mûr. Elle aperçut Litvinof. Quelque chose de sombre courut sur ses yeux; mais elle se cacha tout de suite de lui avec son parasol.

Un étrange changement s'était opéré en lui depuis la veille : dans toutes ses allures, ses mouvements, l'expression de

13

son visage, il se sentait lui-même un autre homme.

Assurance, quiétude, respect de lui-même, tout s'était évanoui ; il ne restait plus débris de sa structure morale ; ses récentes & indélébiles impressions avaient masqué tout le passé. Il éprouvait une sensation toute nouvelle, intense, vive, mais détestable ; un hôte mystérieux avait pénétré dans le sanctuaire & s'y était établi en silence ; il s'y était étendu en maître, comme on prend possession d'une nouvelle demeure. Litvinof n'avait plus honte, il avait peur ; il brûlait en même temps d'une témérité désespérée ; les vaincus, les prisonniers connaissent ce mélange de sentiments opposés qui n'est pas inconnu au voleur après son premier vol. Or, Litvinof était vaincu, vaincu à l'improviste, & que devenait maintenant son honneur ?

Le train tarda de quelques minutes. L'anxiété de Litvinof se changea en angoisse mortelle : il ne savait demeurer en place ; pâle comme un spectre, il se mêlait à la foule, cherchait à s'y perdre. « Mon Dieu, pensait-il, si elle avait pu retarder d'un jour... » Son premier regard sur Tatiana, le premier regard qu'elle lui jetterait, voilà ce qui l'épouvantait, voilà ce qu'il fallait au plus vite soutenir. Et après? Après, arrive que pourra! Il ne prenait plus aucune résolution, il ne répondait plus de lui-même. La phrase de la veille lui revint à l'esprit... Et voilà comment il allait à la rencontre de Tatiana...

Un sifflement prolongé retentit enfin, on vit la locomotive s'avancer lentement. La foule se précipita à sa rencontre. Litvinof la suivit, chancelant comme un condamné. Déjà on pouvait distinguer les visages, les chapeaux des dames dans les wagons ; un mouchoir blanc flottait à une fenêtre, c'était Capitoline Markovna qui l'agitait. C'en était fait : elle avait vu Litvinof, & il l'avait reconnue. Le train stopa. Litvinof se jeta à la portière, l'ouvrit : Tatiana était debout auprès de sa tante, &, avec un sourire limpide, lui tendait la main. Il les aida à descendre, leur dit quelques phrases banales sans suite ni liaison, & se donna aussitôt beaucoup de mouvement pour prendre leurs billets, les débarrasser de leurs sacs, de leurs plaids, leur procurer un facteur, retenir une voiture ; on criait autour de lui, il était tout heureux de ce bruit. Tatiana se mit un peu à l'écart, &, sans cesser de sourire, attendit tranquillement le terme de son agitation fiévreuse. Capitoline Markovna ne pouvait, au contraire, rester en place; elle ne pouvait pas encore croire qu'elle fût à Bade. Elle s'écria tout à coup :

« Et les parapluies! Tatiana, où sont les parapluies? » oubliant qu'elle les serrait sous son bras; puis elle n'en finit pas de prendre bruyamment congé d'une dame dont elle avait fait la connaissance entre Heidelberg & Bade. Cette dame n'était autre que notre amie Mme Soukhantchikof. Elle avait été saluer Goubaref à Heidelberg, & en revenait avec des « instructions. » Capitoline Markovna portait une mantille bigarrée assez singulière & un chapeau rond de voyage, en forme de champignon, qui ne cachait pas une chevelure blanche taillée à l'enfant : d'une taille moyenne, maigre, elle était échauffée par la route & parlait russe d'une voix aiguë & chantante. On la remarqua.

Litvinof finit par l'installer avec Tatiana dans une voiture & se plaça vis-à-vis

d'elles. Le cocher fouetta ses chevaux.
Vinrent les questions : on échangea des
poignées de mains, des sourires & des
compliments. Litvinof respira : le premier
moment ne s'était pas trop mal passé. Rien
en lui ne semblait avoir surpris & troublé
Tatiana. Elle le regardait toujours avec
autant de sérénité & de confiance, rougissait aussi gracieusement, riait d'aussi bon
cœur. Il se décida à la regarder, non à la
dérobée, mais fixement ; ses yeux, jusqu'a-
lors, lui avaient été rebelles. Une compassion involontaire saisit son âme : l'expression si calme de ce franc & loyal visage lui
donna comme un amer remords. « Tu es
venue ici, pauvre jeune fille, pensait-il,
toi, que j'ai tant attendue & appelée, avec
laquelle je voulais vivre toute ma vie, tu
es arrivée, tu as eu confiance en moi, &
moi... & moi... » Litvinof baissa la tête,
mais Capitoline Markovna ne lui laissa pas
le loisir de se replonger dans ses rêveries
& l'accabla de questions... « Qu'est-ce que
c'est que ce bâtiment avec des colonnes ?
Où joue-t-on ici ? Qui est-ce qui va là ? Tatiana, Tatiana, regarde quelles crinolines !
Et qui est celle-là ? Il doit y avoir ici beau-

coup de Françaises de Paris? Seigneur, quel chapeau! On peut ici tout trouver comme à Paris? J'imagine seulement que tout est très-cher? Ah! quelle excellente & intelligente femme j'ai rencontrée! Vous la connaissez, Grégoire Mikhailovitch, elle m'a dit vous avoir vu chez un Russe également de beaucoup d'esprit. Elle a promis de venir nous voir. Comme elle habille tous ces aristocrates; c'est merveilleux! Qu'est-ce que c'est que ce monsieur à moustaches grises? Le roi de Prusse? Tatiana, Tatiana, regarde, c'est le roi de Prusse. Non? Ce n'est pas le roi de Prusse? C'est l'ambassadeur des Pays-Bas? Je n'entends pas, ces roues font tant de bruit. Ah! quels beaux arbres?

— Oui, tante, ils sont superbes, remarqua Tatiana, & comme tout ici est vert & gai! N'est-il pas vrai, Grégoire Mikhailovitch?

— Très-gai..., » répondit-il entre ses dents.

La voiture s'arrêta devant l'hôtel. Litvinof conduisit les voyageuses dans l'appartement qui leur avait été retenu, promit de revenir dans une heure, & rentra dans

sa chambre. Dès qu'il y remit le pied, il fut
ressaisi par le charme magique un moment
dissipé. Irène régnait dans cette chambre
depuis la veille; tout y parlait d'elle. Litvinof se sentit de nouveau son esclave. Il
prit le mouchoir d'Irène, caché sur sa poitrine, l'approcha de ses lèvres, & d'ardents
souvenirs parcoururent ses veines comme
un subtil venin. Il comprit qu'il n'y avait
plus de retour, plus de choix : la compassion douloureuse provoquée par la vue de
Tatiana fondit comme de la neige au feu,
& le repentir se tut, se tut si complétement
que tout trouble s'apaisa en lui, & que la
nécessité de feindre, en se présentant à
son esprit, ne lui causait plus aucun dégoût. Aimer Irène, voilà ce qui était devenu
son droit, sa loi, sa conscience. Lui, si
prudent & raisonnable, il ne songeait
même plus comment il sortirait d'une position dont l'horreur & l'absurdité ne pe-
saient plus sur lui que fort légèrement, &
comme s'il s'agissait d'un autre. Une heure
ne s'était pas écoulée, lorsque le garçon
se présenta de la part des nouvelles arri-
vées : elles le priaient de venir les rejoindre
dans la salle commune. Il suivit leur mes-

sager, & les trouva déjà habillées & en chapeaux. Toutes deux exprimèrent le désir de profiter du beau temps pour jeter un premier coup d'œil sur Bade. Capitoline Markovna grillait particulièrement d'impatience; elle eut même un peu d'humeur en apprenant que ce n'était pas encore l'heure où le monde fashionable se réunissait devant la *Conversationhaus*. Litvinof lui offrit le bras, & la promenade officielle commença. Tatiana marchait à côté de sa tante & regardait avec une calme curiosité tout ce qui l'entourait; Capitoline Markovna continuait ses questions. A la vue de la roulette, des croupiers si *distingués* que, si elle les avait rencontrés ailleurs, elle les aurait assurément pris pour des ministres, à la vue de leurs petits râteaux toujours en mouvement, des tas d'or & d'argent sur le tapis vert, des vieilles & des jeunes femmes qui jouaient, Capitoline Markovna tomba dans une muette extase; elle oublia complétement qu'il lui convenait de s'indigner, & n'eut pas assez d'yeux pour tout examiner, tressaillant à chaque nouvel appel de numéros. Le bourdonnement de la boule d'ivoire dans la roulette pénétrait jusque dans la moelle de ses os; ce n'est que revenue au grand air qu'elle eut assez de force pour appeler, en exhalant un profond soupir, les jeux de hasard, une invention immorale de l'aristocratie. Un sourire inerte & méchant effleura les lèvres de Litvinof; il parlait par saccades & avec nonchalance, il avait l'air d'être dépité ou ennuyé. Mais, en se tournant vers Tatiana, il faillit perdre contenance : elle le regardait avec attention & semblait se demander à elle-même quel genre d'impression il lui faisait. Il s'empressa de lui faire un signe de tête, elle y répondit & recommença à le regarder d'une façon interrogative & avec une certaine attention, comme s'il était bien plus loin d'elle qu'il ne l'était réellement. Litvinof arracha ces dames au *Conversationhaus,* &, évitant « l'arbre russe, » sous lequel étaient déjà installées deux compatriotes, il se dirigea vers l'allée de Lichtenthal. Il n'y était pas encore entré qu'il vit de loin Irène. Elle venait à leur rencontre avec son mari & Potoughine. Litvinof pâlit comme un linge; cependant il ne hâta point sa marche, &, lorsqu'ils se rencontrèrent, il lui fit une

13.

inclination muette. Elle salua froidement
&, après avoir jeté sur Tatiana un regard
scrutateur, elle passa son chemin. Ratmirof leva son chapeau très-haut, Potoughine murmura quelque chose d'inintelli-
gible.

— Quelle est cette dame? demanda
Tatiana, qui n'avait presque pas ouvert la
bouche jusqu'alors.

— Cette dame? répéta Litvinof, cette
dame? c'est une certaine Mme Ratmirof.

— Une Russe?

— Oui.

— Vous avez fait ici sa connaissance?

— Non, je la connais depuis longtemps.

— Comme elle est belle!

— As-tu remarqué sa toilette? dit Capitoline Markovna. On pourrait nourrir dix
familles toute une année avec l'argent
qu'ont coûté ses seules dentelles! C'est son
mari qui était avec elle? ajouta-t-elle en se
tournant vers Litvinof.

— Son mari.

— Il doit être horriblement riche?

— Je l'ignore, mais je ne le suppose
pas.

— Et quel grade a-t-il?

— Il est général.

— Quels yeux! reprit Tatiana, ils ont une étrange expression : ils sont en même temps rêveurs & perçants; jamais je n'en ai vu de pareils.

Litvinof ne répondit rien; il lui semblait sentir encore sur son visage le regard inquisiteur de Tatiana; il se trompait : elle regardait à ses pieds le sable de l'allée.

— Mon Dieu! quel est ce monstre? s'écria tout à coup Capitoline Markovna, montrant du doigt un *panier* dans lequel était nonchalamment étendue une femme rousse, au nez retroussé, vêtue d'un costume de couleur criarde, avec des bas lilas.

— Ce monstre? mais ce n'est rien moins que la fameuse mamzelle Cora.

— Qui?

— Mamzelle Cora, une célébrité parisienne.

— Comment? ce carlin? mais c'est un laideron.

— Apparemment cela n'y fait rien.

Les bras en tombèrent à Capitoline Markovna. — Il est joli votre Bade! Peut-

on s'asseoir sur ce banc? je suis un peu
fatiguée.

— Certainement, Capitoline Markovna,
c'est pour cela que les bancs sont faits.

— Qu'en sait-on, de vos usages? On
dit, par exemple, qu'à Paris il y a aussi
des bancs sur les boulevards, mais qu'il
n'est pas convenable de s'y asseoir.

Litvinof ne se donna pas la peine d'édi-
fier à ce sujet Capitoline Markovna : il
s'aperçut qu'ils étaient à la même place où
il avait eu avec Irène son explication dé-
cisive... puis il se rappela qu'il venait de
remarquer sur sa joue une petite tache
rose. Capitoline Markovna prit possession
du banc, Tatiana s'assit à côté d'elle,
Litvinof resta debout dans l'allée : était-ce
effet de son imagination ou réalité, il
lui semblait que quelque chose d'indéfi-
nissable s'interposait graduellement entre
Tatiana & lui.

— Ah! quelle bouffonne, reprit Capitoline Markovna en secouant la tête avec
compassion. Si on vendait sa toilette, ce
n'est plus dix, mais cent familles qu'on
pourrait nourrir. Avez-vous vu des diamants sous son chapeau, sur ses che-

veux rouges? Des diamants, le matin?

— Elle n'a pas les cheveux roux, remarqua Litvinof; elle les teint ainsi suivant
la mode.

Capitoline fit encore un mouvement de
stupéfaction & se mit à réfléchir. — Chez
nous, à Dresde, reprit-elle, on n'est pas
encore descendu à pareil scandale. C'est
parce que c'est plus loin de Paris. Vous
partagez cette opinion, n'est-il pas vrai,
Grégoire Mikhailovitch?

— Moi? répondit Litvinof, en se disant :
« De quoi diable parle-t-elle? » Moi? sans
doute... bien certainement...

En ce moment on entendit un pas mesuré, & Potoughine s'approcha du banc.
— Bonjour, dit-il à Grégoire Mikhailovitch, en souriant & secouant la tête.

Litvinof le prit tout de suite par la main.
— Bonjour, bonjour, Sozonthe Ivanovitch,
il me semble que je viens de vous rencontrer avec... il y a un moment, dans l'allée.

— Oui, c'était moi.

Potoughine salua respectueusement les
dames assises sur le banc.

— Permettez-moi de vous présenter à
de bonnes amies, à des parentes qui

viennent d'arriver à Bade. — Potoughine
Sozonthe Ivanovitch, un de mes compatriotes, également un hôte de Bade.

Les deux dames s'inclinèrent. Potoughine répéta ses saluts.

— C'est un véritable raout, commença
d'une voix de fausset Capitoline Markovna;
l'excellente vieille fille avait de la timidité, mais tenait par-dessus tout à ne pas
la montrer. — Tous croient de leur devoir
de venir ici.

— Bade est, en effet, un agréable séjour, répondit Potoughine en regardant
Tatiana à la dérobée; c'est un séjour très-
agréable que Bade.

— Oui, il est seulement trop aristocratique, autant que je puis en juger. Nous
avons habité Dresde avec elle, tout ce
temps; c'est une ville très-intéressante,
tandis qu'ici c'est un vrai raout.

— « Le mot lui plaît, » pensa Potoughine. — Votre remarque est parfaitement
juste, dit-il tout haut, mais en revanche
la nature est ici splendide, & la situation
des plus pittoresques qu'on puisse rencontrer. Votre compagne doit principalement
apprécier cela. N'est-il pas vrai, made-

moiselle? ajouta-t-il en s'adressant cette fois directement à Tatiana.

Tatiana leva sur Potoughine ses grands yeux limpides. Elle semblait chercher à comprendre ce qu'on voulait d'elle, pourquoi Litvinof lui avait fait faire connaissance, dès le premier jour de son arrivée, de cet étranger qui avait d'ailleurs une honnête & intelligente figure, & qui la considérait avec politesse & intérêt.

— Oui, finit-elle par dire, on est très-bien ici.

— Il faut que vous visitiez le Vieux-Château, continua Potoughine; je vous conseille surtout d'aller à Ibourg.

— La Suisse saxonne... commença Capitoline Markovna...

Des trompettes se firent entendre; c'était l'orchestre militaire prussien de Rastadt (en 1862 Rastadt était encore une forteresse fédérale), qui commençait son concert hebdomadaire au pavillon. Capitoline Markovna se leva aussitôt.

— De la musique, dit-elle, de la musique à la *Conversation!* Il faut y aller. Il est maintenant quatre heures, n'est-il pas vrai? C'est le beau moment

— Oui, répondit Potoughine ; c'est l'heure à la mode & la musique est excellente.

— Il ne faut donc pas tarder, Tatiana, allons.

— Vous me permettez de vous accompagner? demanda Potoughine au grand étonnement de Litvinof, auquel il ne vint pas en tête que Potoughine pouvait être envoyé par Irène.

Capitoline Markovna sourit : — Avec grand plaisir, monsieur... monsieur...

— Potoughine, dit celui-ci, en lui offrant son bras. Litvinof donna le sien à Tatiana & les deux couples se dirigèrent vers la *Conversationhaus.*

Potoughine continua à discuter avec Capitoline Markovna, & Litvinof à marcher sans ouvrir la bouche ; deux fois seulement il sourit sans aucun motif, & serra légèrement la main de Tatiana ; il y avait du mensonge dans ces serrements de main auxquels elle ne répondit pas, & Litvinof se rendait compte de ce mensonge : ils n'exprimaient pas la mutuelle confiance de deux âmes qui s'étaient données l'une à l'autre ; ils remplaçaient des paroles qui n'arrivaient pas sur ses lèvres. Ce je ne sais quoi d'innommé qui avait commencé entre eux ne fit que s'accroître. Tatiana le regarda de nouveau avec un air attentif, presque scrutateur. — La situation n'éprouva nul changement devant la *Conversationhaus,* à la petite table autour de laquelle ils s'assirent tous quatre, avec cette seule différence qu'au milieu du bruit de la foule & du fracas des instruments, le silence de Litvinof paraissait moins extraordinaire. Capitoline Markovna avait complétement perdu la tête ; c'est à peine si Potoughine pouvait suffire à lui répondre & à satisfaire sa curiosité. Pour son bonheur, dans la masse des promeneurs apparut la sèche figure de madame Soukhantchikof avec ses yeux éternellement prêts à sauter sur vous. Capitoline Markovna la reconnut immédiatement, l'engagea à venir à leur petite table, la fit asseoir & aussitôt éclata une tempête de aroles. Potoughine se tourna vers Tatiana entama la conversation avec elle d'une ix lente & douce, avec une expression able sur son visage légèrement incliné, elle, à sa propre surprise, lui répondait avec aisance ; il lui était agréable de causer avec cet étranger, cet inconnu, tandis que Litvinof était comme auparavant immobile sur sa chaise avec le même sourire inerte & mauvais sur les lèvres...

Vint l'heure du dîner, la musique cessa, les promeneurs devinrent plus rares. Capitoline Markovna dit affectueusement adieu à madame Soukhantchikof. Elle l'avait en grande estime, quoiqu'elle dît ensuite à sa nièce que cette personne était trop enthousiaste, mais qu'en revanche elle était au fait de tout. Et quant aux machines à coudre, il faudra s'en procurer aussitôt après les noces. — Potoughine se retira, Litvinof conduisit les dames à la maison. A la porte de l'hôtel, on lui remit un billet ; il s'écarta & déchira précipitamment l'enveloppe. Sur un petit morceau de vélin, il y avait ces mots tracés au crayon : « Venez ce soir à sept heures chez moi pour une minute, pour une minute, je vous en supplie. » Litvinof enfonça le papier dans sa poche &, se retournant, il sourit de nouveau... à qui, & pourquoi ? Tatiana lui tournait le dos. Ils dînèrent à table d'hôte. Litvinof était

placé entre Capitoline Markovna & Tatiana ; il se mit à jaser, à débiter des
anecdotes, il se versait du vin & n'en
laissait pas manquer les dames. Il avait
brusquement pris, avec une animation
étrange, un ton si leste qu'un officier d'un
régiment de ligne en garnison à Strasbourg,
avec des moustaches à la Napoléon, assis
vis-à-vis de lui, crut pouvoir se mêler à la
conversation & finit par proposer un toast
à *la santé des belles Moscovites!* Après dîner,
Litvinof reconduisit les deux dames dans
leur chambre; il resta un moment auprès
de la fenêtre, d'un air morose, & déclara
tout à coup qu'une affaire l'obligeait à
s'absenter, mais qu'il reviendrait certainement le soir. Tatiana ne dit rien, pâlit &
baissa les yeux. Capitoline Markovna avait
l'habitude de faire la sieste après dîner;
Tatiana savait que Litvinof ne l'ignorait
pas ; elle espérait qu'il en profiterait, qu'il
resterait, car il n'avait pas été un moment
seul avec elle depuis son arrivée, & ne
lui avait pas parlé franchement. Et voilà
qu'il sortait! Comment interpréter cela, &
toute sa conduite de ce jour ?...

Litvinof s'éloigna précipitamment sans

attendre de réponse ; Capitoline Markovna s'étendit sur le divan &, après avoir poussé deux soupirs, s'endormit du plus paisible sommeil ; Tatiana alla dans un coin & s'assit sur une chaise, les bras serrés sur sa poitrine.

XVIII

Litvinof monta l'escalier de *l'hôtel de l'Europe.* Une petite fille de treize ans, avec un espiègle visage kalmouk, qui évidemment l'épiait, l'arrêta en lui disant en russe : « Veuillez entrer ici, Irène Pavlovna viendra tout de suite. » Il la regarda avec hésitation. Elle sourit, répéta son invitation, l'introduisit dans une petite chambre encombrée de malles, située devant l'appartement d'Irène, & s'éclipsa en fermant la porte avec précaution. Litvinof n'avait pas encore eu le temps de se reconnaître quand la même porte s'ouvrit brusquement & laissa paraître Irène en robe de bal rose, avec des perles dans les cheveux & au cou. Elle lui prit les deux mains & resta quelques secondes sans parler ; ses yeux étincelaient, sa poitrine était haletante, comme si elle avait précipitamment monté un escalier.

— Je n'ai pas pu vous recevoir là-bas, commença-t-elle à demi voix ; nous allons partir sur-le-champ pour un dîner de gala ; je voulais vous voir un instant... C'est votre fiancée avec qui je vous ai rencontré ce matin ?

— Oui, c'était ma fiancée, répondit Litvinof en appuyant sur le mot « c'était. »

— Eh bien ! j'ai voulu vous voir une minute pour vous dire que vous devez vous considérer comme entièrement libre, que tout ce qui s'est passé hier ne doit pas changer vos résolutions...

— Irène ! s'écria Litvinof, pourquoi me dis-tu cela ?

Il prononça ces mots à haute voix ; ils étaient empreints d'une passion insensée. Irène ferma un moment les yeux. — Ah ! continua-t-elle plus bas, mais avec un entraînement irrésistible, tu ne sais pas combien je t'aime, mais hier je n'ai fait que payer ma dette, réparer ma faute. Je n'ai pu, comme je l'aurais voulu, te rendre ma jeunesse, mais je ne t'ai imposé aucune obligation, je ne t'ai délié d'aucune promesse. O mon ami, fais ce que tu veux, tu es libre comme l'air, rien, rien ne te lie envers moi, sache-le bien!

— Mais je ne puis vivre sans toi, Irène, murmura à son tour Litvinof, je suis à toi pour toujours. Ce n'est qu'à tes pieds que je puis vivre.

Il se pencha sur ses mains. Irène regarda sa tête inclinée.

— Sache alors, dit-elle, que moi aussi je suis prête à tout, que je ne regretterai rien ni personne. Ce que tu décideras sera fait. Moi aussi je suis à toi... pour toujours.

Quelqu'un gratta à la porte. Irène se baissa, murmura encore une fois: « à toi... adieu! » Litvinof sentit sa respiration passer sur ses cheveux, mais, quand il se releva, elle n'était déjà plus dans la chambre, il n'entendit que le frôlement de sa robe dans le corridor, & Ratmirof qui criait avec impatience: « Eh bien! vous ne venez pas? »

Litvinof s'assit sur une grande malle &, mettant ses mains sur son visage, il sentit un parfum subtil & frais. Irène avait tenu ses mains dans ses mains. « C'en est trop, » pensait-il. La petite fille entra dans la chambre &, souriant de nouveau à son regard effaré, elle lui dit: « Veuillez sortir maintenant, avant que... » Il se leva & quitta l'hôtel. Comment penser à revenir tout de suite à la maison ? il fallait reprendre ses sens. Son cœur battait d'une façon inégale & lente ; la terre semblait onduler sous ses pieds. Litvinof s'engagea dans l'allée de Lichtenthal. Il comprenait que le moment décisif était arrivé, qu'il n'était plus possible d'ajourner, de se cacher, de recourir aux expédients, qu'une explication avec Tatiana était inévitable ; mais comment l'entamer ? Il dit adieu à tout son avenir si heureusement & si utilement combiné ; il savait qu'il se jetait la tête en avant dans un précipice, & ce n'était pourtant pas cela qui le troublait. C'était chose résolue, mais comment allait-il se présenter devant son juge ? Et si réellement il avait affaire à un juge, à un ange portant un glaive de feu, son cœur criminel l'aurait accepté peut-être, mais ici il lui fallait enfoncer lui-même le couteau...

C'était horrible! Il pouvait encore retourner en arrière, profiter de la liberté qu'on lui offrait, mais non! mille fois mieux la mort. La liberté! A quoi bon cette liberté odieuse? Mais se précipiter, s'anéantir dans la poussière, pourvu que ces yeux s'abaissassent sur lui avec amour...

— Grégoire Mikhailovitch! dit une voix lugubre, & une main s'appuya lourdement sur l'épaule de Litvinof. Il se retourna non sans effroi, & reconnut Potoughine.

— Excusez-moi, Grégoire Mikhailovitch, commença celui-ci avec son habituelle grimace, je vous dérange peut-être, mais, vous voyant de loin, j'ai pensé... Du reste, si vous avez autre chose à faire...

— Au contraire, je suis ravi, dit entre ses dents Litvinof.

Potoughine se mit à marcher à côté de lui. — Quelle belle soirée! poursuivit-il, comme il fait chaud! Il y a longtemps que vous vous promenez?

— Non, il n'y a pas longtemps.

— Mais, que dis-je, je vous ai vu sortir de *l'hôtel de l'Europe.*

— Vous me suiviez?

— Oui.

— Vous avez quelque chose à me communiquer?

— Oui, répéta Potoughine, mais si bas qu'on l'entendit à peine.

Litvinof s'arrêta & toisa des pieds à la tête l'interlocuteur qui s'imposait à lui. Son visage était blême, son regard vague ; une ancienne & incurable douleur semblait reparaître sur ses traits flétris.

— Qu'avez-vous de particulier à me dire ? dit lentement Litvinof en reprenant le pas.

— Voici... permettez... tout de suite. Si cela vous est égal, établissons-nous sur ce banc ; ce sera plus commode.

— C'est donc quelque chose de mystérieux, dit Litvinof en prenant place à côté de lui. Vous n'êtes pas dans votre assiette ordinaire, Sozonthe Ivanovitch.

— Non, je n'ai rien, & je n'ai rien de secret à vous dire. Je voulais seulement vous confier... l'impression que m'a faite votre fiancée... car cette demoiselle avec laquelle vous m'avez fait faire connaissance aujourd'hui est, n'est-ce pas ? votre fiancée. Je dois avouer que je n'ai jamais rencontré dans tout le cours de ma vie un être plus sympathique. C'est un cœur d'or, une âme angélique.

Potoughine prononça tous ces mots sur un ton amer & triste, de sorte que Litvinof lui-même remarqua l'étrange contradiction qu'il y avait entre son expression & son langage.

— Vous jugez parfaitement Tatiana Pétrovna, dit-il, mais j'ai lieu d'être surpris... d'abord, que vous soyez si bien édifié sur mes relations avec elle, puis, que vous l'ayez si promptement devinée. Elle a en effet une âme angélique, mais permettez-moi de vous demander si c'est de cela que vous vouliez causer avec moi?

— Il est impossible de ne pas la comprendre tout de suite, se hâta de dire Potoughine, ayant l'air d'éviter de répondre à cette dernière question, il n'y a pour cela qu'à regarder une fois ses yeux. Elle mérite tout le bonheur possible : enviable est le sort de l'homme destiné à lui procurer ce bonheur! Il faut désirer qu'il se montre digne d'un pareil lot.

Litvinof fronça légèrement le sourcil. — Permettez, Sozonthe Ivanovitch, je trouve notre entretien assez étrange... Je vou-

drais savoir si l'allusion que contiennent
vos dernières paroles se rapporte à moi?

Potoughine ne se pressa pas de répondre à Litvinof; il était évident qu'il
soutenait une lutte intérieure. — Grégoire
Mikhailovitch, dit-il enfin, si je ne me
suis pas complétement trompé sur votre
compte, vous êtes capable d'entendre la
vérité de qui que ce soit & sous quelque
aspect pénible qu'elle se présente. Je viens
de vous dire que j'ai vu d'ici d'où vous
sortiez.

— Eh bien! oui, de *l'hôtel de l'Europe*.
Après?

— Je sais qui vous avez vu là!

— Eh bien! j'ai été chez madame Ratmirof. Et après?

— Après?.. Vous êtes fiancé à Tatiana
Pétrovna & vous avez vu madame Ratmirof que vous aimez... & qui vous aime.

Litvinof sauta du banc; le sang lui
monta au visage. — Qu'est-ce que cela?
dit-il d'une voix sourde & irritée, une
mauvaise plaisanterie? de l'espionnage?
Veuillez vous expliquer.

Potoughine lui jeta un regard morne. —
Ah! que mes paroles ne vous offensent

pas, Grégoire Mikhailovitch ; quant à moi, vous ne sauriez me blesser ; & je n'ai pas l'esprit à la plaisanterie.

— C'est possible, c'est possible. Je suis prêt à ajouter foi à la pureté de vos intentions ; je me permettrai toutefois de vous demander de quel droit vous vous mêlez des affaires intérieures, de la vie de cœur d'un étranger, & sur quel fondement vous présentez avec tant d'assurance votre... invention comme la vérité ?

— Mon invention! Si j'avais inventé cela, vous ne vous seriez pas fâché. Quant à ce que vous appelez le droit, je n'ai encore jamais entendu qu'un homme se soit posé cette question : ai-je ou non le droit de tendre la main à celui qui se noie?

— Je suis excessivement touché de votre intérêt, interrompit avec vivacité Litvinof, mais je n'en ai nullement besoin, & toutes ces phrases sur la ruine dans laquelle les femmes entraînent les jeunes gens inexpérimentés, sur l'immoralité du grand monde, & cætera, je ne les prends que pour des phrases & les méprise même en un certain sens ; c'est pourquoi je vous prie de ne pas fatiguer votre main libératrice,

& de me permettre de me noyer en paix.

Potoughine leva de nouveau les yeux sur Litvinof, il respirait péniblement, ses lèvres tremblaient.

— Mais regardez-moi donc, jeune homme, — finit-il par dire en se frappant la poitrine, — est-ce que je ressemble à un pédant moraliste, à un prédicateur? Ne comprenez-vous pas que ce n'est pas ma sympathie pour vous, quelque profonde qu'elle puisse être, qui m'a poussé à vous parler ainsi, à vous donner le droit de me soupçonner de ce qui me répugne le plus au monde, d'indiscrétion & d'impertinence? Ne voyez-vous pas qu'ici l'affaire est d'un tout autre genre, que vous avez devant vous un homme brisé, détruit, irrémédiablement anéanti, par le même sentiment dont il cherche à vous préserver &... par la même femme!

Litvinof fit un pas en arrière.

— Est-ce possible? Qu'avez-vous dit? Vous... vous... Sozonthe Ivanovitch? Mais madame Belsky? & cet enfant...

— Ah! ne m'interrogez pas... C'est une sombre, une effrayante histoire, que je n'entreprendrai pas de vous raconter. Je

14.

n'ai presque pas connu madame Belsky,
cet enfant n'est pas à moi; j'ai tout pris
sur moi, parce qu'elle l'a voulu, parce que
cela *lui* était nécessaire. Serais-je sans elle
dans votre insupportable Bade ? Enfin,
avez-vous pu croire, avez-vous pu un moment vous figurer que ce n'est que par
sympathie pour vous que je me suis décidé
à vous avertir ? Je plains cette bonne, cette
jolie jeune fille, votre fiancée. A tout
prendre, que me fait à moi votre avenir ?
mais je crains pour elle... j'ai peur pour
elle.

— Vous me faites beaucoup d'honneur,
monsieur Potoughine, dit Litvinof, mais
comme, d'après vos propres paroles, nous
nous trouvons dans une position identique,
pourquoi ne vous appliquez-vous pas à
vous-même vos beaux préceptes, & ne
dois-je pas attribuer vos alarmes à un
autre sentiment?

— C'est-à-dire à la jalousie, voulez-
vous dire ? Ah ? jeune homme, jeune
homme, vous devriez avoir honte de finas-
ser, vous devriez avoir honte de ne pas
comprendre l'amère douleur qui parle
maintenant par ma bouche. Non, nous

ne sommes pas dans une position identique! Moi, un vieil original, ridicule,
inoffensif... & vous! Mais qu'y a-t-il là
à discuter? Vous ne consentiriez pas à
prendre pour une seconde le rôle que je
joue & que je joue avec reconnaissance!
De la jalousie? Celui qui n'a pas une
ombre d'espoir n'est pas jaloux, & ce n'est
pas à présent que je commencerais à
éprouver ce sentiment. J'ai uniquement
peur... peur pour elle, comprenez cela.
Et pouvais-je m'attendre, lorsqu'elle m'a
envoyé vous chercher, que le sentiment
de ce qu'elle a nommé sa faute l'entraîne-
rait si loin?

— Mais permettez, Sozonthe Ivanovitch,
vous semblez savoir...

— Je ne sais rien & je sais tout. Je
sais, ajouta-t-il en se détournant, je sais où
elle a été hier. On ne peut plus l'arrêter;
c'est une pierre qui roule jusqu'au fond.
J'aurais été tout aussi insensé, si je m'étais
imaginé que mes paroles pussent vous
retenir... vous auquel une telle femme...
Mais finissons-en. Je n'ai pas pu me maî-
triser, voilà toute mon excuse. Puis, comment savoir & pourquoi ne pas essayer?

Peut-être réfléchirez-vous, peut-être une de mes paroles tombera-t-elle sur votre âme, & vous ne voudrez pas la perdre, ainsi que cet être si innocent, si aimable... Ah! ne vous irritez pas, ne frappez pas du pied. Qu'ai-je besoin d'avoir peur & de faire des cérémonies? Ce n'est ni la jalousie ni le dépit qui parlent maintenant en moi. Je suis prêt à tomber à vos genoux à vous supplier... Du reste, adieu. Soyez sans inquiétude, tout cela demeurera entre nous. Je vous ai voulu du bien.

Potoughine se lança dans l'allée & disparut bientôt dans l'obscurité croissante; Litvinof ne chercha pas à le retenir.

Mon histoire est effrayante & obscure, avait dit Potoughine à Litvinof & il s'était refusé à la raconter. Disons-en deux mots.

Huit ans auparavant, son service l'avait attaché temporairement à la personne du comte Reisenbach. C'était l'été. Potoughine lui apportait des papiers à sa campagne & y passait des journées entières. Irène demeurait alors chez le comte. Elle n'était pas hautaine pour les inférieurs; plus d'une fois la comtesse lui avait repro-

ché sa familiarité inconvenante & moscovite. Irène devina promptement l'homme
d'esprit dans ce modeste employé, empri-
sonné dans un frac boutonné jusqu'au
menton. Souvent & volontiers elle causait
avec lui, & lui s'éprit d'elle passionnément, profondément, mystérieusement.
Mystérieusement! *il* se l'imaginait. L'été
écoulé, le comte n'eut plus besoin d'auxi-
liaire. Potoughine perdit de vue Irène,
mais il ne put l'oublier. Trois ans après,
une dame qu'il connaissait très-peu l'engagea à venir la trouver. Cette dame, après
mille circonlocutions & après lui avoir fait
jurer qu'il garderait le plus profond secret
sur ce qu'elle allait lui révéler, lui proposa
d'épouser une personne d'une situation
élevée pour laquelle le mariage était devenu une nécessité. Elle n'osa presque pas
faire allusion au principal personnage de
l'histoire, mais promit à Potoughine de
l'argent, beaucoup d'argent. Potoughine
ne s'offensa point — la surprise étouffa sa
colère, — mais, naturellement, il refusa
tout net. La négociatrice lui remit alors
un billet d'Irène. « Vous êtes un homme
loyal & bon, écrivait-elle, je sais que vous

ferez tout pour moi ; je vous demande ce
sacrifice. Vous sauverez un être qui m'est
cher. En le sauvant vous me sauverez également. Ne m'interrogez pas là-dessus. Il
n'y a personne à qui je me serais décidée
à faire pareille demande, mais à vous je
vous tends la main & vous dis : faites cela
pour moi. » Potoughine réfléchit & déclara
qu'en effet il était capable de faire beaucoup pour Irène Pavlovna, mais qu'il aime-
rait à l'entendre exprimer son désir elle-
même. L'entrevue eut lieu le même soir ;
elle ne se prolongea pas longtemps & ne
fut connue que de cette dame. Irène ne
demeurait plus déjà chez le comte Reisenbach.

— Pourquoi vous êtes-vous souvenue de
moi ? lui demanda Potoughine.

Elle commença à s'étendre sur ses
solides qualités, puis s'interrompant brusquement.

— Non, dit-elle, je ne saurais vous cacher la vérité. Je savais, je sais que vous
m'aimez, voilà pourquoi je me suis décidée.

Alors elle lui raconta tout. Élise Belsky
était orpheline ; ses parents l'abhorraient

& comptaient sur son héritage... elle allait
être perdue. Potoughine regarda longtemps
en silence Irène & consentit. Elle fondit
en larmes & se jeta à son cou. Et lui
pleura... mais ces larmes étaient différentes. Tout s'apprêtait pour l'union secrète, une main puissante avait écarté
tous les obstacles, lorsqu'une maladie se
déclara : une fille vint au monde, la mère
s'empoisonna. Que faire de l'enfant? Potoughine la prit sous sa tutelle des mains
d'Irène.

Effrayante, terrible histoire! mais passons, lecteur, passons.

Une heure s'écoula avant que Litvinof
se fût décidé à rentrer dans son hôtel. Il
s'en approchait lorsqu'il entendit tout à
coup marcher derrière lui : quelqu'un paraissait le suivre & hâter le pas quand il
marchait plus vite. Arrivé à un réverbère,
Litvinof se retourna & reconnut le général
Ratmirof. Le général revenait seul du dîner, en cravate blanche, un élégant paletot
jeté sur les épaules, une file de croix attachée par une chaînette d'or à la boutonnière de son habit. Son regard, directement, impertinemment dirigé sur Litvinof,

exprimait un tel mépris, une telle haine,
toute sa figure respirait un défi si prononcé que Litvinof crut de son devoir,
faisant un effort sur lui-même, d'aller à sa
rencontre, au devant d'une « histoire. »
Mais, à l'approche de Litvinof, le visage
du général se transforma subitement : sa
courtoisie railleuse reparut & une main
couverte d'un gant gris-perle souleva de
nouveau un feutre irréprochable. Litvinof
ôta le sien sans mot dire, & chacun suivit
son chemin. « Il se doute de quelque
chose », pensa Litvinof. « Si c'était du
moins... un autre ! » se disait le général.

Tatiana faisait le piquet de sa tante
quand Litvinof entra dans leur chambre.

— Tu es joli, mon petit père, s'écria
Capitoline Markovna en jetant les cartes
sur la table, te voilà perdu dès le premier jour & toute la soirée ! Nous avons
attendu, attendu, puis grogné & grogné...

— Je n'ai rien dit, tante, fit observer
Tatiana.

— Oh ! tu es connue pour ta patience !
N'avez-vous pas honte, Monsieur ! Est-ce
possible ? pour un fiancé !

Litvinof s'excusa tant bien que mal, &
s'approcha de la table.

— Pourquoi avez-vous interrompu votre
jeu? demanda-t-il après un court silence.

— Quelle question! nous ne nous
sommes mises à jouer que par ennui, ne
sachant que faire... Maintenant que vous
êtes arrivé...

— Si vous voulez entendre le concert
du soir, interrompit Litvinof, je vous y
conduirai très-volontiers.

Capitoline Markovna consulta de l'œil
sa nièce.

— Allons, tante, je suis prête, dit celle-
ci, mais ne vaut-il pas mieux rester à la
maison?

— Soit! nous boirons le thé à notre manière, à la moscovite, avec un samovar, &
nous bavarderons gentiment; nous n'avons
pas encore babillé comme il faut.

Litvinof fit apporter du thé, mais la
conversation ne marcha pas comme le samovar. Il sentait un perpétuel remords de
conscience; il lui semblait que tout ce
qu'il disait n'était que mensonge, & que
Tatiana n'en était pas dupe. Cependant
aucun changement ne se remarquait en

15

elle ; seulement son regard ne se reposa
pas une seule fois sur Litvinof, mais glissait autour de lui avec une sorte de compassion timide, & elle était plus pâle que
d'habitude. Capitoline Markovna lui demanda si elle n'avait pas mal à la tête.

Tatiana voulut répondre négativement,
mais, réflexion faite, elle dit : « Oui, un
peu. »

— Cela tient à la fatigue de la route, remarqua Litvinof en rougissant de ce qu'il
disait.

— C'est de la fatigue, répéta Tatiana,
& son regard glissa de nouveau sur lui.

— Il faut te reposer, Tanioucha.

— J'irai bientôt me coucher, tante.

Le *Guide des Voyageurs* était sur la
table ; Litvinof se mit à lire à demi-voix
la description des environs de Bade.

— Tout cela est charmant, interrompit
Capitoline Markovna, mais voilà ce qu'il
ne faut pas oublier : on dit que la toile est
ici très-bon marché, il faut en acheter
pour le trousseau.

Tatiana baissa les yeux.

— Nous aurons le temps, tante. Vous
ne songez jamais à vous-même & vous

avez absolument besoin d'une robe neuve.
Vous voyez comme tout le monde ici est
élégant.

— Eh! bon Dieu! à quoi bon? Est-ce
que je suis une élégante! Autre chose, si
j'étais une beauté comme votre amie, Grégoire Mikhailovitch; comment l'appelez-
vous déjà?

— Quelle amie?

— Mais celle que **nous avons rencontrée**
ce matin.

Ah! celle-là, dit avec une insouciance
simulée Litvinof,. & de nouveau il se sentit
honteux & mal à l'aise. « Non, se dit-il,
cela ne peut pas se prolonger ainsi. »

Il était assis à côté de sa fiancée &,
tout près d'elle, dans sa poche de côté, à
lui, sur son cœur, se trouvait le mouchoir
d'Irène. Capitoline Markovna alla une minute dans la chambre voisine.

— Tania, dit avec effort Litvinof... C'é-
tait la première fois de la journée qu'il
l'appelait ainsi.

Elle se tourna vers lui.

— J'ai... j'ai quelque chose de grave à
vous dire.

— Ah! vraiment? Quand? Tout de suite?

— Non, demain.

— Ah! demain. C'est fort bien.

Une pitié immense remplit l'âme de Litvinof. Il prit la main de Tatiana & l'approcha de ses lèvres avec componction, comme un coupable : le cœur de celle-ci se serra & ce baiser ne la réjouit point.

La nuit, à deux heures, Capitoline Markovna, qui couchait dans la même chambre que sa nièce, souleva tout à coup la tête & se releva.

— Tania, dit-elle, tu pleures ?

Tatiana ne répondit pas tout de suite.

— Non, tante, dit-elle, de sa voix candide, je suis un peu enrhumée.

XIX

« Pourquoi lui ai-je dit cela? » songeait le lendemain matin Litvinof, assis à la croisée de sa chambre. Il haussa avec dépit les épaules : il avait dit cela à Tatiana précisément pour se couper toute retraite. Sur la croisée était un billet d'Irène. Elle

le priait de venir chez elle à midi. Les
paroles de Potoughine lui revenaient sans
cesse en mémoire; elles avaient un écho
dissonant, quoique faible & pour ainsi dire
souterrain; elles l'irritaient & il ne pouvait
s'en débarrasser. Quelqu'un frappa à la
porte.

— *Wer da?* demanda Litvinof.

— Ah! vous êtes chez vous, ouvrez! fit
entendre la basse caverneuse de Bindasof.

Le bouton de la porte craqua. Litvinof
pâlit de colère. — Je ne suis pas à la maison, dit-il énergiquement.

— Comment vous n'êtes pas à la maison?
Qu'est-ce que c'est que cette plaisanterie!

— On vous dit qu'il n'y a personne;
filez.

— Voilà qui est aimable! Et moi qui
étais venu lui emprunter un peu d'argent,
grommela Bindasof.

— Cependant il s'éloigna en frappant
du talon selon son habitude. Litvinof faillit
courir après lui : il lui prit une envie
extrême de tordre le cou à cet insolent.
Les événements des derniers jours avaient
dérangé ses nerfs : un peu plus, il aurait

pleuré. Il but un verre d'eau froide, ferma sans motif tous les tiroirs des armoires, & alla chez Tatiana.

Il la trouva seule ; Capitoline Markovna était allée faire des emplettes. Tatiana était assise sur un divan, tenant des deux mains un livre qu'elle ne lisait pas, & dont probablement elle ne savait même pas le titre. Elle ne bougea pas, son cœur eut seulement de violents soubresauts, & on voyait frémir la collerette blanche qui entourait son cou.

Litvinof se troubla. Il s'assit toutefois auprès d'elle, lui dit bonjour, avec un sourire qu'elle lui rendit en silence. Elle l'avait salué à son entrée avec plus de politesse que d'amitié, sans le regarder. Il lui tendit la main ; elle lui livra ses doigts glacés, mais les retira aussitôt & reprit son livre. Litvinof sentit qu'il ne ferait que blesser Tatiana en entamant l'entretien par un sujet banal ; comme d'habitude, elle n'exigeait rien, mais tout en elle disait : « J'attends, j'attends. » Il fallait accomplir la promesse. Or, quoiqu'il n'eût pas pensé à autre chose toute la nuit, il n'avait pas préparé une seule phrase &

ne savait réellement pas comment rompre ce cruel silence.

— Tania, commença-t-il enfin, je vous ai dit hier que j'avais à vous communiquer quelque chose de grave. (A Dresde, il la tutoyait en tête-à-tête, mais maintenant l'idée ne lui en serait plus venue.) Je suis prêt, je vous prie seulement de ne plus vous affliger & d'être convaincue que mes sentiments pour vous...

Il s'arrêta, le courage lui manqua. Tatiana ne bougeait pas, ne le regardait point; mais elle serrait le livre plus fortement.

— Entre nous, — continua Litvinof sans terminer sa phrase, — a toujours existé une complète franchise; je vous estime trop pour user de ruse avec vous; je veux vous prouver que je sais apprécier l'élévation & l'indépendance de votre caractère, & quoique... sans doute...

— Grégoire Mikhailovitch, — commença Tatiana d'un ton calme, tandis qu'une pâleur mortelle se répandait sur son visage, — je viendrai à votre aide : vous avez cessé de m'aimer, & vous ne savez comment le dire.

Litvinof tressaillit.

— Pourquoi, dit-il à peine distinctement, pourquoi avez-vous pu croire? Je ne comprends vraiment pas...

— Quoi! n'est-ce pas vrai? Dites? dites?

Tatiana se tourna vers Litvinof; les cheveux jetés en arrière, son visage effleura presque le sien, & ses yeux, qui n'étaient pas tombés depuis si longtemps sur Litvinof, plongeaient dans ses yeux.

— N'est-ce pas vrai? répéta-t-elle.

Il ne dit rien, ne laissa pas échapper le moindre son. Il ne pouvait mentir dans ce moment, quand même il eût été certain qu'elle le croirait & que ce mensonge le sauverait; il ne pouvait même pas soutenir son regard. Du reste, Tatiana n'avait plus besoin d'une réponse, elle la saisit dans son silence, dans ses yeux coupables & abattus; elle se rejeta en arrière & laissa tomber le livre. Jusqu'à cet instant, elle avait douté, & Litvinof le comprit; & il vit combien était réellement hideux tout ce qu'il avait fait! Il se précipita à ses genoux.

— Tatiana! s'écria-t-il, si tu savais comme il m'est pénible de te voir dans cette situation, combien je souffre de penser que c'est moi. . moi! Mon cœur est brisé ; je ne me reconnais pas moi-même ; en te perdant, je me suis perdu, & tout... tout est détruit, Tatiana, tout! Pouvais-je prévoir que je te porterais un tel coup, à toi, ma meilleure amie, mon ange tutélaire !... Pouvais-je prévoir que nous nous retrouverions ainsi, que nous passerions une journée comme celle d'hier !...

Tatiana voulut se retirer; il la retint par le pan de sa robe.

— Non! écoute-moi encore une minute. Tu vois, je suis à tes genoux, mais je ne suis pas venu implorer mon pardon; tu ne peux pas, tu ne dois pas me l'accorder ; je suis venu te dire que ton ami est perdu, qu'il roule dans un abîme & ne veut pas t'entraîner avec lui. Me sauver... non! Toi-même tu ne peux me sauver. Je te repousserais... Je suis perdu, Tania, irrévocablement perdu!

Tatiana regarda Litvinof.

— Vous êtes perdu? dit-elle, comme si elle ne le comprenait pas bien. Vous êtes perdu?

— Oui, Tania, je suis perdu. Tout ce

15.

qui a précédé, tout ce qui m'est cher, tout ce qui faisait jusqu'à présent ma vie, est perdu pour moi; tout est détruit, déchiré, & je ne sais ce qui m'attend dans l'avenir. Non, Tatiana, je n'ai pas cessé de t'aimer, mais un autre sentiment terrible, irrésistible, m'a envahi. J'ai résisté autant que j'ai pu...

Tatiana se leva, ses sourcils se froncèrent, son visage pâle s'assombrit. Litvinof se releva également.

— Vous aimez une autre femme, commença-t-elle, & je devine qui est cette femme... Nous l'avons rencontrée hier, n'est-il pas vrai? Eh bien, je sais maintenant ce qui me reste à faire. Comme vous avouez vous-même que ce sentiment est irrésistible (Tatiana fit une pause; elle espérait peut-être encore que Litvinof ne laisserait pas passer ce dernier mot sans protester, mais il ne dit rien), il ne me reste qu'à vous rendre... votre parole.

Litvinof courba la tête avec résignation, comme s'il recevait un coup mérité.

— Vous avez droit d'être indignée, balbutia-t-il; vous avez entièrement le droit de m'accuser de bassesse, de trahison.

Tatiana le regarda encore une fois.

— Je ne vous accuse pas, Litvinof, je ne vous condamne pas. Je suis d'accord avec vous : la plus amère vérité est préférable à ce qui s'est passé hier. Quelle vie maintenant serait la nôtre !

— Quelle vie sera maintenant la mienne ! se dit douloureusement Litvinof.

Tatiana s'approchait de la porte de la chambre à coucher.

— Je vous prie de me laisser seule un moment, Grégoire Mikhailovitch ; nous nous verrons encore, nous causerons encore. Tout cela a été si inattendu ! Il me faut prendre des forces... Laissez-moi... ménagez ma fierté. Nous nous reverrons...

Et, disant ces mots, Tatiana se retira rapidement, en fermant derrière elle la porte à clef. Tout étourdi, Litvinof sortit dans la rue ; quelque chose de sombre & de lourd s'était enraciné au plus profond de son cœur ; l'homme qui doit en égorger un autre doit éprouver une pareille sensation, & en même temps il se sentait plus léger, comme s'il s'était enfin débarrassé d'un fardeau pénible. La générosité de Tatiana l'avait anéanti ; il sentait vivement

tout ce qu'il perdait, & pourtant le dépit
se mêlait au remords : il était attiré vers
Irène comme vers l'unique refuge qui lui
restait, & il s'irritait contre elle. Depuis
quelque temps, & chaque jour davantage,
les sentiments de Litvinof devenaient plus
complexes & plus enchevêtrés ; cette confusion le torturait, l'aigrissait, il s'égarait
dans ce chaos. Il n'était plus avide que
d'une chose : suivre une route, quelle
qu'elle fût, pourvu qu'il ne tournât pas
dans cette affreuse demi-obscurité. Les
hommes positifs comme Litvinof ne devraient jamais s'abandonner à la passion ;
elle détruit le sens même de leur vie...
Mais la nature ne se plie pas à la logique,
à notre logique humaine ; elle a la sienne,
que nous ne comprenons pas, que nous ne
reconnaissons pas, jusqu'à ce que nous en
soyons écrasés comme par une roue.

Après avoir quitté Tatiana, Litvinof
n'eut qu'une pensée : voir Irène ; il alla
chez elle ; mais le général était à la maison, c'est du moins ce que lui dit le suisse;
il ne voulut pas entrer, il ne se sentait pas
la force de se contenir, & alla flâner à la
Conversationhaus. Vorochilof & Pichtchal-

kin ressentirent l'impossibilité que Litvinof
avait ce jour-là de se contenir : il ne cacha
pas à l'un qu'il était vide comme un gre-
lot, à l'autre qu'il était ennuyeux comme
la pluie ; heureusement que Bindasof ne
tomba point sous sa griffe, car il serait
certainement advenu un *grosser scandal*.
Ces deux messieurs n'en revenaient pas :
Vorochilof alla jusqu'à se demander si
l'honneur militaire n'exigeait pas satisfaction, mais, comme l'officier de Gogol, il se
tranquillisa en se bourrant, au café, de
Butter-Brod. Litvinof vit de loin Capitoline
Markovna courant dans sa mantille bigarrée de boutique en boutique. Il eut honte
de l'affliction qu'il allait causer à cette
ridicule, mais excellente vieille femme.
Puis il se souvint de Potoughine, de sa
conversation de la veille. Tout à coup
quelque chose d'impalpable & d'intense le
toucha ; si un souffle venait de l'ombre qui
s'avance, il ne serait pas plus insaisissable ;
Litvinof sentit cependant tout de suite que
c'était Irène qui approchait ; en effet, elle
apparut à quelques pas de lui, donnant le
bras à une autre dame, leurs yeux se rencontrèrent aussitôt. Irène remarqua pro-

bablement quelque chose de bizarre dans l'expression du visage de Litvinof : elle s'arrêta devant un bazar d'horloges de la forêt Noire, l'appela d'un signe de tête, &, lui montrant une de ces horloges, comme pour lui faire admirer son cadran colorié, surmonté d'un coucou, elle lui dit de sa voix ordinaire, comme si elle achevait une phrase commencée :

— Venez dans une heure, je serai seule.

Dans ce moment, accourut auprès d'elle le fameux m'sieu Verdier, il tomba en extase devant la couleur feuille morte de sa robe, devant le petit chapeau espagnol qui touchait ses sourcils... Litvinof disparut dans la foule.

XX

— Grégoire, lui disait deux heures plus tard Irène, qu'as-tu ? Dis-le moi vite, pendant que nous sommes seuls.

— Je n'ai rien, répondit Litvinof, je suis heureux, & voilà tout.

Irène baissa les yeux, sourit, soupira.

— Ce n'est pas une réponse.

Litvinof devint pensif.

— Eh bien, sache..., puisque tu l'exiges absolument (les yeux d'Irène s'agrandirent, son corps s'effaça légèrement en arrière), que j'ai tout dit aujourd'hui à ma fiancée.

— Comment, tout ? Tu m'as nommée ?

Litvinof fit un soubresaut.

— Irène, comment une telle pensée a-t-elle pu traverser ton esprit? Que je...

— Pardonne-moi, pardonne-moi. Qu'as-tu donc dit ?

— Je lui ai dit que je ne l'aime plus.

— Elle t'en a demandé la raison ?

— Je ne lui ai pas caché que j'aimais une autre femme, & que nous devions nous séparer.

— Eh bien, y a-t-elle consenti ?

— Ah ! Irène, quelle jeune fille ! quelle abnégation & quelle noblesse !

— Je crois, je crois ; du reste, elle n'avait pas d'autre conduite à tenir.

— Et pas un seul reproche, pas un seul mot d'amertume à l'homme qui a brisé sa vie, qui l'a trompée, qui la délaisse sans pitié !

Irène examinait attentivement ses ongles.

— Dis-moi, Grégoire, elle t'aimait ?

— Oui, Irène, elle m'aimait.

Irène se tut, arrangea sa robe.

— J'avoue, reprit-elle, ne pas comprendre parfaitement pourquoi tu as tenu à t'expliquer avec elle.

— Comment! pourquoi, Irène? Aurais-tu voulu que je mentisse, que je feignisse devant cette âme si pure? ou bien supposais-tu...?

— Je ne suppose rien, interrompit Irène. J'avoue que j'ai peu songé à elle; je ne sais pas penser à deux êtres à la fois.

— Tu veux dire...?

— Elle part, cette âme si pure? interrompit de nouveau Irène.

— Je n'en sais rien, répondit Litvinof. Je dois encore la voir, mais elle ne restera pas.

— Bon voyage!

— Non, elle ne restera pas. D'ailleurs, je ne pense pas non plus à elle; je songe à ce que *tu* m'as dit, à ce que tu m'as promis.

Irène le regarda du coin de l'œil.

— Ingrat! tu n'es pas encore content?

— Non, Irène, je ne suis pas content, &
tu me comprends.

— C'est-à-dire, je...

— Oui, tu me comprends. Souviens-toi
de ce que tu m'as dit, de ce que tu m'as
écrit. Je ne puis pas partager avec un autre,
je ne puis consentir à jouer un rôle pitoyable
après tout ; ce n'est pas seulement ma vie,
mais la vie d'une autre que j'ai jetée à tes
pieds ; j'ai renoncé à tout, j'ai tout réduit
en poussière, sans regret ni retour, mais
en revanche je crois, je suis fermement
convaincu que tu tiendras ta promesse,
que tu uniras ton sort au mien.

— Tu veux que je m'enfuie avec toi ? je
suis prête... (Litvinof s'inclina tout éperdu
sur les mains d'Irène), je suis prête, je ne
me dédis pas. Mais as-tu songé aux obstacles, as-tu avisé aux moyens ?

— Moi ? je n'ai encore songé à rien, je
n'ai rien préparé, mais dis seulement un
mot, permets-moi d'agir, & un mois ne
sera pas écoulé...

— Un mois ! nous partons dans quinze
jours pour l'Italie.

— Quinze jours me suffisent. O Irène !
tu as l'air d'accueillir froidement ma pro-

position, elle te semble peut-être un rêve,
je ne suis cependant plus un enfant & n'ai
pas l'habitude de me nourrir de chimères;
je sais combien ce pas est effrayant, je me
rends compte de la responsabilité que je
prends sur moi; mais je ne vois pas
d'autre issue. Réfléchis enfin que je suis
obligé de rompre tous mes liens avec le
passé, afin de ne pas passer pour un méprisable menteur aux yeux de cette jeune
fille que je t'ai apportée en holocauste.

Irène se redressa tout à coup, & ses
yeux s'enflammèrent.

— Excusez, Grégoire Mikhailovitch. Si
je me décide, si je m'enfuis, je m'enfuirai
avec un homme qui fera cela pour moi,
& non pour ne pas baisser dans l'opinion
d'une demoiselle flegmatique, qui n'a dans
ses veines, au lieu de sang, que du lait
coupé! J'avoue que c'est pour la première
fois qu'il m'est donné d'entendre que celui
qui est l'objet de mon attention soit digne
de pitié & joue un rôle pitoyable! Je connais un rôle encore plus pitoyable, c'est
celui de l'homme qui ne sait pas lui-même
ce qui se passe dans son âme.

Litvinof se releva à son tour.

— Irène, voulut-il dire...

Mais elle porta la main à son front &, se jetant brusquement au cou de Litvinof, elle l'étreignit avec une force qui n'était pas celle d'une femme.

— Pardonne-moi, dit-elle d'une voix suffoquée, pardonne-moi, Grégoire. Tu vois comme je suis gâtée, mauvaise, jalouse, méchante ; tu vois comme j'ai besoin de ton secours, de ton indulgence. Oui, sauve-moi, tire-moi de ce gouffre avant que j'y sois complétement engloutie. Oui, fuyons, fuyons ces hommes & ce monde, allons dans quelque beau pays lointain & libre. Là peut-être ton Irène sera plus digne de toi, plus digne des sacrifices que tu lui fais. Ne te fâche pas, pardonne-moi & sache que je ferai tout ce que tu ordonneras, que j'irai partout où tu me conduiras.

Irène ne lâchait pas Litvinof. Il sentait sur sa poitrine la pression désespérée de ce corps jeune & souple. Il se pencha sur sa chevelure ; au comble de la reconnaissance, il osait à peine caresser ses mains & les approcher de ses lèvres. — Irène, Irène, répétait-il.

Elle releva tout à coup la tête & se mit à écouter...

— C'est le pas de mon mari, il est entré dans sa chambre, murmura-t-elle, &, se retirant avec vivacité, elle s'assit sur une chaise. Litvinof voulut se lever. — Où vas-tu? continua-t-elle à demi-voix; reste, il te soupçonne déjà. A moins que tu n'aies peur de lui... — Elle ne détachait pas les yeux de la porte. — Oui, c'est lui, il viendra tout de suite. Raconte-moi quelque chose, parle-moi. — Litvinof ne put promptement se remettre & se taisait. — N'irez-vous-pas demain au théâtre? reprit-elle à haute voix. On donne *le Verre d'eau,* une vieille pièce où la Plessis grimace horriblement. C'est de la fièvre, — ajouta-t-elle en baissant la voix, — cela ne saurait durer ainsi, mais il faut bien prendre ses mesures. Je dois t'avertir que tout mon argent est chez lui, mais j'ai mes bijoux. Nous irons en Espagne, veux-tu? — Elle haussa de nouveau la voix. — Pourquoi toutes ces actrices engraissent-elles? Même Madeleine Brohan. Parle donc, ne reste pas ainsi muet. La tête me tourne, mais tu ne dois pas douter de moi… Je te ferai savoir où tu pourras demain me rejoindre. Seulement tu as bien inutilement dit à cette demoiselle… Ah! mais c'est charmant! s'écria-t-elle tout à coup, &, se mettant à rire nerveusement, elle déchira la dentelle de son mouchoir.

— Peut-on entrer? demanda de l'autre chambre Ratmirof.

— On peut… on peut.

La porte s'ouvrit & le général parut. A la vue de Litvinof, son front se plissa; cependant il le salua, c'est-à-dire il balança la partie supérieure du corps.

— Je ne savais pas que vous aviez une visite, dit-il, je vous demande pardon de mon indiscrétion. Bade vous amuse encore, *m'sieu*… Litvinof?

Ratmirof prononçait toujours avec hésitation ce nom de famille; il avait l'air de l'avoir oublié & de craindre de se tromper. Il s'imaginait blesser Litvinof par cet oubli affecté ainsi que par les saluts exagérés qu'il lui adressait quand il le rencontrait.

— Je ne m'ennuie pas ici, *m'sieu*… le général.

— Vraiment? Pour moi, Bade me sort par les yeux; nous allons bientôt le quitter,

n'est-il pas vrai, Irène Pavlovna? Assez de
Bade comme ça. Du reste, j'ai sur votre
chance gagné aujourd'hui cinq cents
francs.

Irène tendit coquettement la main.

— Où sont-ils donc? Veuillez me les
donner, pour mes épingles.

— Plus tard, plus tard. Vous vous en
allez déjà, *m'sieu* Litvinof?

— Oui, je m'en vais, comme vous
voyez.

Ratmirof balança de nouveau son buste.

— Au plaisir de vous revoir!

— Adieu, Grégoire Mikhailovitch, dit
Irène, je tiendrai ma promesse.

— Quelle promesse? peut-on savoir? demanda le mari.

Irène sourit.

— Non, c'est une bagatelle... entre
nous. C'est à propos du *voyage... où il vous
plaira*. Tu sais... le livre de Stahl?

— Comment donc, comment donc! je
sais! il y a de charmantes vignettes.

Le ménage allait à ravir : Ratmirof tutoyait sa femme.

XXI

« Il vaut mieux n'y pas penser, » se répétait Litvinof, marchant dans la rue &
sentant que le tumulte intérieur se soulevait en lui de nouveau. « L'affaire est décidée. Elle tiendra sa promesse, il ne me
reste qu'à prendre les dispositions nécessaires... Pourtant, elle a l'air d'hésiter! » Il
secoua la tête. Ses résolutions s'offraient
à son propre esprit sous un jour bizarre;
elles lui semblaient forcées & invraisemblables. On ne peut pas agiter longtemps
les mêmes pensées; insensiblement elles
se modifient; c'est comme la lorgnette du
kaléidoscope où les images changent sans
cesse & peu à peu. Litvinof fut pris d'une
immense fatigue.

Il aurait eu bien besoin de se reposer au
moins une petite heure, mais Tania? Il
frissonna, &, sans discuter davantage, il
gagna la maison en se disant qu'il devait
ce jour-là bondir comme une balle de l'une
à l'autre. Il fallait en finir.

Rentré chez lui, il monta chez Tatiana presque sans émotion, sans hésitation. Capitoline Markovna vint à sa rencontre. Du premier coup d'œil il vit qu'elle savait tout : les yeux de la pauvre vieille fille étaient gonflés; son visage en feu exprimait l'indignation, l'angoisse, la stupéfaction. Elle voulut s'élancer vers Litvinof, mais s'arrêta &, mordant ses lèvres tremblantes, elle le regarda comme si elle avait voulu & le supplier, & le tuer, & se convaincre que tout cela était un rêve, une folie, une chose impossible.

— Vous venez, vous venez, s'écria-t-elle.

La porte de la chambre voisine s'entr'ouvrit, & Tatiana, pâle mais très-calme, entra sans bruit. Elle prit doucement sa tante par la main & l'assit à côté d'elle.

— Asseyez-vous aussi, Grégoire Mikhailovitch, dit-elle à Litvinof, qui se tenait comme une statue à la porte. Je suis très-heureuse de vous voir encore une fois. J'ai communiqué à ma tante ma décision, notre décision; elle l'approuve complétement... Sans un mutuel amour il ne peut y avoir de bonheur; l'estime ne

suffit pas (au mot d'*estime*, Litvinof baissa
involontairement les yeux) & il vaut mieux
se séparer maintenant que de se repentir
ensuite. N'est-il pas vrai, tante?

— Sans doute, commença Capitoline
Markovna, sans doute, Tanioucha, celui
qui ne sait pas t'apprécier... celui qui s'est
décidé...

— Tante, coupa court Tatiana, souvenez-vous de ce que vous m'avez promis.
Vous m'avez toujours dit vous-même : la
vérité, Tatiana, la vérité avant tout, & la
liberté. Eh bien, la vérité n'est pas toujours agréable ni la liberté non plus; sans
cela, quel serait notre mérite?

Elle baisa tendrement les cheveux
blancs de Capitoline Markovna, &, se
tournant vers Litvinof, elle continua :

— Nous avons résolu avec ma tante de
quitter Bade... c'est préférable pour nous
tous.

— Quand pensez-vous partir? demanda
d'une voix sourde Litvinof.

Il se souvint qu'Irène lui avait dit la
même chose. Capitoline voulut répondre,
mais Tatiana la retint en lui caressant la
joue.

16

— Probablement bientôt, très-prochai-
nement.

— Me permettez-vous de vous demander
où vous avez l'intention d'aller? continua
Litvinof avec la même inflexion de voix.

— D'abord à Dresde, puis en Russie...

— Mais pourquoi avez-vous besoin
maintenant de le savoir, Grégoire Mikhailovitch? remarqua aigrement Capitoline
Markovna.

— Tante! fit encore Tatiana.

Il y eut un instant de silence. Litvinof
le rompit :

— Tatiana Pétrovna, vous comprenez
quel sentiment horriblement pénible &
douloureux je dois éprouver en ce moment...

Tatiana se leva.

— Grégoire Mikhailovitch, dit-elle, ne
parlons plus de cela... Je vous en prie,
sinon pour vous, du moins pour moi. Ce
n'est pas d'hier que je vous connais & je
puis facilement me rendre compte de ce
que vous devez éprouver maintenant. Pourquoi irriter des plaies?... — Elle s'arrêta,
elle voulut surmonter son émotion, refou-
ler les larmes qui s'amoncelaient; elle y

réussit, & continua. — Pourquoi irriter
une plaie inguérissable? Laissons faire le
temps. Je n'ai plus qu'une prière à vous
faire, Grégoire Mikhailovitch : soyez assez
bon pour porter vous-même cette lettre à la
poste ; elle est importante, & nous n'avons
pas le loisir... Je vous serai fort obligée.
Attendez une minute, je vais tout de suite...

Sur le seuil de la porte, Tatiana jeta un
coup d'œil inquiet sur Capitoline Markovna ; mais elle était si gravement assise,
elle avait un air si sévère avec ses sourcils
froncés & ses lèvres serrées, que Tatiana
se borna à lui faire un signe d'intelligence
& sortit. Mais à peine la porte s'était-elle
fermée sur elle, que cet air solennel disparut du visage de Capitoline Markovna ;
elle se leva, courut sur la pointe des pieds
à Litvinof &, se courbant en deux pour
mieux le dévisager, toute tremblante &
en larmes, elle se mit à lui parler très-
vite & très-bas, presque en balbutiant.

— Seigneur, mon Dieu! Grégoire Mikhailovitch, qu'est-ce que c'est? un songe,
n'est-il pas vrai? *Vous* renoncez à Tatiana,
vous ne l'aimez plus, vous manquez à votre
parole! C'est vous qui agissez ainsi, vous

sur lequel nous comptions tous comme
sur un mur d'airain! vous? vous? toi?
Gricha?... — Puis, après une pause : —
Mais vous la tuerez, Grégoire Mikhailovitch, — & des larmes se mirent à couler
en petites gouttes rapides le long de
ses joues. — Maintenant elle fait la brave,
vous connaissez son caractère; elle ne
se plaint pas, elle ne sait pas se ménager, raison de plus pour que les autres
aient pitié d'elle. A présent, elle s'épuise
à me répéter : « Tante, il faut conserver
notre dignité, » il s'agit bien de dignité
ici, c'est la mort, la mort!... — Tatiana
remua une chaise dans la chambre voisine.
— Oui, c'est la mort que je prévois, continua encore plus haut la bonne vieille. Et
qu'est-ce qui a donc pu arriver? Êtes-vous
ensorcelé? Y a-t-il longtemps que vous lui
avez écrit les plus tendres lettres? Enfin
un homme loyal peut-il se conduire ainsi?
Je suis, vous le savez, une femme sans
préjugés, un esprit fort; j'ai donné à Tania une éducation semblable, elle a aussi
une âme libre.

— Tante! entendit-on de la chambre
voisine.

— Mais une parole d'honneur c'est un devoir, Grégoire Mikhailovitch, surtout pour des hommes avec vos principes, avec nos principes. Si nous ne reconnaissons plus nos devoirs, qu'est-ce qui nous reste? On ne peut pas enfreindre cela selon son bon plaisir, sans peser ce qui en résulte pour les autres. C'est inique, oui, c'est criminel. Qu'est-ce que c'est que cette liberté?

— Tante, viens ici, je t'en prie, entendit-on de nouveau.

— Tout de suite, mon cœur, tout de suite... Capitoline Markovna saisit la main de Litvinof : — Je vois que vous vous fâchez, Grégoire Mikhailovitch. (« Moi, je me fâche? » avait-il envie de s'écrier, mais la langue lui fit défaut.) Je ne veux pas vous irriter, mon Dieu! il s'agit bien de cela! je veux, au contraire, vous supplier : réfléchissez-y encore pendant qu'il en est temps, ne la perdez pas, ne détruisez pas votre propre bonheur, elle vous croira encore. Gricha, elle te croira, rien n'est encore perdu; elle t'aime comme jamais personne ne t'aimera. Quitte cet exécrable Bade, partons ensemble, débarrasse-toi de

16.

ce charme qui t'a ensorcelé, & surtout aie pitié, aie pitié...

— Tante! répéta Tatiana avec un grain d'impatience.

Mais Capitoline Markovna ne l'entendait plus.

— Dis seulement « oui, » murmurait-elle à Litvinof, & j'arrangerai tout... Fais-moi donc du moins un signe de la tête. un petit signe pour une fois, comme cela!

Litvinof serait mort volontiers, mais le mot « oui » ne sortit pas de sa bouche, & sa tête ne fit pas le moindre mouvement.

Tatiana rentra une lettre à la main.; Capitoline Markovna quitta Litvinof & se pencha sur la table en faisant semblant d'examiner des comptes & des papiers.

Tatiana s'approcha de Litvinof. — Voici, dit-elle, la lettre dont je vous ai parlé. Vous irez, n'est-ce pas, tout de suite à la poste.

Litvinof leva les yeux... C'était réellement son juge qui était debout devant lui. Tatiana lui sembla grandie; son visage, resplendissant d'une beauté qu'il ne lui avait jamais connue, était pétrifié comme celui d'une statue; sa poitrine ne se soulevait pas; sa robe, d'une seule teinte, comme une draperie antique, tombait en plis roides jusqu'à ses pieds & les recouvrait. Tatiana regardait droit devant elle, & son regard, qui n'embrassait pas seulement Litvinof, était inerte, froid; c'était aussi le regard d'une statue. Litvinof y lut sa condamnation; il s'inclina, prit la lettre de la main qui était étendue vers lui & se retira en silence.

Capitoline Markovna se jeta dans les bras de Tatiana, mais celle-ci la repoussa doucement & baissa les yeux; les couleurs lui revinrent, elle dit : « Maintenant, faisons vite, » & rentra dans la chambre à coucher. Capitoline Markovna l'y suivit, la tête penchée.

La lettre que Tatiana avait confiée à Litvinof était adressée à une de ses amies de Dresde, une Allemande, qui louait des appartements garnis. Litvinof laissa glisser la lettre dans la boîte, & il lui sembla qu'avec ce chiffon de papier il avait laissé glisser dans la tombe tout son passé, toute sa vie. Il sortit de la ville, erra longtemps par les étroits sentiers des vignobles; un sentiment de mépris de lui-même bourdonnait sans cesse autour de lui comme une de ces mouches dont on ne peut se débarrasser à une certaine époque de l'été : le rôle qu'il avait joué dans cette dernière entrevue lui semblait par trop pitoyable... Quand il revint à l'hôtel, il s'informa de ces dames; on lui répondit qu'immédiatement après sa sortie, elles avaient demandé qu'on les conduisît au chemin de fer, & qu'elles avaient pris le train pour une direction inconnue. Leurs malles étaient faites, leur compte réglé dès le matin. Tatiana n'avait prié Litvinof de porter une lettre à la poste que pour l'éloigner. Il demanda au suisse si ces dames ne lui avaient pas laissé un billet; le suisse lui fit une réponse négative & témoigna de la surprise; ce départ subit, après avoir loué un appartement pour la semaine, lui paraissait évidemment louche & singulier. Litvinof lui tourna le dos & s'enferma dans sa chambre. Il n'en sortit pas jusqu'au lendemain : il passa une partie de la nuit à son bureau, il écrivait & déchirait à mesure ce qu'il venait d'écrire. Déjà il faisait petit jour lorsqu'il termina son long travail, une lettre à Irène.

XXII

Voici ce que contenait cette lettre :

« Ma fiancée est partie hier ; nous ne nous verrons plus jamais... je ne sais même pas où elle va habiter. Elle a emporté avec elle tout ce qui me paraissait jusqu'à présent enviable & précieux ; tous mes plans, toutes mes résolutions ont disparu avec elle ; tous mes travaux sont perdus, un long labeur s'est transformé en néant, toutes mes occupations sont sans objet, sans valeur ; tout cela est mort, j'ai enterré hier mon passé tout entier. Je sens cela vivement, je le vois, je le sais & ne le regrette pas. Ce n'est pas pour me plaindre que je reviens là-dessus. Il ne me sied pas de gémir dès que tu m'aimes. Je veux seulement te dire que de tout ce passé à jamais enseveli, de tous ces espoirs réduits en cendre & en fumée il ne reste qu'une chose vivante, inébranlable : mon amour pour toi. Il ne me reste plus rien que cet amour, l'appeler mon unique trésor ne serait pas assez ; je suis tout entier dans cet amour & il est tout moi-même ; c'est mon avenir, ma vocation, mon sanctuaire & ma patrie. Tu me connais, Irène, tu sais combien les phrases me répugnent &, quelque énergiques que soient les termes avec lesquels j'essaye d'exprimer mon sentiment, tu ne

saurais en soupçonner la sincérité ou les taxer d'exagération. Ce n'est pas un jeune homme qui te balbutie, dans
l'ardeur de ses premiers transports, des serments irréflé-
chis, mais un homme déjà mûri par les années qui te
dépeint simplement, franchement, presque avec terreur,
ce qu'il a reconnu pour être absolument vrai. Oui, ton
amour tient en moi la place de tout. Sois-en donc juge :
puis-je laisser ce *tout* entre les mains d'un autre, puis-je
lui permettre de disposer de toi? Tu lui appartiendrais!
tout mon être, tout le sang de mon cœur lui appartien-
drait! & moi je serais simple spectateur de ma propre
vie? Non, c'est impossible! impossible! Ne goûter qu'à
la dérobée de ce qui vous est nécessaire pour respirer,
pour vivre, c'est mensonge & mort. Je comprends quel
grand sacrifice je réclame de toi sans y avoir aucun droit,
car qu'est-ce qui peut donner droit au sacrifice? Ce n'est
pas l'égoïsme qui me fait agir ainsi : un égoïste n'aurait
pas soulevé cette question. Oui, mes exigences sont difficiles à réaliser, & je ne suis pas surpris qu'elles t'ef-
frayent. Tu as en aversion les hommes avec lesquels tu
dois vivre, le monde te fatigue ; mais auras-tu la force
d'abandonner ce monde, de fouler aux pieds les cou-
ronnes qu'il t'a tressées, de mépriser l'opinion publique,
l'opinion de ces hommes odieux? Interroge-toi, Irène,
ne prends pas un fardeau au-dessus de tes forces. Je ne
veux pas récriminer, mais souviens-toi : une fois déjà
tu n'as pu résister à la séduction. Je ne puis te donner
que bien peu en échange de tout ce que tu abandon-
neras! Écoute donc mon dernier mot : si tu ne te sens

pas en état demain, aujourd'hui même, de tout quitter
& de me suivre, — tu vois comme je te parle hardiment
sans ménager mes termes, — si tu n'as pas peur de
l'inconnu, de l'éloignement, de l'isolement, du mépris
des hommes; si tu n'es pas sûre, en un mot, de toi-
même, dis-le-moi franchement, sans délai, & je m'en
irai ; je m'en irai l'âme brisée, mais en bénissant ta franchise. Si réellement, ma belle & resplendissante reine,
tu aimes un homme aussi infime & obscur que moi,
si réellement tu es prête à partager son sort, — alors
donne-moi la main & engageons-nous ensemble dans
notre voie pénible. N'oublie seulement pas ceci : ma décision ne se peut modifier : tout ou rien. C'est insensé,
mais je ne puis faire autrement; je t'aime trop.

Cette lettre ne plut pas beaucoup à
Litvinof; elle ne rendait pas exactement
ce qu'il voulait dire, il s'y trouvait quelques
expressions forcées; enfin elle ne valait
guère mieux que celles qu'il avait déchi-
rées, mais elle renfermait le plus important, & Litvinof, épuisé, harassé, ne se
sentait plus capable de tirer de sa tête
quelque chose de meilleur. Il ne savait pas
donner à sa pensée une forme littéraire,
&, comme tous ceux qui n'ont pas l'habitude d'écrire, le style le préoccupait beaucoup trop. Sa première lettre valait assu-

rément mieux ; elle découlait plus naturellement du cœur. Quoi qu'il en soit, Litvinof
expédia son épître à Irène. Elle lui répondit
par un court billet :

« Viens aujourd'hui chez moi ; *il* est absent pour
toute la journée. Ta lettre m'a extraordinairement
troublée. Je ne fais que penser, penser..... Et la tête
m'en tourne. J'ai un grand poids sur le cœur ; mais tu
m'aimes, & je suis heureuse. Viens. »

Elle était dans son boudoir lorsque Litvinof entra chez elle. La même petite fille
qui l'avait guetté la veille sur l'escalier
l'introduisit. Sur la table était ouvert un carton rond rempli de dentelles ; elle les re-
tournait négligemment d'une main, & de
l'autre tenait la lettre de Litvinof. Elle
avait à peine fini de pleurer : ses cils
étaient encore humides, ses paupières
gonflées ; on voyait sur ses joues les raies
que laissent les larmes. Litvinof s'arrêta
sur le seuil de la porte ; elle ne l'apercevait pas.

— Tu pleures ? dit-il avec surprise.

Elle tressaillit, passa la main dans ses
cheveux & sourit.

— Pourquoi pleures-tu ? répéta Litvinof.
Elle lui montra sa lettre en silence.

— Comment ? c'est de cela..., dit-il après
une pause.

— Approche, assieds-toi, donne-moi la
main. Eh bien! oui, j'ai pleuré ; qu'y a-t-il
là d'étonnant ? On dirait que c'est aisé...

Et elle montra encore la lettre.

Litvinof s'assit.

— Je sais que ce n'est pas aisé, Irène,
je ne te l'ai pas caché, je comprends ta
situation ; mais, si tu te rends compte des
conséquences de ton amour, si mes arguments t'ont convaincue, tu dois également
comprendre ce que je ressens à la vue de
tes larmes. Je viens ici comme un accusé,
& j'attends mon arrêt : la mort ou la vie ?
Ta réponse tranchera tout. Seulement, ne
me regarde pas avec ces yeux... Ils me
rappellent tes anciens yeux, tes yeux de
Moscou.

Irène rougit subitement & se détourna,
comme si elle avait elle-même reconnu
quelque chose de mauvais dans son regard.

— Que dis-tu, Grégoire ? N'as-tu pas
honte ? Tu me demandes une réponse,

17

comme si tu pouvais douter. Mes larmes te troublent, mais tu ne les a pas comprises. Ta lettre, mon ami, m'a fait faire des réflexions. Tu m'écris que mon amour supplée à tout, que tes précédentes occupations n'ont plus de but; & voilà que je me demande si un homme peut vivre uniquement d'amour. Ce sentiment ne le fatiguera-t-il pas, ne désirera-t-il pas reprendre une vie plus active, & n'en voudra-t-il pas à ce qui l'en a éloigné? Voilà la pensée qui m'effraye, voilà ce qui me fait pleurer, & non ce que tu supposes.

Litvinof regarda attentivement Irène, & celle-ci le regarda aussi attentivement; chacun d'eux cherchait à plonger profondément dans l'âme de l'autre, chacun cherchait à pénétrer au delà de ce que la parole parlée peut trahir ou cacher.

— C'est à tort, commença Litvinof; je me suis sans doute mal exprimé. L'ennui! l'inaction! avec les nouvelles forces que me donnent ton amour? O Irène, crois-le bien, l'univers entier est pour moi dans ton amour, & moi-même je ne puis encore pressentir tout ce qu'il peut produire.

Irène devint pensive.

— Où irons-nous donc? murmura-t-elle.

— Où? nous en causerons... Ainsi, tu consens?

Elle le regarda.

— Et tu seras heureux?

— O Irène!

— Tu ne regretteras rien? Jamais?

Elle se pencha sur le carton à dentelles, & se mit à les ranger.

— Ne te fâche pas de ce qu'en un pareil moment je m'occupe de telles bagatelles. Je suis obligée d'aller à un bal chez une dame; on m'a envoyé ces chiffons, je dois aujourd'hui en faire un choix. Ah! j'ai le cœur bien gros, s'écria-t-elle tout à coup, & elle colla son visage sur le carton. Des larmes revinrent de nouveau sur ses yeux; elle recula : les larmes pouvaient gâter les dentelles.

— Irène, tu pleures encore, dit avec anxiété Litvinof.

— Eh bien! oui, reprit Irène. Ah! Grégoire, ne me tourmente pas, & ne te tourmente pas toi-même. Soyons des êtres libres! Quel malheur y a-t-il à ce que je pleure? Est-ce que je comprends moi-même pourquoi coulent ces larmes? Tu sais, tu as entendu ma décision, tu es sûr qu'elle ne changera pas, que je consens à... comment as-tu dit cela?... à tout ou rien..., que veux-tu de plus? Soyons libres! Pourquoi ces chaînes mutuelles? Nous sommes maintenant ensemble, tu m'aimes, je t'aime; n'aurions-nous rien de mieux à faire qu'à fouiller dans nos sentiments? Regarde-moi : je ne me fais pas d'illusion, je sais que je suis criminelle, & qu'*il* est en droit de me tuer. Qu'importe? soyons libres. Un jour à nous, c'est l'éternité!

Elle se leva, regarda Litvinof d'en haut, en souriant & en rejetant de son visage une boucle sur laquelle perlaient deux ou trois larmes. Un riche fichu en dentelle glissa de la table & tomba sous les pieds d'Irène; elle le foula du pied avec mépris.

— Est-ce que je ne te plais pas aujourd'hui? Ai-je enlaidi depuis hier? Dis-moi, as-tu souvent vu un plus beau bras? Et ces cheveux? Dis, m'aimes-tu?

Elle lui prit les deux mains, appuya sa tête contre sa poitrine; son peigne se détacha & ses cheveux se déliant l'entourèrent d'une nappe molle & parfumée.

XXIII

Litvinof arpentait sa chambre, la tête baissée. Il lui restait maintenant à passer de la théorie à la pratique, à trouver les moyens de fuir, d'émigrer dans un pays inconnu. Chose étrange! ces moyens n'étaient pas encore ce qui le préoccupait le plus, & il ne faisait que se demander s'il pouvait réellement compter sur la décision qu'il avait si obstinément réclamée. La parole donnée ne serait-elle pas reprise? Irène lui avait bien dit, en prenant congé de lui : « Agis, & informe-moi seulement quand tout sera prêt. » C'en est fait; plus de doutes; il faut agir, & Litvinof agit, du moins en imagination. Il fallait d'abord songer à l'argent. Litvinof se trouva posséder 1,328 florins, c'est-à-dire en monnaie française 2,855 francs; cette somme n'était pas considérable, elle suffirait cependant pour les premiers besoins, puis il écrirait immédiatement à son père de lui envoyer le plus d'argent possible, de vendre du bois, une partie de la terre... Mais sous quel prétexte?... Le prétexte se trouverait bien. Irène avait parlé, il est vrai, de *ses bijoux,* mais il ne convenait pas de prendre cela en considération; ce ne serait une ressource que pour les mauvais jours, s'ils venaient. En outre, il avait un excellent chronomètre de Genève dont on pourrait tirer... quand ce ne serait que 400 francs. Litvinof courut chez son banquier, le sonda sur l'hypothèse d'un emprunt, mais les banquiers de Bade sont gens défiants & prudents; à pareille ouverture, ils font ordinairement une mine d'une aune : quelques-uns vous rient au nez, comme pour vous montrer qu'ils savent apprécier votre innocente plaisanterie. Litvinof, à sa honte, essaya aussi de sa chance à la roulette; il alla même, ô ignominie, jusqu'à confier un thaler au numéro 30, correspondant au chiffre de ses années. Il fit cela en vue d'augmenter, d'arrondir son capital; en effet, il ne l'augmenta pas, il l'arrondit, en laissant sur le tapis vert 28 florins. Seconde question également grave, c'était le passe-port. Mais pour une

femme, le passe-port n'est pas si obliga-
toire; il y a des pays où on ne le demande
pas du tout; la Belgique, par exemple,
l'Angleterre; puis, s'il le fallait, on pourrait se procurer un passe-port étranger.
Litvinof pesa tout cela très-sérieusement;
son énergie était grande, nullement
ébranlée, & en même temps, malgré sa
volonté, à côté d'elle, quelque chose de
ridicule, de presque comique, se glissait à
travers ses combinaisons, comme si son
projet en lui-même n'était qu'une plaisanterie, comme si jamais personne ne s'était
enfui, sinon dans des comédies ou des
romans, & encore quelque part en province,
peut-être dans le district de Tchoukloma
ou de Sizranck, où, d'après un voyageur,
il arrive aux gens d'avoir le mal de mer, à
force d'ennui. Litvinof se souvint de l'a-
venture d'un de ses amis, le cornette en
retraite Batzof, qui enleva, dans un équi-
page attelé de trois chevaux, avec des
grelots, la fille d'un marchand, après avoir
préalablement enivré ses parents & la
fiancée elle-même. Il advint qu'on l'avait
pris au piége & qu'il faillit, par-dessus le
marché, être roué de coups. Litvinof se

fâcha violemment contre lui-même pour cette réminiscence si déplacée, & alors lui revint en mémoire Tatiana, son brusque départ, toute cette douleur, toute cette souffrance & toute cette honte, & il ne comprit que trop bien que l'affaire dans laquelle il s'était embarqué n'était pas une plaisanterie, qu'il avait eu bien raison de dire à Irène que pour son propre honneur il ne lui restait pas d'autre issue... Et de nouveau, à ce seul nom d'Irène, quelque chose de brûlant & de doux s'enroula d'une étreinte irrésistible autour de son cœur.

Un bruit de chevaux se fit entendre; il se rangea. Irène passa à côté de lui, en compagnie du général obèse. Elle reconnut Litvinof, lui fit un signe de tête, &, cinglant son cheval, elle le mit au galop & le lança à toute vitesse. Le vent soulevait son grand voile sombre. « Pas si vite! sabre de bois! pas si vite! » criait le général en essayant de la rejoindre.

XXIV

Le lendemain matin, Litvinof venait encore de s'entretenir avec son banquier sur le peu de fermeté de notre change & sur le meilleur moyen de recevoir de l'argent, lorsque le suisse lui remit une lettre. Il reconnut l'écriture d'Irène &, sans briser le cachet, — agité par un mauvais pressentiment, — il gagna sa chambre. La lettre était écrite en français & conçue en ces termes :

« J'ai songé toute la nuit à ta proposition... je vais te parler sans détour. Tu as été franc avec moi, je serai franche avec toi : je ne *puis* m'enfuir avec toi, je n'en ai pas la *force*. Je sens combien je suis coupable vis-à-vis de toi, — ma seconde faute est plus grande que la première ; — je me méprise, je m'accable de reproches, mais je ne saurais me changer. C'est en vain que je me dis que j'ai détruit ton bonheur, que tu es maintenant réellement en droit de ne voir en moi qu'une coquette, que j'ai tout fait, que je t'ai donné une promesse solennelle... Je suis saisie d'effroi, je me fais horreur à moi-

17.

même, mais je ne puis agir autrement; je ne puis, je ne puis. Je ne chercherai pas d'excuse, je ne te dirai pas que je me suis laissé entraîner... tout cela ne signifie rien; mais je veux te répéter encore une fois que je suis à toi, à toi pour toujours; dispose de moi comme tu voudras. Mais fuir, tout abandonner... non! non! non! Je t'avais supplié de me sauver; j'espérais tout réparer, jeter tout au feu, mais il paraît qu'il n'y a pas de salut pour moi, il paraît que le poison a pénétré trop profondément; il paraît qu'on ne saurait impunément respirer cet air pendant plusieurs années! J'ai longtemps hésité à t'écrire cette lettre; je suis effrayée de l'impression qu'elle te fera; je n'espère que dans ton amour, mais j'ai pensé qu'il serait peu loyal de te céler la vérité, d'autant plus que tu as peut-être déjà commencé à prendre des mesures pour l'accomplissement de notre projet. Ah! il était délicieux, mais chimérique. O mon ami, traite-moi de femme faible & sans valeur, méprise-moi, mais ne m'abandonne pas, n'abandonne pas ton Irène! Je n'ai pas plus la force de quitter ce monde que d'y vivre sans toi. Nous retournons bientôt à Pétersbourg, viens-y; nous t'y trouverons de l'occupation; tes talents ne seront pas perdus, tu pourras leur trouver une application honorable; seulement, vis près de moi, aime-moi comme je suis, avec toutes mes faiblesses, tous mes défauts, & sois convaincu qu'aucun cœur ne te sera aussi tendrement dévoué que le cœur de ton Irène. Viens vite chez moi; je n'aurai pas une minute de repos tant que je ne t'aurai pas vu. »

Le sang se précipita à la tête de Litvinof & s'y figea, puis retomba lentement,
lourdement sur son cœur, qu'il frappa
comme d'un seul coup de marteau. Il relut
la lettre d'Irène, &, comme naguère à
Moscou, il tomba inanimé sur son divan.
Un sombre abîme l'avait subitement entouré & il le contemplait avec un effroi
stupide. Il était encore le jouet d'une
tromperie, pis que cela, d'un mensonge &
d'une lâcheté. Sa vie était détruite, tout
en était arraché jusqu'à la racine, & voilà
que la seule branche à laquelle il pût
s'accrocher volait en éclats. « Suis-nous à
Pétersbourg, — répétait-il avec un rire
sardonique. — Nous te trouverons là de
l'occupation. » Voudrait-on faire de moi un
gentilhomme de la chambre, par hasard?
— Qui est ce *nous*? Voilà donc ce quelque
chose de mystérieux & de difforme que je
ne connais pas, qu'elle voulait essayer
d'effacer, de jeter au feu! Voilà ce monde
d'intrigues, de relations secrètes, ce monde
des Belsky & des Dolsky! Quel avenir,
quel magnifique rôle m'attend! Vivre non
loin d'elle, la fréquenter, partager la mé-
lancolie corrompue de la dame à la mode,

fatiguée du monde & ne pouvant cependant
exister hors de lui, être l'ami de la maison
& naturellement celui de Son Excellence...
jusqu'à ce que le caprice passe, jusqu'à
ce que le plébéien perde ce qu'il a de pi-
quant & soit remplacé par le gros général
ou par M. Finikof; voilà qui est possible,
agréable, voire honorable : ne parle-t-elle
pas d'employer utilement mes « talents? »
Mais quant au « projet, » ce n'est que chimère, chimère... Il s'élevait dans l'âme de
Litvinof des mouvements précipités &
égarés, semblables aux rafales qui pré-
cèdent l'ouragan. Chaque expression de la
lettre d'Irène augmentait sa colère ; il était
surtout blessé des assurances qu'elle lui
renouvelait sur l'inviolabilité de ses sentiments. « On ne peut pas laisser cela ainsi,
s'écria-t-il enfin, je ne lui permettrai pas
de disposer aussi cruellement de ma
vie... »

Litvinof se leva brusquement & prit son
chapeau. Mais que faire? Courir chez elle?
Répondre à sa lettre? Il s'arrêta & laissa
tomber ses bras. Oui, que fallait-il faire?

Ne lui avait-il pas offert lui-même ce
choix fatal? Il ne fut pas tel qu'il le dési-

rait, mais tout choix a son risque. Elle a
manqué à sa parole, c'est vrai ; elle-même
& la première, elle s'était déclarée prête
à tout abandonner & à le suivre, c'est encore vrai ; mais elle ne conteste pas sa
faute, elle se qualifie elle-même de femme
faible, elle n'a pas voulu le tromper, elle
s'est trompée elle-même. Que répondre à
cela ? Du moins elle ne cherche pas de
faux-fuyants, elle est franche jusqu'à la
cruauté. Rien ne l'obligeait de s'expliquer
aussi promptement ; elle pouvait lui faire
prendre patience avec des promesses,
traîner les choses en longueur, le laisser
en suspens jusqu'à son départ avec son
mari pour l'Italie. Mais elle avait empoisonné sa vie ; elle avait empoisonné deux
vies ! Pourtant, vis-à-vis de Tatiana, ce
n'était plus elle qui était coupable, c'était
bien lui, Litvinof, lui, tout seul ; il n'avait
pas le droit de repousser la responsabilité
de sa faute, qui le tenait au cou comme
un carcan de fer. Tout cela était bien
ainsi ; mais que restait-il maintenant à
faire ?

Il se rejeta de nouveau sur le siége, —
& de nouveau, sombres & sourds, sans

laisser de traces, avec une rapidité dévorante, se mirent à courir les instants...

« Et si je l'en croyais? se dit-il tout à coup. Elle m'aime; n'y a-t-il pas quelque chose d'inévitable, d'indomptable, comme une loi de la nature, dans cette inclination, dans cette passion qui s'est conservée pendant tant d'années, pour éclater un jour avec tant de violence? Vivre à Pétersbourg... Je ne serais pas le premier dans cette situation. Où aurais-je pu me réfugier avec elle? » Il se mit à rêver; Irène se représenta à son imagination telle qu'elle était restée dans ses derniers souvenirs, mais ce ne fut pas pour longtemps; il revint à lui, repoussa avec un redoublement de colère & ces souvenirs & cette séduisante image. « Tu me présentes une coupe d'or, s'écria-t-il, mais il y a du poison dans ton breuvage, & tes blanches ailes sont souillées de boue... Laisse-moi! Rester ici, avec toi, tandis que j'ai... renvoyé ma fiancée..., ce serait trop infâme! » Il se tordit les mains, & un autre visage, avec l'empreinte de la souffrance sur des traits immobiles, avec un muet reproche dans un regard d'adieu, s'éleva de l'abîme...

Litvinof se tourmenta ainsi longtemps; longtemps encore ses pensées brûlantes se jetaient de côté & d'autre, comme celles d'un malade dans son lit. Il se calma enfin; il se décida. Dès le premier instant, il avait pressenti cette décision; elle se présenta d'abord à lui comme un point éloigné, à peine perceptible à travers le tourbillon & les ténèbres de sa lutte intérieure; puis, elle s'avança insensiblement, irrésistiblement, & finit par s'implanter froidement comme une lame d'acier dans son cœur.

Litvinof retira derechef sa malle du coin de sa chambre, emballa de nouveau toutes ses affaires, sans se presser & même avec une sorte de régularité hébétée; il sonna le garçon d'auberge, paya sa note & envoya à Irène un billet en russe contenant ce qui suit :

« J'ignore si vous êtes maintenant plus coupable à mon égard que naguère, mais je sais que le coup actuel est beaucoup plus violent... C'est la fin. Vous me dites : je ne puis; je vous répète également : je ne puis... faire ce que vous voulez; je ne le puis ni ne le veux. Ne me répondez pas. Vous n'êtes pas capable de me donner l'unique réponse que j'accepterais. Je pars demain de bonne heure par le premier train. Adieu, soyez heureuse. Il est probable que nous ne nous reverrons plus. »

Litvinof ne sortit pas de tout le jour de chez lui. Attendait-il quelque chose ? Dieu le sait! Vers sept heures, une dame, couverte d'une mantille noire, un voile épais sur le visage, s'approcha deux fois du perron de son auberge. Après s'être retirée un peu de côté & avoir épié quelque chose, elle fit tout à coup un signe décisif avec la main & se dirigea résolûment une troisième fois vers le perron.

— Où allez-vous, Irène Pavlovna? dit derrière elle une voix essoufflée.

Elle se retourna par un mouvement convulsif... Potoughine courait après elle. Elle s'arrêta, réfléchit une seconde, alla à sa rencontre, prit sa main & l'entraîna.

— Emmenez-moi, emmenez-moi, lui dit-elle hors d'haleine.

— Qu'avez vous, Irène Pavlovna?

— Emmenez-moi, lui répéta-t-elle avec une énergie croissante, si vous ne voulez pas que je reste là pour toujours.

Potoughine inclina humblement la tête
& tout deux s'éloignèrent.

Le lendemain matin, de bonne heure,
Litvinof était sur le point de se mettre en
route, lorsque Potoughine entra chez lui.
Il s'approcha de lui & lui serra la main
sans mot dire. Litvinof gardait également
le silence. Tous deux avaient la mine con-
trainte & faisaient de vains efforts pour
sourire.

— Je suis venu vous souhaiter un heureux voyage, balbutia enfin Potoughine.

— Et comment savez-vous que je pars
aujourd'hui ? demanda Litvinof.

Potoughine examina attentivement le
plancher... — Cela m'était connu... comme
vous voyez. Notre dernier entretien a fini
par prendre une si étrange direction... Je
n'ai pas voulu vous laisser partir sans vous
exprimer ma sincère sympathie.

— Vous avez maintenant de la sympathie
pour moi ?... quand je pars...

Potoughine regarda tristement Litvinof.
— Ah! Grégoire Mikhailovitch, Grégoire
Mikhailovitch, commença-t-il, avec un
gros soupir, il ne s'agit plus entre nous de
recourir aux finesses & aux réticences.

Voyons, vous ne me semblez pas être familier avec notre littérature nationale, & vous n'avez sans doute pas idée de Vaska Bouslaéf?

— De qui?

— De Vaska Bouslaéf, le brave Novogorodien..., dans la chronique de Kircha Danilof.

— Quel Bouslaéf? grommela Litvinof, un peu déconcerté par le tour inattendu de la conversation. — Je ne sais pas.

— C'est égal. Voilà sur quoi je voulais attirer votre attention. Vaska Bouslaéf, après avoir entraîné ses Novogorodiens à faire un pèlerinage à Jérusalem & après s'être baigné, à leur grand scandale, dans la sainte rivière du Jourdain, ce logique Vaska Bouslaéf grimpe sur le mont Thabor. Or, sur le sommet de ce mont se trouve une pierre que des gens de toute nation ont inutilement essayé de sauter. Vaska veut tenter la chance. Une tête de mort se trouve sur son chemin ; il la pousse du pied. La tête de mort lui dit : « Pourquoi me pousses-tu ? J'ai su vivre, je sais rouler dans la poussière ; il t'en arrivera de même.» Et, en effet, Vaska prend son élan

& avait déjà presque franchi la pierre lorsque, son talon s'accrochant, il se casse ·la tête. Je dois ici faire observer à mes amis les slavophiles, fort enclins à pousser du pied les têtes de morts & les nations « pourries, » qu'il leur conviendrait de réfléchir sur cette légende.

— Mais à quoi tout cela tend-il? interrompit avec impatience Litvinof. Il est temps que je parte, excusez...

— Cela tend à vous dire, lui répondit Potoughine, & ses yeux brillèrent d'un sentiment amical dont Litvinof le croyait peu capable, que vous n'avez pas repoussé la tête de mort, & peut-être vous sera-t-il donné en récompense de sauter la pierre fatale. Je ne veux plus vous retenir, permettez-moi seulement de vous embrasser.

— Je n'essayerai pas de sauter, répondit Litvinof, en donnant trois accolades à Potoughine, & aux tristes sensations qui remplissaient son âme vint un instant se joindre de la compassion pour ce pauvre être solitaire. Mais il faut partir, partir. Il rassembla ses paquets.

— Voulez vous que je vous porte quelchose? dit Potoughine.

— Non, merci, ne vous dérangez pas, je porterai tout moi-même.

Il mit son chapeau, prit un sac en main.

— Et ainsi, vous dites — demanda-t-il, étant déjà sur le seuil de la porte — que vous l'avez vue ?

— Oui, je l'ai vue.

— Eh bien..., que fait-elle ?

Potoughine ne répondit pas tout de suite.

— Elle vous attendait hier... elle vous attendra aujourd'hui.

— Ah !... dites-lui..., non, c'est inutile. Adieu... adieu.

Litvinof descendit rapidement l'escalier, se jeta dans une voiture & parvint au chemin de fer, sans donner un seul regard à la ville où il laissait une partie de sa propre vie... Il semblait s'abandonner à un flot puissant qui l'aurait saisi, entraîné, & il était fermement résolu à ne pas faire un effort pour lui échapper.

Déjà il s'asseyait dans le wagon.

— Grégoire Mikhailovitch..., murmura derrière lui une voix suppliante.

Il tressaillit. Est-ce possible ? Irène ! C'était elle, en effet. Enveloppée dans le

châle de sa femme de chambre, un chapeau de voyage retenant à peine ses
tresses dénouées, elle se tenait sur la
plate-forme & le regardait avec des yeux
à demi ouverts. Reviens, reviens, je suis
venue te chercher, disaient ces yeux. Et
que ne promettaient-ils pas ! Elle ne bougeait point ; elle n'avait pas la force de
parler, mais tout en elle semblait implorer
grâce.

Litvinof eut de la peine à ne pas fléchir,
à ne pas s'élancer vers elle, mais le flot
sauveur auquel il s'était donné prit le
dessus. Il sauta dans le wagon &, se retournant, il montra à Irène une place vide
à côté de lui. Elle le comprit. Il en était
temps encore. Un pas, un mouvement, &
deux êtres à jamais liés allaient être em-
portés dans l'inconnu... Tandis qu'elle
hésitait, un coup de sifflet retentit & le
train s'ébranla.

Litvinof se renversa en arrière ; Irène
atteignit en chancelant un banc & s'y
laissa tomber, à l'extrême surprise d'un
diplomate en disponibilité, rôdant là par
hasard.

Il connaissait peu Irène, mais s'intéres-

sait beaucoup à elle ; voyant qu'elle était
comme évanouie, il présuma qu'elle avait
une attaque de nerfs & crut de son devoir,
du devoir d'un galant chevalier, de venir
à son secours. Mais sa surprise prit des
proportions encore plus grandes lorsqu'au
premier mot qu'il lui dit, elle se leva tout
à coup, repoussa le bras qui lui était offert
&, gagnant la rue, disparut, en quelques
instants, dans un de ces brouillards blancs
si fréquents à Bade aux premiers jours
d'automne.

XXV

Il m'est une fois arrivé d'entrer dans la
cabane d'une paysanne qui venait de perdre
un fils unique & tendrement chéri ; à ma
grande surprise, je la trouvai tout à fait
calme, presque gaie. « Ne vous étonnez
pas, dit le mari, qui remarqua sans doute
cette impression, elle est maintenant ossi-
fiée. » Litvinof aussi était « ossifié ; » — un
calme semblable à celui de cette paysanne

l'envahit pendant les premières heures de son voyage. Complétement anéanti, désespéré, il respirait cependant ; il respirait, après toutes les alertes, tous les tourments de la dernière semaine, après tous les coups qui étaient venus, l'un après l'autre, fondre sur sa tête. Ces coups l'avaient d'autant plus ébranlé qu'il était peu fait pour de pareils orages. Il ne comptait plus absolument sur rien, cherchait à ne plus se souvenir de rien ; il allait en Russie, il fallait bien aller quelque part ! mais il n'était plus capable de former le moindre projet. Il ne se reconnaissait pas ; il ne se rendait pas compte de ses actions ; il avait perdu son individualité ; elle lui était devenue indifférente. Il lui semblait parfois qu'il conduisait son propre cadavre ; ce n'est que le sentiment d'une incurable douleur qui lui rappelait qu'il n'en avait pas fini avec la vie. De temps en temps il lui paraissait incompréhensible comment une femme, comment l'amour avait pu prendre sur lui une telle influence... Honteuse faiblesse ! murmurait-il, & il arrangeait son manteau & s'installait plus commodément dans son wagon. — Il faut

commencer une vie nouvelle. Un instant
se passait, il souriait amèrement & s'étonnait de lui-même. Il se mit à regarder par
la fenêtre. Le temps était gris ; il n'y avait
pas de pluie, mais le brouillard ne s'était
pas dissipé & des nuages très-bas voilaient
le ciel. Le vent soufflait contre le train ; des
flocons de vapeur, tantôt blanche, tantôt
noire, se jouaient à la fenêtre. Litvinof se
mit à les suivre des yeux. Sans cesse ni
trêve, s'élevant & tombant, s'accrochant
à l'herbe, aux buissons, s'étirant, se fon-
dant dans l'air humide, se pressaient les
tourbillons, toujours nouveaux & toujours
les mêmes, dans une sorte de jeu mono-
tone & fatigant. Quelquefois le vent tournait, la route faisait un coude, toute cette
masse blanche disparaissait pour revenir
incontinent à la fenêtre opposée, & une
queue interminable cachait aux yeux de
Litvinof la vallée du Rhin.

Litvinof regardait, regardait en silence ;
une réflexion bizarre vint le saisir. Il était
seul dans son wagon ; personne ne le dérangeait. « Fumée ! fumée ! » répéta-t-il à
plusieurs reprises, & subitement tout ne
lui sembla que fumée : sa vie, la vie russe,

tout ce qui est humain & principalement
tout ce qui est russe. Tout n'est que
fumée & vapeur, pensait-il; tout paraît
perpétuellement changer, une image rem-
place l'autre, les phénomènes succèdent
aux phénomènes, mais en réalité tout reste
la même chose; tout se précipite, tout se
dépêche d'aller on ne sait où, & tout s'é-
vanouit sans laisser de trace, sans avoir
rien atteint; le vent a soufflé d'ailleurs,
tout se jette du côté opposé, & là recom-
mence sans relâche le même jeu fiévreux &
stérile. Il se souvint de ce qui s'était passé
sous ses yeux dans ces dernières années,
non sans tonnerre & grand fracas... Fumée! murmurait-il, fumée; il se souvint
des discussions échevelées, des cris du
salon de Goubaref, des disputes d'autres
gens haut & bas placés, progressistes &
rétrogrades, vieux & jeunes... Fumée!
répéta-t-il, fumée & vapeur! Il se souvint
enfin du fameux pique-nique, des propos
& discours d'autres hommes d'État & même
de tout ce que préconisait Potoughine...
Fumée! fumée! & rien de plus. Et ses
propres efforts, ses sentiments, ses essais
& ses rêves? Leur souvenir ne provoqua

18

plus qu'un signe de main découragé. En attendant, le train dévorait l'espace. Rastadt, & Carlsruhe, & Bruchsal étaient depuis longtemps en arrière ; sur la droite, les montagnes s'éloignèrent, se rapprochèrent ensuite, mais moins hautes & moins garnies de forêts. Le train tourna court : on était à Heidelberg. Les wagons glissèrent sous l'auvent de la station ; des colporteurs se mirent à offrir toutes sortes de journaux, même des journaux russes ; les voyageurs changèrent de place, se promenèrent sur la plate-forme ; mais Litvinof ne quitta pas son coin ; il y restait assis, la tête inclinée. Tout à coup il entendit prononcer son nom ; il leva la tête ; la face de Bindasof se montra à la portière & derrière elle, était-ce une hallucination ? mais non, c'était bien une réalité, apparurent toutes les figures bien connues de Bade : Voilà Mme Soukhantchikof, voici Vorochilof & Bambaéf ; tous se dirigent vers lui, tandis que Bindasof braille :

— Où est Pichtchalkin ? nous l'attendions ; mais c'est égal, sors, nous allons tous chez Goubaref.

— Oui, frère, oui, Goubaref nous attend,

descends, répéta Bambaéf en agitant les bras.

Litvinof se serait mis en colère, s'il n'avait eu sur le cœur un si mortel fardeau. Il dévisagea Bindasof & se détourna en silence.

— On vous dit que Goubaref est ici, s'écria Mme Soukhantchikof, & ses yeux sortirent presque de leur orbite.

Litvinof ne bougea point.

— Mais écoutez, Litvinof, dit Bambaéf, revenant à la charge, il n'y a pas ici seulement Goubaref, il y a toute une phalange de Russes distingués, spirituels & jeunes ; tous s'occupent de sciences naturelles, tous ont les plus généreuses convictions ! De grâce, restez du moins pour eux. Il y a ici, par exemple, un certain... ah ! j'ai oublié son nom ! c'est tout simplement un génie !

— Mais laissez-le donc, Rostislaf Ardalionitch, dit Mme Soukhantchikof. Vous voyez ce que c'est que cet homme, toute cette race est comme cela. Il a une tante ; elle m'a paru d'abord bonne femme, & je suis venue ici avec elle il y a deux jours ; elle n'avait fait que toucher barre à Bade

& revenait déjà. Eh bien! je fais route encore avec elle, je me mets à la questionner. Figurez-vous que je n'ai pu tirer une syllabe de cette orgueilleuse, odieuse aristocrate !

La pauvre Capitoline Markovna, une aristocrate ! pouvait-elle s'attendre à semblable humiliation ?

Et Litvinof se taisait toujours, se détournait & enfonçait sa casquette sur ses yeux. Le train se remit enfin en marche.

— Mais dis-nous donc quelque chose pour adieu, homme de pierre que tu es! cria Bindasof. On n'agit vraiment pas ainsi ! marmotte ! bonnet de nuit ! ajouta-t-il.

Le train accélérait sa marche, il pouvait impunément être grossier.

— Harpagon ! limace ! N. B.

Bindasof avait-il inventé spontanément cette dernière qualification ? l'avait-il volée à quelqu'un ? je l'ignore ; ce qu'il y a de certain, c'est qu'elle parut si jolie à deux messieurs distingués, spirituels & jeunes, étudiant les sciences naturelles, deux messieurs qui se trouvaient là, que peu de jours après elle fit son apparition dans la feuille russe périodique qui se publiait alors à Heidelberg sous ce titre : *A tout venant je crache*[1].

Et Litvinof reprit son refrain : Fumée, fumée, fumée !

— Voilà, se dit-il, il y a maintenant à Heidelberg plus de cent étudiants russes ; ils étudient tous la chimie, la physique, la physiologie, & ne veulent pas entendre parler d'autre chose. Quatre, cinq ans s'écouleront, & il n'y aura plus quinze des nôtres aux cours de ces mêmes célèbres professeurs... Le vent aura changé, la fumée sera passée d'un autre côté... Fumée... fumée... fumée[2] !

La nuit, il traversa Cassel. Avec l'obscurité, une angoisse intolérable le saisit comme un vautour ; il se mit à pleurer, la tête enfoncée dans le coin de son wagon. Ses larmes coulèrent longtemps, sans soulager son cœur, & le déchirant pour ainsi dire davantage.

1. Historique.

2. Ce pressentiment de Litvinof s'est réalisé : en 1866 on ne comptait plus que treize étudiants russes en été à Heidelberg & douze en hiver.

18.

Pendant ce temps, dans une auberge de Cassel, Tatiana était étendue sur un lit, brûlante de fièvre ; Capitoline Markovna la veillait.

— Tania, lui disait-elle, pour l'amour de Dieu, permets-moi d'envoyer un télégramme à Grégoire Mikhailovitch ; permets, Tania.

— Non, tante, répondit-elle, il ne le faut pas, ne t'effraye pas. Donne-moi de l'eau ; cela passera bientôt.

En effet, en une semaine sa santé se rétablit, & les deux amies continuèrent leur voyage.

XXVI

Sans s'arrêter ni à Pétersbourg ni à Moscou, Litvinof retourna dans son modeste patrimoine. Il eut peur en revoyant son père, tant il le trouva vieilli & cassé. Le vieillard se réjouit de revoir son fils, autant que peut se réjouir un homme qui en a fini avec la vie; il s'empressa de lui

donner la direction de toutes ses affaires,
fort en désordre, &, après avoir encore
gémi quelques semaines, il acheva de
mourir. Litvinof resta seul dans la vieille
maison paternelle; il se mit à faire valoir
sa terre avec un cœur ulcéré, sans espoir,
sans prendre goût à son travail & sans argent. L'administration des biens en Russie
n'est pas une chose gaie; il n'y en a que
trop qui le savent. Nous ne nous étendrons
donc pas sur les difficultés qu'y rencontra
Litvinof. Il ne pouvait pas songer à intro-
duire des réformes & des améliorations;
l'application des principes qu'il avait puisés
à l'étranger devait être indéfiniment ajour-
née; la nécessité l'obligeait à vivre au jour
le jour, à se résigner à toutes sortes de
concessions matérielles & morales. Les
nouvelles institutions fonctionnaient mal,
les vieilles avaient perdu toute force; l'in-
expérience avait à lutter contre la mauvaise
foi; l'ancien état de choses ne soutenait
plus rien, immobile & déjà tout branlant,
comme nos vastes marais de mousse : il
ne surnageait que la grande parole de
« liberté, » prononcée par le tzar, comme
jadis l'esprit de Dieu était porté sur les

eaux. Il fallait par-dessus tout avoir de la patience, & de la patience moins passive qu'agissante, persistante, & ne reculant pas même devant la ruse. Cela fut doublement pénible pour Litvinof dans la disposition d'esprit où il se trouvait. Il avait peu d'attrait pour la vie... comment en aurait-il eu pour le travail?

Une année s'écoula, la seconde la suivit, une troisième était déjà entamée. La grande pensée de l'émancipation commençait à produire ses fruits, à passer dans les mœurs; on apercevait le germe de la semence jetée, & ce germe ne pouvait plus être foulé par l'ennemi découvert ou secret. Quoique Litvinof finît par donner à demi-récolte aux paysans la plus grande partie de sa terre, ce qui était revenir à la culture primitive, il eut cependant quelques succès : il rétablit sa fabrique, créa une petite ferme avec cinq ouvriers libres, après en avoir changé une quarantaine, éteignit ses plus grosses dettes. Ses forces lui revinrent : il recommença à ressembler à ce qu'il était auparavant. A la vérité, un profond sentiment de tristesse ne le quittait jamais; il menait un genre de vie qui n'était pas de son âge ; il s'était enfermé dans un cercle étroit & avait renoncé à toutes ses relations, mais il n'avait plus cette insouciance mortelle : il marchait & agissait au milieu des vivants comme un vivant. Les dernières traces du charme sous lequel il était tombé avaient aussi disparu : tout ce qui s'était passé à Bade ne lui apparaissait plus que comme un songe. Et Irène... Elle avait également pâli & s'était évanouie ; seulement quelque chose de vaguement dangereux se dessinait sous le brouillard qui enveloppait son image. Il avait rarement des nouvelles de Tatiana ; il savait seulement qu'elle s'était établie avec sa tante dans son petit patrimoine, situé à deux cents verstes de sa propriété, qu'elle y vivait paisiblement, sortant peu, ne recevant presque pas de visites, — qu'elle était d'ailleurs calme & bien portante. Un beau jour de mai, il était assis dans son cabinet & parcourait avec distraction le dernier numéro d'un journal de Pétersbourg, lorsque son domestique lui annonça l'arrivée d'un vieil oncle. Cet oncle, cousin de Capitoline Markovna,

venait précisément de la visiter. Il avait
acheté un bien dans le voisinage de Litvinof & allait en prendre possession. Il
demeura plusieurs jours chez son neveu
& l'entretint beaucoup du genre de vie
de Tatiana. Le lendemain de son départ,
Litvinof envoya à celle-ci une lettre,
la première après leur séparation. Il lui
demandait la permission de renouer leurs
relations au moins par correspondance; il
désirait également savoir s'il devait re-
noncer à la pensée de la revoir un jour.
Ce n'est pas sans émotion qu'il attendit
une réponse... Elle vint enfin. Tatiana répondait amicalement à son ouverture : « Si
vous avez l'idée de venir nous voir, disait-
elle, en terminant, vous nous ferez grand
plaisir; arrivez : on dit que les malades
mêmes vont mieux quand ils sont réunis
que séparés. » Capitoline Markovna lui
faisait ses salutations. Litvinof fut pris
d'une joie d'enfant; il y avait longtemps
que rien n'avait fait si gaiement battre son
cœur. Tout lui parut subitement facile &
serein. Quand le soleil se lève & chasse
l'obscurité de la nuit, un léger souffle se
répand avec les rayons du matin sur la

face de la terre & la ressuscite ; — Litvinof
crut ressentir une impression semblable,
légère & forte. Il riait à tout propos ce
jour-là, même en surveillant ses ouvriers
& en leur donnant des ordres. Il se mit
tout de suite à faire des apprêts de voyage,
& quinze jours plus tard il se dirigeait
vers Tatiana.

XXVII

Il voyagea assez lentement, par des chemins de traverse, sans aucun incident : une
fois seulement la bande d'une roue se cassa ;
le maréchal ferrant se mit à forger, forger,
pesta contre la roue & contre lui-même,
puis finit par déclarer qu'il n'y pouvait
rien ; par bonheur il se trouva qu'on pouvait admirablement voyager, même avec
une roue brisée, pourvu que ce fût sur un
chemin « mou, » c'est-à-dire dans la boue.
Cet accident valut à Litvinof trois cu-
rieuses rencontres. A un relais, il tomba
sur une réunion de propriétaires présidée

par Pichtchalkin, qui fit sur lui l'effet de
Solon ou de Salomon, tant ses discours
étaient empreints d'une haute prudence,
tant il avait conquis sans limites la confiance de toutes les parties intéressées.
Par son extérieur même, Pichtchalkin
rappelait les sept sages de l'antiquité : il
n'avait plus qu'une touffe de cheveux sur
la tête ; une expression de béatitude ver-
tueuse & digne s'était figée à jamais sur
sa face engraissée & solennelle. Il félicita
Litvinof « d'être venu, — si je puis employer cette expression ambitieuse, —
dans mon propre district, » puis se tut
majestueusement, saisi d'un accès de sentiments élevés. Litvinof put cependant
tirer de lui quelques nouvelles, entre autres de Vorochilof. L'homme à la table
d'or avait repris du service & avait déjà lu
aux officiers de son régiment une leçon
sur le bouddisme ou le dynamisme, quelque chose de ce genre... Pichtchalkin ne
s'en souvenait plus au juste. A un autre
relais, on tarda beaucoup à atteler les chevaux ; il ne commençait qu'à faire jour.
Litvinof sommeillait dans sa calèche. Une
voix qui ne lui sembla pas inconnue le

réveilla; il ouvrit les yeux... Mon Dieu!
n'est-ce pas M. Goubaref, en jaquette
grise & en large pantalon du matin, qui se
tient sur le perron de la maison de poste
& vomit des injures? Non, ce n'est pas
M. Goubaref... mais quelle étonnante ressemblance! Cet individu avait seulement
une bouche plus grande, un râtelier mieux
garni, un regard plus sauvage, un nez plus
fort, une barbe plus touffue &, en général, la tournure plus lourde & plus
épaisse.

— Grrredins! grrredins! vociférait-il
avec une colère continue, en laissant voir
une mâchoire de loup, païens que vous
êtes! Voilà cette liberté si vantée... on
ne peut même pas avoir de chevaux...
grrredins!

— Grrredins! grrredins! glapit derrière
lui une seconde voix; & apparut sur le
perron un second individu en jaquette
grise & en pantalon du matin; cette fois,
c'était réellement & sans aucun doute possible le vrai M. Goubaref, Étienne Niko
laévitch Goubaref. Peuple de païens! con-
tinuait-il à l'instar de son frère (la première
jaquette était son frère aîné, ce « den-

19

tiste » de l'école passée qui administrait ses biens). Il faut les rosser, il n'y a que cela à faire ; il faut leur casser le museau & les dents. Que parlent-ils de liberté, du maire !... Attendez, je vais leur en faire voir... Mais où est M. Roston ? A quoi pense-t-il ? C'est son affaire, à ce fainéant, de nous éviter ces tracas...

— Je vous avais bien dit, frère, remarqua Goubaref l'aîné, qu'il n'est bon à rien ; c'est un vrai fainéant ! Monsieur Roston ! Monsieur Roston ! où es-tu fourré ?

— Roston ! Roston ! beugla le puîné, le grand Goubaref. Appelez-le donc plus fort, Dorimedonthe Nikolaévitch.

— J'en suis déjà tout égosillé, Étienne Nikolaévitch. Monsieur Roston !

— Me voici ! me voici ! fit une voix essoufflée, & à l'angle de la cabane apparut... Bambaéf.

Litvinof laissa échapper un cri de surprise. Le malheureux enthousiaste était affublé d'une vieille houppelande dont les manches tombaient en loques ; ses traits n'étaient pas aussi changés que déformés & raccornis ; ses yeux hagards exprimaient une terreur servile & une soumission fa-

mélique, mais des moustaches teintes or-
naient toujours ses lèvres charnues. Du
haut du perron, les frères Goubaref se
mirent immédiatement & avec le plus touchant accord à lui laver la tête; il s'arrêta
dans la boue, &, courbant humblement
l'échine, il essaya par un humble sourire
de les apaiser, en pétrissant sa casquette
de ses mains rouges & en les assurant que
les chevaux seraient prêts dans un instant.
Mais les frères ne s'arrêtèrent que lorsque
le puîné aperçut Litvinof. Soit qu'il le re-
connût, soit qu'il eût honte devant un
étranger, il tourna subitement sur ses
talons comme un ours, &, mordant sa
barbe, il rentra dans la maison de poste;
l'aîné se tut également &, d'un air non
moins ours, il le suivit dans sa retraite.
Le grand Goubaref n'avait pas perdu, à
ce qu'il paraît, son influence dans son
pays.

Bambaéf allait rejoindre les deux frères.
Litvinof l'appela par son nom. Il regarda
en arrière, abrita ses yeux de la main &,
reconnaissant Litvinof, se précipita vers
lui, les bras étendus; mais, ayant atteint
la calèche, il saisit la portière, y appuya

sa poitrine & pleura comme trois fontaines.

— Finissez, finissez donc, lui dit Litvinof, en se penchant sur lui & en lui touchant l'épaule.

Mais il continuait à sangloter.

— Voilà... voilà jusqu'où... balbutiait-il en sanglotant.

— Bambaéf! rugirent les frères du fond de l'izba.

Bambaéf leva la tête & essuya rapidement ses larmes.

— Bonjour, mon ami, murmura-t-il, bonjour & adieu. Tu entends, on m'appelle.

— Mais comment te trouves-tu ici? demanda Litvinof, & que signifie tout cela? Je croyais qu'ils appelaient un Français...

— Je suis leur régisseur, leur maître d'hôtel, répliqua Bambaéf en dirigeant son doigt vers l'izba. Ils m'ont donné un nom français par plaisanterie. Que faire, frère? Je meurs de faim, je n'ai plus le sou, il a bien fallu prendre le carcan. Il ne s'agit plus d'être ambitieux!

— Mais y a-t-il longtemps qu'*il* est en

Russie, & comment s'est-il séparé de ses associés?

— Eh! frère, tout cela est mis de côté, la saison est changée... Mme Soukhantchi- kof, Matrena Kouzminichna, il l'a mise simplement à la porte. De douleur, elle est partie pour le Portugal.

— Comment, elle est en Portugal? Quelle bêtise!

— Oui, frère, en Portugal, avec deux Matreniens.

— Avec qui?

— Avec des Matreniens. Les hommes de son parti s'appellent ainsi.

— Matrena Kouzminichna a un parti? Est-il considérable?

— Mais voilà : il est composé de deux individus. Il y a près de six mois qu'il est revenu ici. On a mis les autres en surveil- lance, mais il ne lui est rien arrivé à lui. Il vit à la campagne avec son frère, & si tu entendais maintenant...

— Bambaéf!

— Tout de suite, Étienne Nikolaévitch, tout de suite. Et toi, ma petite colombe, tu fleuris, tu profites? Grâces en soient rendues à Dieu! Et où vas-tu ainsi? Ah! je n'y songeais plus... Tu te souviens de Bade? Voilà une vie! A propos, tu te souviens bien de Bindasof? Figure-toi qu'il est mort! Il a pris un emploi dans les fermes d'eau-de-vie, s'est querellé dans un cabaret & a eu la tête fendue avec une queue de billard. Oui, les temps sont devenus bien difficiles! Mais je dirai toujours : la Russie, il n'y a que la Russie! Regardez cette paire d'oies : il n'y en a pas de pareilles dans toute l'Europe. Ce sont de vraies oies d'Arzamas.

Et après avoir payé ce dernier tribut à son inextirpable besoin de s'enthousiasmer, Bambaéf courut à la maison de poste, où son nom était encore prononcé avec toutes sortes d'imprécations.

Au déclin de cette même journée, Litvinof s'approchait de la campagne de Tatiana. La maisonnette où vivait celle qui fut sa fiancée était située sur un coteau, au-dessus d'une petite rivière, au milieu d'un jardin fraîchement planté. Cette maisonnette était toute neuve, à peine achevée; on la voyait de loin dominant la rivière & les champs. Litvinof la découvrit à une distance de deux verstes. Dès le

dernier relais, il fut saisi d'un trouble intérieur qui ne faisait qu'augmenter. « Comment serai-je accueilli? pensait-il; comment vais-je me présenter? » Pour se
distraire, il entama la conversation avec le
postillon, paysan déjà mûr, à barbe grise,
qui lui avait cependant compté trente
verstes, tandis qu'il n'y en avait pas même
vingt-cinq. Il lui demanda s'il connaissait
les propriétaires de Chestof.

— De Chestof? Comment ne pas les
connaître! Ce sont de braves dames, il n'y
a rien à dire. Elles soignent les pauvres
gens. Ce sont de vrais médecins. On vient
chez elles de tous les alentours. Il y a
foule. Quand, par exemple, quelqu'un
tombe malade ou se blesse, tout de suite
on va chez elles; elles vous donnent du
vulnéraire, une petite poudre ou un em-
plâtre, & cela soulage. Et il n'y a pas à
les remercier. « Nous ne faisons pas cela
pour de l'argent, » disent-elles. Elles ont
aussi ouvert une école... mais, quant à ça,
c'est des bêtises.

Tandis que le postillon jasait, Litvinof
ne détachait pas ses yeux de la maisonnette. Une femme vêtue de blanc apparut

19.

sur le balcon, sembla y guetter quelque
chose, puis disparut.

— N'est-ce pas elle ?

Son cœur eut un violent sursaut.

— Plus vite! plus vite! cria-t-il au postillon.

Celui-ci lança ses chevaux. Encore
quelques instants... & la calèche dépassa
un portail ouvert. Sur le perron était déjà
accourue Capitoline Markovna; hors d'elle-
même, toute rouge, frappant des mains,
elle criait :

— Je l'ai reconnu, je l'ai reconnu la
première! c'est lui, c'est lui! je l'ai reconnu!

Litvinof sauta lestement à terre, ne
laissant pas à un petit cosaque le temps
d'ouvrir la portière, &, embrassant à la
hâte Capitoline Markovna, il se jeta dans
la maison, traversa l'antichambre, la
salle à manger... & se trouva en face de
Tatiana. Elle le regarda avec ses yeux
doux & caressants (elle avait un peu maigri, ce qui ne lui seyait pas mal) & lui
tendit la main. Il ne la prit pas & tomba à
ses genoux. Elle ne s'y attendait pas, ne
sut que dire & que faire... les larmes lui

vinrent aux yeux ; elle avait peur, & son visage respirait en même temps la joie.

— Grégoire Mikhailovitch, qu'est-ce que cela signifie, Grégoire Mikhailovitch ? disait-elle...

Et lui continuait à baiser le pan de sa robe, se rappelant avec un cœur délicieusement contrit que naguère, à Bade, il s'était aussi mis à ses genoux... Mais alors... & maintenant !

— Tania, répétait-il, Tania, m'as-tu pardonné ?

— Tante, tante, qu'est-ce que cela ? demanda Tatiana à Capitoline Markovna, qui venait d'entrer.

— Laisse-le faire, Tatiana, répondit la bonne petite vieille ; tu vois bien qu'il est revenu à résipiscence.

Cependant il est temps de finir, & il n'y a plus rien à ajouter, le lecteur devine le reste.

Mais Irène ?

Elle est toujours aussi ravissante, malgré ses trente ans ; elle a un chiffre incalculable d'admirateurs, & elle en aurait encore davantage si...

Le lecteur me permettra-t-il de le

transporter un moment à Pétersbourg, dans un de ses plus splendides édifices? — Voyez : voici un vaste appartement, décoré, je ne dis pas richement, — l'expression serait trop faible, — mais solennellement, avec un apparat & un art exquis. Ne sentez-vous pas un certain frémissement? Vous avez pénétré dans un temple consacré à la vertu la plus immaculée, à la morale la plus sublime, en un mot à ce qui n'est pas terrestre. Il y règne je ne sais quel silence réellement mystérieux. Des portières de velours aux portes, des rideaux de velours aux fenêtres, un tapis mou & épais sur le plancher, tout y est ménagé pour adoucir le moindre son & éviter les brusques sensations. Des lampes soigneusement voilées inspirent des sentiments salutaires; un parfum décent est répandu dans cet air comprimé, la bouilloire même ne bout, sur la table, qu'avec réserve & modération.

La maîtresse de la maison, personnage très-important du monde pétersbourgeois, parle si bas qu'on peut à peine l'entendre. Elle parle toujours de cette façon, comme s'il y avait dans la même chambre un malade à l'agonie, & sa sœur, chargée de verser le thé, remue les lèvres sans en faire décidément sortir aucun son, de sorte qu'un jeune homme assis devant elle, tombé par hasard dans le temple, ne peut se rendre compte de ce qu'elle lui veut, tandis qu'elle lui murmure simplement, pour la sixième fois : « Voulez-vous une tasse de thé? » Dans les angles du salon, on aperçoit des hommes jeunes mais déjà vénérables : leurs regards décèlent une servilité tranquille; l'expression de leurs visages, quoique insinuante, est d'un calme inaltérable; une masse de décorations brillent discrètement sur leurs mâles poitrines. La conversation est également très-paisible : elle n'a pour objet que des sujets religieux & patriotiques, comme *la Goutte mystérieuse* de Glinka, les missions d'Orient, les monastères & les confréries de la Russie Blanche. Des laquais n'apparaissent que rarement; leurs énormes mollets, emprisonnés dans des bas de soie, tremblent silencieusement à chaque pas; l'empressement respectueux de ces robustes mercenaires fait ressortir encore davantage le caractère général de distinction, de vertu & de piété... C'est un temple, c'est vraiment un temple!

— Avez-vous vu aujourd'hui Mᵐᵉ Ratmirof? demande langoureusement une dame.

— Je l'ai rencontrée aujourd'hui chez Lise, répond la maîtresse de la maison, d'une voix éthérée; on aurait dit une harpe d'Éolie. Elle me fait pitié... elle a un esprit fantasque... elle n'a pas la foi.

— Oui, oui, reprend la même personne, vous souvenez-vous? Pierre Ivanovitch a dit d'elle, & dit fort judicieusement, qu'elle a... qu'elle a l'esprit fantasque.

— Elle n'a pas la foi, exhale la voix de la maîtresse de la maison, comme la fumée de l'encens. C'est une âme égarée; elle a un esprit fantasque.

— Elle a un esprit fantasque, semblent répéter les lèvres de sa sœur.

Et voilà pourquoi tous les jeunes gens ne sont pas amoureux d'Irène. Ils la redoutent, ils ont peur de son « esprit fantasque. » C'est la phrase usuelle à son égard, &, comme toute phrase, elle renferme une dose de vérité. Et ce n'est pas seulement les jeunes gens qui ont peur d'elle, mais encore des hommes mûrs, haut placés, voire des personnages. Nul ne sait faire remarquer plus exactement & plus finement le côté ridicule ou faible de chaque caractère; il n'est donné à personne de le stigmatiser ainsi d'un mot... Et ce mot est d'autant plus incisif qu'il sort d'une bouche parfumée & riante... Il est difficile de dire ce qui se passe dans cette âme, mais, parmi la foule de ses adorateurs, la renommée n'accorde à aucun d'eux le titre d'élu.

Le mari d'Irène avance rapidement dans le chemin que les Français appellent celui des honneurs. Le général obèse le dépasse; le mielleux demeure en arrière. Dans la même ville qu'habite Irène, végète également notre ami Sozonthe Potoughine; il ne la voit que rarement. La jeune enfant confiée à ses soins vient de mourir. Il n'a plus besoin d'entretenir de relations avec Mᵐᵉ Ratmirof.

PARIS. — Impr. J. CLAYE. — A. QUANTIN et Cⁱ, rue St-Benoît.

CATALOGUE
DE
J. HETZEL & Cie

LIBRAIRIE SPÉCIALE
De l'Enfance et de la Jeunesse

BIBLIOTHÈQUE D'ÉDUCATION ET DE RÉCRÉATION
A L'USAGE DE L'ENFANCE, DE LA JEUNESSE, DES INSTITUTIONS
DE JEUNES GENS ET DE JEUNES FILLES. — BIBLIOTHÈQUES
PUBLIQUES, SCOLAIRES ET POPULAIRES. — LIVRES DE PRIX.
LIVRES D'ÉTRENNES.

MAGASIN ILLUSTRÉ D'ÉDUCATION
ET DE RÉCRÉATION

BROCHÉS
210 fr.
Collection complète, 3o vol.
CARTONNÉS
300 fr.

CAHIERS D'UNE ÉLÈVE DE SAINT-DENIS.
COURS GRADUÉ D'INSTRUCTION EN SIX ANNÉES
17 volumes. — Brochés, 57 francs. — Cartonnés, 61 fr. 50

LIBRAIRIE GÉNÉRALE
*Poésies — Romans — Voyages — Histoire
Sciences et Arts*

PARIS
18, RUE JACOB, 18

Envoi *franco* contre mandat pour toute demande au-dessus de 25 fr.

Catalogue AA.

COLLECTION COMPLÈTE

DES TRENTE VOLUMES DU

MAGASIN D'ÉDUCATION

ET DE RÉCRÉATION

PUBLIÉ SOUS LA DIRECTION DE

MM. JEAN MACÉ — P.-J. STAHL — JULES VERNE

Prix : 200 francs

Payables en 8 termes de 25 francs à répartir en deux ans

Les trente volumes illustrés parus du *Magasin d'Éducation et de Récréation* constituent à eux seuls toute une bibliothèque de l'enfance et de la jeunesse. L'examen du catalogue général du *Magasin*, que nous tenons toujours à la disposition des parents, leur montrera que les œuvres principales, et pour ainsi dire complètes, de JULES VERNE, de P.-J. STAHL, de JULES SANDEAU, de E. LEGOUVÉ, d'EGGER, de J. MACÉ, de L. BIART et de bien d'autres ; que les plus heureuses séries de dessins de Frœlich, Froment et d'un grand nombre d'artistes éminents, écrites ou dessinées avec un soin scrupuleux, à l'usage spécial de la jeunesse et de la famille, sont contenues dans les trente volumes déjà parus.

Cette collection grand in-8° représente par le fait la matière de plus de cent volumes in-18 ordinaires. Elle est en outre illustrée de plus de trois mille cinq cents dessins, créés expressément pour le *Magasin d'Éducation*.

Le *Magasin d'Éducation* s'est tenu avec soin en dehors de ce qu'on appelle l'actualité, dont l'intérêt passe et vieillit, pour ne laisser entre les mains de ses lecteurs que des œuvres d'un intérêt durable et permanent. Les premiers volumes, à ce titre, présentent donc un intérêt égal aux derniers, et offrir aux enfants les premières années, s'ils ne les connaissent pas, leur assure des lectures aussi agréables que si on leur donnait les dernières.

MODE D'ACQUISITION — PAYEMENT

Les Éditeurs du **Magasin d'Éducation**, sur la demande d'un grand nombre de pères de famille et pour rendre accessible à tous l'acquisition de cette œuvre déjà considérable, accepteront des acheteurs offrant des garanties de responsabilité, des payements à termes à répartir sur deux années, pour le montant du prix de cette collection jusqu'à fin 1879.

Le prix sera réduit dans ces conditions à la somme ronde de 200 francs.

Les acquéreurs auront à souscrire à l'ordre de MM. J. HETZEL et Cⁱᵉ huit bons de 25 francs, à trois mois d'échéance l'un de l'autre, de façon que la somme totale de 200 francs soit payée en deux années.

La livraison des quinze années sera faite contre l'échange des huit mandats de 25 francs.

Les acheteurs qui voudraient avoir la collection des 30 volumes cartonnés toile anglaise, tranches dorées, avec fers spéciaux, au lieu de la recevoir brochée, auraient à souscrire trois mandats supplémentaires : deux de 30 francs et un de 27 francs, dont les échéances suivraient celles des huit premiers, — soit 87 francs au lieu de 90 francs, — le prix du cartonnage de chaque volume étant de 3 francs.

PRIX DE CHAQUE VOLUME SÉPARÉ : BROCHÉ, **7** FR.

RELIÉ TOILE, **10** FR.

LES TOMES I à XXVI
RENFERMENT COMME ŒUVRES PRINCIPALES

Les Aventures du Capitaine Hatteras, Les Enfants du Capitaine Grant, Vingt mille lieues sous les mers, Aventures de trois Russes et de trois Anglais, Le pays des Fourrures, L'Ile mystérieuse, Michel Strogoff, Hector Sarvadac, de Jules VERNE. — La Morale familière, Les Contes Anglais, La Famille Chester, L'Histoire d'un Ane et de deux jeunes Filles, Une Affaire difficile à arranger, de P.-J. STAHL. — La Roche aux Mouettes, de Jules SANDEAU. — Le Nouveau Robinson Suisse, de STAHL et MULLER. — Romain Kalbris, d'Hector MALOT. — Histoire d'une Maison, de VIOLLET-LE-DUC. — Les Serviteurs de l'Estomac, Le Géant d'Alsace, Le Gulf-Stream, etc., de Jean MACÉ. — Le Denier de la France, La Chasse, Le Travail et la Douleur, A Madame la Reine, La Fée Béquillette, Un premier Symptôme, Sur la Politesse,

Lettre à Mlle Lili, etc., de E. LEGOUVÉ. — Petit Enfant, petit Oiseau, La Sœur aînée, etc., poésies de Victor DE LAPRADE. — La Jeunesse des Hommes célèbres, de MULLER. — Aventures d'un jeune Naturaliste, Entre Frères et Sœurs, Voyages et Aventures de deux enfants dans un parc, de Lucien BIART. — Causeries d'Economie pratique, de Maurice BLOCK. — La Justice des choses, de Lucie B'''. — Les Aventures d'un Grillon, par le Docteur CANDÈZE. — Vieux souvenirs, Départ pour la Campagne, Bébé aime le rouge, etc., de Gustave DROZ. — Le Pacha berger, par E. LABOULAYE. — La Musique au foyer, par LACOME. — Histoire d'un Aquarium, Les Clients d'un vieux Poirier, de E. VAN BRUYSSEL. — Le Chalet des Sapins, de Prosper CHAZEL. — L'Odyssée de Pataud et de son chien Fricot, de P.-J. STAHL et CHAM. — Le petit Roi, de S. BLANDY. — L'Ami Kips, de G. ASTON. — La Grammaire de Mlle Lili, de Jean MACÉ. — Histoire de Bebelle, Une lettre inédite, Septante fois sept, de Ch. DICKENS, etc., etc. — C'est-à-dire une Bibliothèque complète de l'Enfance et de la Jeunesse.

Les petites Sœurs et petites Mamans, Les Tragédies enfantines, Les Scènes familières et autres séries de dessins, par FROELICH, FROMENT, DETAILLE; textes de STAHL.

LES TOMES XXVII à XXX CONTIENNENT

Les Cinq cents millions de la Bégum, de Jules VERNE, dessins de BENETT. — Un Voyage involontaire, de Lucien BIART, dessins de H. MEYER. — La Gileppe, du docteur CANDÈZE, dessins de RENARD. — Histoire de mon Oncle et de ma Tante, de DEQUET, dessins de GEOFFROY. — Récits d'un Voyageur, de NICOLE, dessins de RIOU. — La France avant les Gaulois, de J. MACÉ, dessins de F. PHILIPPOTEAUX. Un Capitaine de 15 ans, de Jules VERNE, dessins par Henri MEYER. — Maroussia, d'après une légende de Marko Wovzog, par P.-J. STAHL, dessins par Th. SCHULER. — Un Pot de crème pour deux, album, texte par P.-J. STAHL, dessins de FROELICH. — Histoire du Livre, par E. EGGER, de l'Institut. — L'Embranchement de Mugby, par Ch. DICKENS, dessins de J. AUFRAY. — Contes et Nouvelles, par E. LEGOUVÉ, Th. BENTZON, Henry FAUQUEZ, etc., etc.

En préparation pour l'année 1880

Un roman inédit de Jules VERNE. — Les quatre Filles du docteur Marsh, par P.-J. STAHL. — Les Pupilles de l'abbé Fulgence, par Henri FAUQUEZ. — La Vallée des Palmiers, par Lucien BIART. — Contes et Nouvelles, par Prosper CHAZEL, Henry FAUQUEZ, BENTZON, DUPIN DE SAINT-ANDRÉ, NICOLE, BÉNÉDICT, etc., etc., dessins par les meilleurs artistes.

PREMIER AGE

BIBLIOTHÈQUE DE Mlle LILI ET DE SON COUSIN LUCIEN

39 ALBUMS-STAHL IN-8o

Prix : relié toile, à biseaux, 5 fr.; cart. bradel, 3 fr.

L. BECKER.	L'Alphabet des Oiseaux.
COINCHON (A.).	Histoire d'une Mère.
DETAILLE.	Les bonnes idées de Mlle Rose.
FATH	La Famille Gringalet.
—	Gribouille.
—	Pierrot à l'école.
—	Les Méfaits de Polichinelle.
—	Jocrisse et sa sœur.
FRŒLICH.	Alphabet de mademoiselle Lili.
—	Arithmétique de mademoiselle Lili.
— (texte de Macé) . .	Grammaire de mademoiselle Lili.
—	L'A perdu de mademoiselle Babet.
—	Bonsoir, petit père
—	Les caprices de Manette.
—	Commandements du Grand-Papa.
—	La Crème au Chocolat.
—	Journée de mademoiselle Lili.
—	Jujules à l'Ecole.
—	Le petit Diable.
—	Mademoiselle Lili aux eaux.
—	Mademoiselle Lili à la campagne.
—	Monsieur Toc-Toc,
—	Premier Cheval et première Voiture.
—	Premières armes de Mlle Lili.
—	L'Ours de Sibérie.
—	Cerf agile.
—	La Salade de la grande Jeanne.
FROMENT.	La Boîte au lait.
—	Histoire d'un pain rond.
—	La petite Devineresse.
LALAUZE	Le Rosier du petit frère.
LAMBERT.	Chiens et Chats.
LANÇON.	Caporal, le Chien du régiment.
MARIE.	Le petit Tyran.
MÉAULLE.	Petits Robinsons de Fontainebleau.
PIRODON	Histoire de Bob aîné.
—	Histoire d'un Perroquet.
SCHULER (TH.)	Les Travaux d'Alsa.
VALTON.	Mon petit Frère.

14 ALBUMS-STAHL IN-8°

Prix : relié toile à biseaux, 7 fr. 50; cartonné bradel, 5 fr.

CHAM . . . . Odyssée de Pataud.
FRŒLICH . . . . Le Royaume des Gourmands.
— . . . . Mademoiselle Mouvette.
— . . . . La Révolte punie.
— . . . . Petites Sœurs et petites Mamans.
— . . . . Monsieur Jujules.
— . . . . Voyage de Mˡˡᵉ Lili autour du monde.
— . . . . Voyage de découvertes de Mˡˡᵉ Lili.
FROMENT . . . . La belle petite princesse Ilsée.
— . . . . La Chasse au volant.
GREENWOOD (J.) . . . Aventures de trois vieux Marins.
— . . . . Pierre le Cruel.
SCHULER (TH.) . . . . Le premier Livre des petits enfants.
VAN BRUYSSEL . . . . Histoire d'un aquarium.

24 ALBUMS-LIVRES EN COULEURS IN-4°

EN CHROMOTYPOGRAPHIE ET CHROMOLITHOGRAPHIE

Prix : relié toile, tranches dorées, 3 fr.; cartonné bradel, 1 fr. 50

FRŒLICH. Chansons et Rondes de l'Enfance. Au clair de la lune. — La Boulangère. — Le bon roi Dagobert. — Cadet-Roussel. — Il était une Bergère. — Giroflé-Girofla. — Malbrough. — La Marmotte en vie. — La Mère Michel et son chat. — Monsieur de la Palisse. — Nous n'irons plus au bois. — La Tour, prends garde.

Moulin à paroles. | Monsieur César.
La Bride sur le cou. | Le Pommier de Robert.
Le Cirque à la maison. | Gulliver.
Hector le Fanfaron. | Mademoiselle Furet.

GEOFFROY . . . . Monsieur de Crac.
— . . . . Don Quichotte.
DE LUCHT . . . . La Pêche au tigre.
MATTHIS . . . . Métamorphoses du papillon.

3 ALBUMS LIVRES EN COULEURS IN-4°

Prix: relié toile, tranches dorées, 3 fr. 50; cartonné bradel, 2 fr.

FRŒLICH . . . . Mademoiselle Pimbêche.
— . . . . Roi des Marmottes.
— . . . . Jean le Hargneux (16 pl. chromo.).

CAHIERS

D'UNE ÉLÈVE DE SAINT-DENIS

Cours complet et gradué d'Éducation

POUR LES FILLES ET POUR LES GARÇONS

A suivre en six années
Soit dans la Pension, soit dans la Famille

PAR DEUX ANCIENNES ÉLÈVES DE LA MAISON DE LA LÉGION D'HONNEUR
ET PAR
LOUIS BAUDE, ancien professeur au Collège Stanislas.

17 Volumes in-18. — Brochés, **57** fr.; cartonnés, **61** fr. **50**
Chaque volume se vend séparément

CAHIERS PRÉLIMINAIRES

Cours de Lecture *(1re partie).* — Syllabaire. — Alphabet illustré. — Signes orthographiques. — Premières lectures courantes. — Contes moraux. — Maximes. — Lectures instructives. — Fêtes et solennités de l'Église pendant les quatre saisons de l'année. — Lectures récréatives. — Les jeux de l'enfance. — (Broché, 2 fr.; cart., 2 fr. 25.)

Instruction élémentaire *(2e partie).* — Religion. — Éducation. — Instruction. — Des premiers nombres et des premiers chiffres. — Des cinq sens. — Du temps et de ses divisions. — De l'univers ou de la création. — Les quatre éléments. — Les cinq parties du monde. — Des différents noms qu'on donne à l'eau. — Phénomènes atmosphériques et souterrains. — Exercices de mémoire. — Lectures. — (Broché, 3 fr.; cart., 3 fr. 25.)

Instruction élémentaire *(3e partie).* — Religion. — Education. — Instruction. — Les trois règnes de la nature. — Minerais et métaux. — Fleurs des champs et des jardins. — Arbres et arbrisseaux. — Oiseaux, insectes, poissons, reptiles, quadrupèdes. — Connaissance élémentaire des chiffres et des nombres. — Exercices de mémoire. — Lectures récréatives. — Curiosités d'Histoire naturelle. — (Broché, 3 fr.; cart., 3 fr. 25.)

Cours d'Écriture *(4e partie),* accompagné de gravures dans le texte et de trente-deux planches de modèles. — Notions préliminaires. — Objets et instruments nécessaires pour écrire. — Formes et variantes de l'écriture *anglaise.* — Des diverses positions et de la manière de tenir sa plume pour écrire l'*anglaise.* — Principes généraux de l'écriture *anglaise.* — Des différentes grosseurs d'écriture. — Etude des minuscules. — Etude des majuscules. — Des chiffres de l'*anglaise.* — De l'*expédiée* ou cursive *anglaise.* — Des différentes grosseurs d'*anglaise* au-dessus du *demi-fin.* — Des écritures *fortes* (bâtarde, coulée, ronde et gothique). — De l'emploi, dans l'écriture, des accents, de la ponctuation et d'autres signes se rapportant aux lettres elles-mêmes ou qui en sont dépendants. — (Broché, 5 fr.; cart., 5 fr. 50.)

Première année *(Tomes I et II).* — Introduction. — Grammaire française. — Dictées. — Histoire sainte. — Mappemonde. — Géographie de l'histoire sainte. — Anciennes divisions de la France par provinces. — Division de la France par départements. — Table chronologique des rois de France. — Arithmétique. — Système métrique. — Lectures et exercices de mémoire. — Etymologies. — (Tome I, broché, 1 fr. 50; cart., 1 fr. 75. — Tome II, broché, 2 fr. 50; cart., 2 fr. 75.)

Deuxième année *(Tomes III et IV)*. Grammaire française. — Dictées. — Histoire sainte. — Histoire ancienne. — Ères chronologiques. — Mythologie. — Études préparatoires à l'Histoire de France. — Cosmographie. — Arithmétique. — Géographie de l'Asie Mineure. — Départements et arrondissements de la France. — Géographie de la France. — Lectures. — Etymologies. — (Chaque tome, broché, 2 fr. 50; cart., 2 fr. 75.)

Troisième année *(Tomes V et VI)*. — Grammaire française. — Histoire ancienne. — Histoire romaine. — Histoire de l'Eglise. — Cosmographie. — Arithmétique. — Etudes préparatoires de l'Histoire de France. — Paris et ses monuments. — Lectures. — Etymologies. — (Tome V, broché, 3 fr.; cart., 3 fr. 25. — Tome VI, broché, 3 fr. 50; cart., 3 fr. 75.)

Quatrième année *(Tomes VII et VIII)*. — Récapitulation de l'Histoire ancienne. — Histoire du moyen âge. — Histoire de l'Eglise. — Géographie de l'Europe. — France provinciale et départementale. — Histoire naturelle. — Précis de l'histoire de la langue française. — Traité de versification. — Lectures. — Etymologies. — (Chaque vol., br., 3 fr. 50; cart., 3 fr. 75.)

Cinquième année *(Tomes IX et X)*. — Histoire moderne. — Histoire de l'Eglise. — Géographie de l'Amérique et de l'Océanie. — Curiosités historiques. — Botanique. — Zoologie. — Principales inventions et découvertes. — Lectures. — Etymologies.— (Tome IX, broché, 3 fr. 50; cart., 3 fr. 75. — Tome X, broché, 4 fr.; cart., 4 fr. 25.)

Sixième année *(Tomes XI et XII)*. — Principes de littérature. — Histoire de la littérature ancienne et française. — Introduction à la Philosophie. — Philosophie. — Table chronologique des principaux événements de l'histoire contemporaine depuis 1789. — Bibliographie. — Philologie des langues européennes. — Précis de l'histoire générale des études. — Biographie des femmes célèbres. — Notions géographiques complémentaires. — Morceaux choisis. — Etymologies. — (Chaque volume, broché, 4 fr. 50; cart., 4 fr. 75.)

Cahier complémentaire. — Considérations générales. — Histoire de l'architecture. — De la Sculpture. — De la Peinture. — Gravure. — Lithographie. — Histoire de la Musique. — Astronomie. — Archéologie. — Numismatique. — Paléographie. — Minéralogie. — Algèbre et Géométrie. — De la vapeur et de ses applications. — Télégraphie électrique. — Galvanoplastie. — De la chloroformisation. — De la photographie et de l'aérostation. — (Broché, 5 fr.; cart., 5 fr. 25.)

ÉTUDES D'APRÈS LES GRANDS MAITRES
Dessins par A. COLIN
Professeur de dessin à l'École polytechnique

ALBUM IN-FOLIO, 20 PLANCHES. — Cartonné bradel, **20** francs
Cartonné toile, tranches dorées, **22** francs
Chaque planche collée sur carton, avec texte au dos, **1 fr. 25.**

ATLAS COMPLÉMENTAIRE
DES CAHIERS D'UNE ÉLÈVE DE SAINT-DENIS.
Atlas classique de Géographie universelle, composé de 24 planches en plusieurs couleurs, dressées par M. DUBAIL, ex-professeur-adjoint de géographie à l'École de Saint-Cyr. — 1 volume grand in-8. cartonné bradel. Prix : 8 fr.

Les programmes d'admission aux Ecoles de l'Etat se trouvent dans les *Grandes écoles civiles et militaires de France*, par MORTIMER D'OCAGNE. — Un beau vol. in-18, 3 fr. 50. *(Voir Page 25.)*

JULES VERNE

(ŒUVRES COMPLÈTES. — SUITE)

Les Enfants du capitaine Grant (VOYAGE AUTOUR DU MONDE), 177 dessins de RIOU. 1 vol. grand in-8°. Relié, tr. dorées, 15 fr.; toile, tr. dorées, 13 fr.; broché. . . . . 10 »

*L'Ile mystérieuse, 1 vol. grand in-8, illustré de 154 dessins par FÉRAT. Relié, tr. dorées, 15 fr.; toile, tr. dor., 13 fr.; broché. . . . . 10 »

De la Terre à la Lune, 43 dessins par DE MONTAUT. 1 vol. grand in-8, toile, tranches dorées, 7 fr.; broché. . . . . 5 »

Autour de la Lune (suite de la TERRE A LA LUNE), 45 dessins par Emile BAYARD et DE NEUVILLE. 1 vol. grand in-8, toile, tranches dorées, 7 fr.; broché. . . . . 5 »

Ces deux ouvrages réunis en un seul volume grand in-8. Relié, tranches dor., 14 fr.; toile, tranches dorées, 12 fr.; broché. . . 9 »

Aventures de trois Russes et de trois Anglais, 52 dessins par FÉRAT. 1 vol. grand in-8°, toile, tranches dorées, 7 fr.; broché. . . . . 5 »

Une Ville flottante, suivie des FORCEURS DE BLOCUS. 44 dessins par FÉRAT. 1 vol. gr. in-8°, toile, tranches dorées, 7 fr.; broché. . . . . 5 »

Ces deux ouvrages réunis en un seul volume grand in-8. Relié, tranches dorées, 14 fr.; toile, tranches dorées, 12 fr.; broché. . . 9 »

Le Pays des Fourrures, 105 dessins par FÉRAT et DE BEAUREPAIRE. 1 vol. grand in-8°. Rel., tr. dorées, 14 fr.; toile, 12 fr.; broché . . . . 9 »

Les Indes-Noires, 1 vol. illustré de 45 dessins, par FÉRAT. Cart. toile, tr. dorées, 7 fr.; broché. . . . . 5 »

*Le Chancellor, 1 vol. illustré de 58 dessins par RIOU et FÉRAT. Cart. toile. tr. dorées 7 fr.; broché . . . 5 »

Ces deux ouvrages réunis en un seul volume grand in-8. Relié, 14 fr.; toile, 12 fr.; broché. . . . .ˉ. . . . . . . 9 »

Le Tour du Monde en 80 jours, 80 dessins par DE NEUVILLE et L. BENETT. 1 vol. grand in-8°, toile, tranches dorées , 7 fr.; broché. . . . . 5 »

Le Docteur Ox. 1 volume illustré de 58 dessins par SCHULER, BAYARD, FRŒLICH, MARIE. Prix: cart. toile, tr. dorées, 7 fr.; broché. . . . . 5 »

Ces deux ouvrages réunis en un seul volume grand in-8. Relié, tr. dorées, 14 fr., toile, tr. dor., 12 fr.; broché . . . . 9 »

Michel Strogoff. 1 vol. illustré de 95 dessins par
FÉRAT. Prix : relié, tranches dorées, 14 fr.; toile,
12 fr.; broché.   9   »

Hector Servadac, *voyages et aventures à travers le
monde solaire.* 1 beau vol. illustré de 100 dessins,
par PHILIPPOTEAUX. Prix : relié, tr. dorées, 14 fr.;
toile, tr. dorées, 12 fr.; broché   9   »

Un Capitaine de 15 ans, 1 beau vol. illustré de 93
dessins par MEYER. Prix relié, tr. dorées, 14 fr.;
toile, tr. dorées, 12 fr.; broché.   9   »

Les Cinq cents millions de la Bégum, 1 vol.
illustré de 48 dessins, par BENETT. Prix cartonné,
toile, tr. dorées, 7 fr.; broché.   5   »

Les Tribulations d'un Chinois en Chine, 1 vol.
illustré de 52 dessins, par BENETT. Prix : cartonné,
toile, tr. dorées, 7 fr.; broché   5   »

Ces deux ouvrages réunis en un seul volume grand in-8°. Relié,
tr. dorées, 14 fr.; toile, tr. dorées, 12 fr.; broché   9   »

La découverte de la Terre, 1 beau vol. illustré de
117 dessins et cartes par PHILIPPOTEAUX, BENETT,
MATTHIS et DUBAIL. Prix, relié, tr. dorées, 12 fr.;
toile, tr. dorées, 10 fr.; broché.   7   »

Les grands Navigateurs du XVIIIe siècle, 1 beau
vol. illustré de 116 dessins et cartes, par P. PHI-
LIPPOTEAUX et MATTHIS. Prix : relié, tr. dorées,
12 fr.; toile, tr. dorées, 10 fr.; broché.   7   »

JULES VERNE & THÉOPHILE LAVALLÉE

**Géographie illustrée de la France et de ses Co-
lonies.** Nouvelle édition revue et complétée par DU-
BAIL. 108 grav. par CLERGET et RIOU, et 100 cartes
par CONSTANS et SÉDILLE. 1 vol. grand in-8°. Relié,
tr. dor., 15 fr.; cart. toile, tr. dor., 13 fr. ; broché. . .   10   »

VOLUMES GRAND IN-16 COLOMBIER ILLUSTRÉS
PETITE BIBLIOTHÈQUE BLANCHE

BAUDE (L.)
Mythologie de la jeunesse, 1 vol. toile, tranches
dorées, aquarelle, 3 fr.; broché   2   »

DE LA BÉDOLLIÈRE
Histoire de la Mère Michel et de son chat,
1 vol. toile, tr. dorées, aquarelle, 3 fr.; broché. . .   2   »

DEVILLERS
Les Souliers de mon Voisin, 1 vol. toile, aquarelle, tr. dorées, 3 fr.; broché . . . . 2 »

CH. DICKENS
Contes pour les Enfants, 1 vol. toile, tr. dorées, aquarelle, 3 fr.; broché . . . . 2 »

A. DUMAS
La Bouillie de la Comtesse Berthe, 1 vol. toile, tr. dorées, aquarelle, 3 fr.; broché . . . . 2 »

OCTAVE FEUILLET
La Vie de Polichinelle, 1 vol. toile, tr. dorées, aquarelle, 3 fr.; broché . . . . 2 »

M. GÉNIN
Le Petit tailleur Bouton, 1 vol. toile, tr. dorées, aquarelle, 3 fr.; broché . . . . 2 »

LACOME (P.)
La Musique en famille, 1 vol. toile, tr. dorées, aquarelle, 3 fr.; broché . . . . 2 »

LEMOINE
La Guerre pendant les vacances, 1 vol. toile, tr. dorées, aquarelle, 3 fr.; broché . . . . 2 »

P. DE MUSSET
M. le Vent et Mme la Pluie, 1 vol. toile, tr. dorées, aquarelle, 3 fr.; broché . . . . 2 »

E. OURLIAC
Le Prince Coqueluche, 1 vol. toile, tr. dorées, aquarelle, 3 fr.; broché . . . . 2 »

P.-J. STAHL
Les Aventures de Tom Pouce, 1 vol. toile, tr. dorées, aquarelle, 3 fr.; broché . . . . 2 »

VAN BRUYSSEL
****Les Clients d'un vieux Poirier,** 1 vol. toile, tr. dorées, aquarelle, 3 fr.; broché . . . . 2 .

JULES VERNE
****Un Hivernage dans les glaces,** 1 vol. toile, tr. dorées, aquarelle 3 fr.; broché . . . . 2 »

VIOLLET-LE-DUC

Le Siège de la Rochepont, 1 vol. toile, aquarelle,
tr. dorées, 3 fr.; broché. . . . .   2 »

VOLUMES IN-8 CAVALIER ILLUSTRÉS

G. ASTON
L'Ami Kips, 1 vol., toile, tr. dorées, 7 fr.; broché . .   5 »

A. DE BRÉHAT
Aventures de Charlot, 1 vol. toile, tr. dorées, 7 fr.;
broché . . . .   5 »

DE CHERVILLE
Histoire d'un trop bon chien, 1 vol. toile, tranches dorées, 7 fr.; broché. . . . .   5 »

ALEXANDRE DUMAS
La Bouillie de la comtesse Berthe, 1 vol. toile,
tranches dorées, 7 fr.; broché. . . . .   5 »
Histoire d'un casse-noisette, 1 vol. toile, tranches
dorées, 7 fr.; broché. . . . .   5 »

M. GÉNIN
La Famille Martin, 1 vol. toile, tr. dorées, 7 fr ;
broché. . . . .   5 »

A. KÆMPFEN
La Tasse à thé, 1 vol. toile, tranches dorées, 7 fr.;
broché. . . . .   5 »

NÉRAUD
La Botanique de ma fille, 1 vol. toile, tranches
dorées, 7 fr.; broché. . . . .   5 »

GEORGE SAND
Histoire du véritable Gribouille, 1 vol. toile, tr.
dorées, 7 fr.; broché. . . . .   5 »

P.-J. STAHL
La Famille Chester, 1 vol. toile, tr. dorées, 7 fr.;
broché. . . . .   5 »
Mon premier voyage en mer, 1 vol. toile, tranches
dorées, 7 fr.; broché. . . . .   5 »

TOUSSENEL
L'Esprit des bêtes, 1 vol. toile, tr. dorées. 7 fr.;
broché. . . . .   5 »

RENÉ VALLERY-RADOT

Journal d'un volontaire d'un an (*ouvrage couronné*), 1 vol. toile, tr. dorées, 7 fr.; broché. . . .   5 »

VOLUMES GRAND IN-8 RAISIN ILLUSTRÉS

BLANDY (S.)

Le Petit Roi, 1 vol. in-8°, illustré par BAYARD. Relié, tr. dorées, 11 fr.; toile, tr. dorées, 10 fr.; broché. .   7 »

BRÉHAT (ALFRED DE)

Les Aventures d'un petit Parisien, 1 beau vol. in-8°, illustré par MORIN. Relié, tranches dorées, 11 fr.; toile, tranches dorées, 10 fr.; broché. . . . .   7 »

BIART (LUCIEN)

Aventures d'un jeune Naturaliste, 1 beau vol. grand in-8°, orné de 156 dessins par BENETT. Relié, tranches dorées, 14 fr.; toile, tranches dorées, 12 fr.; broché. . . . .   9 »

Entre frères et sœurs, 1 beau vol. in-8°, illustré par LALAUZE. Relié, tranches dorées, 11 fr.; toile, tranches dorées, 10 fr.; broché. . . . .   7 »

Deux Amis, 1 beau vol. in-8°, illustré par G. BOUTET. Relié, tr. dorées, 11 fr.; toile, tr. dorées, 10 fr.; broché. . . . .   7 »

Un Voyage involontaire, 1 vol. in-8° illustré, par H. MEYER, relié, tr. dorées, 11 fr.; toile, tr. dorées, 10 fr.; broché. . . . .   7 »

MADAME B. BOISSONNAS

Une famille pendant la guerre 1870-71 *(ouvrage couronné par l'Académie française)*, 1 beau vol. in-8°, illustré par P. PHILIPPOTEAUX. Relié, tr. dorées, 11 fr.; toile, tr. dorées, 10 fr.; broché. . . .   7 »

CAHOURS ET RICHE

* **Chimie des Demoiselles**, 1 vol. in-8° avec figures dans le texte. Relié, tranches dorées, 11 fr.; toile, tranches dorées, 10 fr.; broché. . . . .   7 »

CANDÈZE (DOCTEUR)

La Gileppe, 1 vol. illustré, par C. RENARD, relié, tr. dorées, 11 fr.; toile, tr. dorées, 10 fr.; broché . . .   7 »

Aventures d'un Grillon, 1 beau vol. in-8°, illustré par C. RENARD. Relié, tr. dorées, 11 fr.; toile, tr. dorées, 10 fr.; broché. . . . .   7 »

CHAZEL (PROSPER)

Le Chalet des Sapins, 1 beau vol. in-8°, illustré par Th. Schuler. Relié, tr. dor., 11 fr.; toile, tr. dor., 10 fr.; broché. . . . .   **7** »

DAUDET (ALPHONSE)

Histoire d'un enfant (*le Petit Chose*), édition spéciale à la jeunesse. 1 beau vol. illustré par P. Philippoteaux. Relié, tr. dorées, 11 fr.; toile, tr. dorées, 10 fr.; broché. . . . .   **7** »

DESNOYERS (LOUIS)

Aventures de Jean-Paul Choppart, 1 vol. illustré de nombreuses vignettes par Giacomelli, nouv. édit. augmentée de gravures hors texte par Cham. 1 vol. in-8°. Relié, tranches dorées, 11 fr.; toile, tranches dorées, 10 fr.; broché. . . . .   **7** »

FATH (GEORGES)

Un drôle de voyage, 1 beau vol. in-8° illustré. Relié, tr. dorées, 11 fr.; toile, tr. dorées, 10 fr.; broché. . .   **7** »

FLAMMARION (CAMILLE)

***Histoire du Ciel,** 1 vol. Nombreuses gravures et une carte sidérale par Benett. Grand in-8°. Relié, tranches dorées, 14 fr.; toile, tranches dorées, 12 fr.; broché. . . . .   **9** »

GRAMONT (LE COMTE DE)

Les Bébés, poésies de l'enfance, illustrées par Oscar Pletsch. 1 vol. in-8°. Relié, tranches dorées, 11 fr.; toile, tranches dorées, 10 fr.; broché. . . . .   **7** »

Les bons petits Enfants (volume en prose), vignettes par Ludwig Richter. 1 vol. in-8°. Relié, tranches dorées, 11 fr.; toile, tranches dorées, 10 fr.; broché.   **7** »

GRIMARD (ED.)

La Plante, 1 vol. in-8°, illustré de nombreuses vignettes. Relié, tranches dorées, 11 fr.; toile, tr. dor., 10 fr.; broché . . . .   **7** »

Le Jardin d'acclimatation (*Le Tour du Monde d'un naturaliste*). 1 vol. grand in-8°, illustré de nombreux dessins par Benett, Lallemand, etc. Relié. tr. dorées, 14 fr.; toile, tr. dorées, 12 fr.; broché.   **9** »

HUGO (VICTOR)

Le livre des Mères (*les Enfants*), la fleur des poésies de Victor Hugo ayant trait à l'enfance, illustré par Froment. 1 vol. in-8°. Relié, tr. dorées, 11 fr.; toile, tr. dorées, 10 fr.; broché. . . . .   **7** »

LAPRADE (VICTOR DE)

Le Livre d'un Père, 1 vol. in-8°, illustré par FRO-
MENT. Relié, tranches dorées, 11 fr.; toile, tranches
dorées, 10 fr.; broché. . . . .   7 »

LEGOUVÉ (E.)

Nos Filles et nos Fils, 1 vol. in-8°, illustré par
PHILIPPOTEAUX. Relié, tranches dorées, 11 fr.;
toile, tranches dorées, 10 fr.; broché . . . .   7 »

MACÉ (JEAN)

Histoire d'une Bouchée de pain, illustrée par
FRŒLICH. 1 vol. in-8°. Relié, tranches dorées,
11 fr.; toile, tranches dorées, 10 fr.; broché . . . .   7 »

Les Serviteurs de l'Estomac, 1 beau vol. in-8°,
illustré par FRŒLICH. Relié, tr. dor., 11 fr.; toile,
tr. dor. 10 fr.; broché . . . .   7 »

Les Contes du Petit-Château, illustrés par BER-
TALL. 1 beau vol. in-8°. Relié, tranches dorées,
11 fr.; toile, tranches dorées, 10 fr.; broché. . . .   7 »

Le Théâtre du Petit-Château, 1 beau vol. in-8°
sur vélin, illustré par FROMENT. Relié, tranches
dorées, 11 fr.; toile, tranches dorées, 10 fr.; broché.   7 »

Histoire de deux petits marchands de pommes
(*Arithmétique du Grand-Papa*), illustrations de
YAN'DARGENT. 1 vol. in-8°. Relié, tranches dorées,
11 fr.; toile, tranches dorées, 10 fr.; broché. . . .   7 »

MALOT (HECTOR)

Romain Kalbris, dessins de E. BAYARD. 1 vol. in-8°.
Relié, tr. dor., 11 fr.; toile, tr. dor., 10 fr.; broché.   7 »

MARELLE (CHARLES)

Le Petit Monde, 1 vol. in-8°, illustré de nombreux
dessins et vignettes. Relié, tranches dorées, 11 fr.;
toile, tranches dorées, 10 fr.; broché . . . . . . , . .   7 »

MAYNE-REID

AVENTURES DE TERRE ET DE MER
Éditions adaptées pour la jeunesse.

Les Robinsons de terre ferme, 1 vol. in-8°, illus.
par H. MEYER. Relié, tranches dorées, 11 fr.; toile,
tr. dorées, 10 fr.; broché. . . . .   7 »

William le Mousse, 1 vol. in-8°, illustré par RIOU.
Relié, tr. dor., 11 fr.; toile, tr. dor., 10 fr.; broché. .   7 »

Les Jeunes Esclaves, 1 vol. in-8°, illustré par RIOU.
Relié, tr. dorées, 11 fr.; toile, tr. dorées, 10 fr.; br.   7 »

1...

Le Désert d'eau, 1 vol. in-8°, illustré par Benett. Relié, tr. dor.. 11 fr.; toile, tr. dor., 10 fr.; broché. . . 7 »

Les Naufragés de l'île de Bornéo, 1 vol. illustré par Férat. Relié, tranches dorées, 11 fr.; toile, tr. dorées, 10 fr.; broché. . . . . 7 »

La Sœur perdue, 1 vol. in-8°, illustré par Riou. Relié, tranches dorées, 11 fr.; toile, tranches dor., 10 fr.; broché. 7 »

Les Planteurs de la Jamaïque, 1 vol. in-8° illust. par Férat. Relié, tranches dorées, 11 fr.; toile, tranches dorées, 10 fr.; broché . . . . 7 »

Les deux Filles du squatter, 1 vol. in-8°, illustré par John Davis. Relié, tranches dorées. 11 fr.; toile, tranches dorées, 10 fr.; broché. . . . . 7 »

Les jeunes Voyageurs, 1 vol. in-8°, illustré par John Davis. Relié, tranches dorées, 11 fr.; toile, tr. dorées, 10 fr.; broché. . . . . 7 »

Les Chasseurs de chevelures, 1 vol. in-8° illustré par Philippoteaux. Relié, tranches dorées, 11 fr.; toile, tranches dorées, 10 fr.; broché . . . . 7 »

Le Petit Loup de Mer, 1 vol. in-8° illustré, par Benett, relié, tranches dorées, 11 fr.; toile, tranches dorées, 10 fr., broché . . . . 7 »

DE MEISSAS (L'ABBÉ)
Chapelain de Sainte-Geneviève

Histoire Sainte, comprenant l'Ancien et le Nouveau Testament, avec nombreuses vignettes par Gérard Séguin. 1 vol. grand in-8°. Relié, tranches dorées, 14 fr.; toile, tranches dorées, 12 fr.; broché . . . . . 9 »

MULLER (EUGÈNE)

La Jeunesse des Hommes célèbres, illustrations par Bayard. 1 vol. in-8°. Relié, tranches dorées, 11 fr.; toile, tranches dorées, 10 fr.; broché. . . . . 7 »

La Morale en action par l'Histoire, 1 vol. in-8°, illustré par P. Philippoteaux. Relié, tranches dorées, 11 fr.; toile, tr. dorées, 10 fr.; broché. . . . 7 »

RATISBONNE (LOUIS)

La Comédie enfantine (*couronnée par l'Académie française*). Premières et dernières scènes, réunies en un volume in-8°, avec toutes les gravures de Froment et de Gobert de la première édition. Relié, tranches dorées, 11 fr.; toile, tranches dorées, 10 fr.; broché. . . . . 7 »

SAINTINE (X.-B.)

** Picciola, 47° édition, illustré à nouveau par FLA-
MENG. 1 vol. in-8°. Relié, tranches dorées, 11 fr.;
toile, tranches dorées, 10 fr.; broché   7   »

SANDEAU (J.)

La Roche aux Mouettes, illustré par BAYARD et
FÉRAT. 1 vol, in-8°. Relié, tranches dorées, 11 fr.;
cart. toile, tr. dor., 10 fr.; broché.   7   »

SAUVAGE (ÉLIE)

La Petite Bohémienne, illustrations par FRŒLICH.
1 vol. in-8°. Relié, tr. dor., 11 fr.; toile, tr. dorées,
10 fr.; br   7   »

SÉGUR (LE COMTE ANATOLE DE)

Fables, illustrées par FRŒLICH. 1 beau vol. in-8°.
Rel., tr. dor., 11 fr.; cart. toile, tr. dor., 10 fr.; br.   »

P.-J. STAHL

Contes et Récits de Morale Familière *(couronnés par l'Académie française)*, illustrés par
SCHULER, BAYARD, DE LA CHARLERIE, FRŒLICH, etc.
1 vol. in-8°. Relié, tr. dor., 11 fr.; toile, tr. dor.,
10 fr.; broché   7   »

Histoire d'un Ane et de deux jeunes Filles
(couronnée par l'Académie française). Vignettes
par TH. SCHULER. 1 vol. in-8°. Relié, tr. dorées,
11 fr.; toile, tranches dorées, 10 fr.; broché.   7   »

Les Patins d'argent (Histoire d'une Famille hol-
landaise), *ouvrage couronné par l'Académie française*, d'après M. MAPES DODGE. 1 vol. in-8°, illustré par TH. SCHULER. Relié, tr. dor., 11 fr.; toile,
tr. dor., 10 fr.; broché.   7   »

Maroussia *(ouvrage couronné par l'Académie française*, 1 vol. in-8°, ill. par TH. SCHULER. Relié,
tr. dorées, 11 fr.; toile, tr. dorées, 10 fr.; broché . .   7   »

Les Histoires de mon Parrain, 1 vol. in-8°, illustré
par FRŒLICH. Relié, tr. dorées, 11 fr.; toile, tranches dorées, 10 fr.; broché.   7   »

P.-J. STAHL ET MULLER

Le nouveau Robinson Suisse, revu et traduit par
P.-J. STAHL et MULLER, mis au courant de la
science moderne par JEAN MACÉ, environ 150 dessins de YAN'DARGENT. 1 vol. gr. in-8°. Relié, tr.
dor., 14 fr.; toile, tr. dor., 12 fr.; broché.   9   »

P.-J. STAHL ET DE WAILLY (LEON)

Contes célèbres de la Littérature anglaise,
illustrations par FATH. 1 vol. in-8°. Relié, tr. dor.,
11 fr.; toile, tranches dorées, 10 fr.; broché.. . . . . .   7 »

LOUIS DU TEMPLE, CAPITAINE DE FRÉGATE

Les Sciences usuelles et leurs applications mises
à la portée de tous. 1 vol. gr. in-8° orné de 300 fig.
Relié, tranches dorées, 11 fr.; toile, tr. dor., 10 fr.;
broché. . . . .   7 »

****Communications et transmissions de la
pensée.** 1 vol. in-8° orné de 180 fig. Relié, tranches
dorées, 11 fr.; toile, tranches dorées. 10 fr.; broché.   7 »

VIOLLET-LE-DUC

Histoire d'un Dessinateur, texte et dessins par
VIOLLET-LE-DUC, 1 vol. in-8°, relié, tr. dorées,
11 fr.; toile, tranches dorées, 10 fr.; broché. . . . .   7 »

**Histoire d'une Maison. Texte et dessins par VIOL-
LET-LE-DUC. 1 vol. in-8°. Relié, tranches dorées,
11 fr.; toile, tranches dorées, 10 fr.; broché. . . . .   7 »

*Histoire d'une Forteresse. Texte et dessins par
VIOLLET-LE-DUC. 1 vol. in-8°. Relié, tr. dorées,
14 fr.; toile, tranches dorées, 12 fr.; broché . . . . .   9 »

*Histoire de l'Habitation humaine. Texte et dessins par VIOLLET-LE-DUC. 1 vol. in-8°. Relié, tr.
dorées, 14 fr.; toile, tr. dor., 12 fr.; broché . . . . .   9 »

***Histoire d'un Hôtel de ville et d'une Cathé-
drale.** Texte et dessins par VIOLLET-LE-DUC.
1 vol. in-8°. Relié, tranches dorées, 14 fr.; toile,
tranches dorées, 12 fr.; broché. . . . .   9 »

PUBLICATION

FAITE PAR ORDRE DU MINISTRE DE LA MARINE

LA MARINE

A L'EXPOSITION FRANÇAISE DE 1878

Deux grands volumes in-8° accompagnés de leur Atlas

PRIX : **80** FRANCS

GRANDS CLASSIQUES ILLUSTRÉS

GUSTAVE DORÉ — 40 GRANDS DESSINS.

LES CONTES DE PERRAULT

Splendide édition. Préface de P.-J. STAHL. — 40 planches hors texte imprimées par A. Quantin et C\ie.
Complet en riche reliure à l'anglaise . . . . 25 »

MICHEL DE CERVANTES

Don Quichotte de la Manche, Nouvelle édition spéciale à la Jeunesse, par LUCIEN BIART. — 316 dessins de TONY JOHANNOT. — 1 vol. grand in-8. Relié, tr. dor., 15 fr.; toile, tr. dor., 13 fr.; broché. 10 »

MOLIÈRE
(Édition Tony Johannot et Sainte-Beuve).

Œuvres, précédées d'une notice sur sa vie et ses ouvrages, par SAINTE-BEUVE. 630 vignettes de TONY JOHANNOT. 1 vol. grand in-8°. Relié, tranches dor., 15 fr.; toile, tranches dorées, 13 fr.; broché . . . . . 10 »

FABLES DE LA FONTAINE
(Édition Eugène Lambert).

Fables, précédées d'une notice sur sa vie et son œuvre, par A. MOREL. 115 grandes illustrations par EUGÈNE LAMBERT. 1 beau vol. gr. in-8°. Relié, tr. dorées, 15 fr.; toile, doré sur tr., 13 fr.; broché . . . . . 10 »

COLLECTION DES CLASSIQUES FRANÇAIS
DÉDIÉE A LA JEUNESSE

Chaque volume broché, prix: 3 fr.; cartonné bradel, 3 fr. 25; envoi franco par poste, 50 cent. en plus par volume.

BOILEAU.	Œuvres poétiques.	2 v.
BOSSUET.	Oraisons funèbres.	1 v.
—	Discours sur l'hist. universelle.	2 v.
P. CORNEILLE.	Œuvres dramatiques.	3 v.
FÉNELON.	Les Aventures de Télémaque.	2 v.
LA BRUYÈRE	Les Caractères.	2 v.
LA FONTAINE	Fables.	2 v.
RACINE.	Œuvres dramatiques	3 v.

Prix — Étrennes — Bibliothèques populaires — etc.

BIBLIOTHÈQUE IN-18

3 Fr.
Broché

4 Fr.
Cartonné

D'ÉDUCATION & DE RÉCRÉATION

VOLUMES IN-18

Brochés, 3 fr.— Cartonnés toile, tranches dorées, 4 fr.

AMPÈRE (A.-M.)	*Journal et correspondance...	1 v.
ANDERSEN	Nouveaux Contes suédois...	1 v.
BERTRAND (J.)	*Les Fondateurs de l'astronomie	1 v.
BIART (Lucien)	**Avent. d'un jeune naturaliste.	1 v.
—	**Entre frères et sœurs......	1 v.
BLANDY (S.)	**Le Petit roi...........	1 v.
BOISSONNAS (Mᵐᵉ B.)	*Une famille pendant la guerre 1870-71 (ouv. cour.).....	1 v.
BRACHET (A.)	**Grammaire historique (préface de LITTRÉ) (ouv. cour.)..	1 v.
BRÉHAT (de)	*Aventures d'un petit Parisien.	1 v.
CANDÈZE (Dʳ)	Aventures d'un Grillon	1 v.
CARLEN (Emilie)	Un brillant Mariage......	1 v.
CHAZEL (Prosper)	Le Chalet des Sapins.....	1 v.
CHERVILLE (de)	*Histoire d'un trop bon Chien.	1 v.
CLÉMENT (Ch.)	**Michel-Ange, Raphaël, etc..	1 v.
DESNOYERS (Louis)	Jean-Paul Choppart......	1 v.
DURAND (Hip.)	Les grands Prosateurs.....	1 v.
—	Les grands Poëtes.......	1 v.
ERCKMANN-CHATRIAN.	Le Fou Yégof ou l'Invasion..	1 v.
—	Madame Thérèse........	1 v.
—	*Histoire d'un Paysan (COMPL.)	4 v
FATH (G.)	Un drôle de Voyage......	1 v.
FOUCOU	Histoire du travail.......	1 v.
GÉNIN	La Famille Martin.......	1 v.
GRAMONT (Comte de).	Les Vers français et leur prosodie.........	1 v.
GRATIOLET (P.)	*De la physionomie.......	1 v.
GRIMARD	Histoire d'une goutte de sève.	1 v.
—	Le Jardin d'acclimatation...	1 v.
HIPPEAU (Mᵐᵉ)	*Cours d'économie domestique.	1 v.
HUGO (Victor)	*Les Enfants (LE LIVRE DES MÈRES)............	1 v.
IMMERMANN	La Blonde Lisbeth........	1 v.
LAPRADE (V. de)	*Le Livre d'un père.......	1 v.

LAVALLÉE (Th.). . . . .   Histoire de la Turquie. . . . .   2 v.
LEGOUVÉ (E.). . . . . .   Les Pères et les Enfants au
                            XIXᵉ siècle (ENFANCE ET ADO-
                            LESCENCE) . . . .   1 v.
       —   Les Pères et les Enfants au
                            XIXᵉ siècle (LA JEUNESSE). .   1 v.
       —   *Conférences parisiennes . . . .   1 v.
       —   Nos Filles et nos Fils . . . . .   1 v.
       —   *L'Art de la Lecture. . . . . . .   1 v.
LOCKROY (Mᵐᵉ). . . . .   Contes à mes Nièces . . . . . .   1 v.
MACAULAY. . . . .   *Histoire et Critique. . . . . . .   1 v.
MACÉ (Jean). . . . . . .   *Histoire d'une Bouchée de pain.   1 v.
       —   Les Serviteurs de l'estomac. .   1 v.
       —   Contes du Petit Château. . . .   1 v.
       —   *Arithmétique du Grand-Papa.   1 v.
MALOT (Hector). . . . .   Romain Kalbris. . . . .   1 v.
MAURY (commandant).   *Géographie physique. . . . . .   1 v.
       —   *Le Monde où nous vivons . .   1 v.
MULLER (Eugène). . . .**Jeunesse des Hommes célèbres   1 v.
       —   **Morale en action par l'histoire   1 v.
ORDINAIRE. . . . .   Dictionnaire de mythologie. . .   1 v.
       —   Rhétorique nouvelle. . . . . . .   1 v.
RATISBONNE (Louis). .   Comédie enfantine (ouv. cour.).   1 v.
RECLUS (Elisée). . . . .   *Histoire d'un Ruisseau. . . . .   1 v.
RENARD. . . . .   *Le Fond de la Mer . . . .   1 v.
ROULIN (F.). . . . . . .   *Histoire naturelle. . . . .   1 v.
SANDEAU (Jules). . . . .**La Roche aux Mouettes . . . .   1 v.
SAYOUS. . . . .   Conseils à une mère sur l'édu-
                            cation littéraire . . . .   1 v.
       —   *Principes de littérature. . . . .   1 v.
SIMONIN. . . . .   Histoire de la Terre . . . . . .   1 v.
STAHL (P.-J.). . . . . .   *Contes et récits de Morale fa-
                            milière (ouvr. couronné). .   1 v.
       —   **Histoire d'un Ane et de deux
                            jeunes Filles (ouvr. cour.).   1 v.
       —   La famille Chester. . . . .   1 v.
       —   *Les Patins d'argent (ouv. cour.)   1 v.
       —   **Mon 1ᵉʳ Voyage en mer, d'après
                            une traduction de Thoulet.   1 v.
       —   *Les Histoires de mon parrain.   1 v.
       —   **Maroussia (ouv. cour.). . . . .   1 v.
STAHL et DE WAILLY.   Scènes de la vie des enfants en
                            Amérique.
       —   *Les Vacances de Riquet et
                            Madeleine. . . . .   1 v.
       —   Mary Bell, William et Lafaine.   1 v.
STAHL ET MULLER. . .   *Le nouveau Robinson suisse.   1 v.
SUSANE (général). . . .   Histoire de la Cavalerie . . . .   3 v.
THIERS. . . . .   *Histoire de Law. . . . .   1 v.

VALLERY RADOT (René)   * Journal d'un Volontaire d'un
         an (*ouvr. couronné*) . . . . . . 1 v.

VOYAGES EXTRAORDINAIRES
COURONNÉS PAR L'ACADÉMIE FRANÇAISE.
VERNE (Jules). —

Aventures du capitaine Hatteras :
— * Les Anglais au pôle Nord . . . . 1 v.
— * Le Désert de Glace . . . . 1 v.
Les Enfants du capitaine Grant :
— * L'Amérique du Sud . . . . 1 v.
— * L'Australie . . . . 1 v.
— * L'Océan Pacifique . . . . 1 v.
** Aventures de 3 Russes et de 3 Anglais . . . . . 1 v.
* Cinq semaines en ballon (*ouvr. cour.*) . . . . . . 1 v.
De la Terre à la Lune (*ouvr. cour.*) . . . . 1 v.
Autour de la Lune (*ouvr. cour.*) . . . . 1 v.
** Découverte de la Terre . . . . 2 v.
* Le Pays des Fourrures . . . . 2 v.
* Le Tour du Monde en 80 jours . . . . 1 v.
* Vingt mille lieues sous les Mers (*ouvr. cour.*) . 2 v.
* Voyage au centre de la Terre (*ouvr. cour.*) . . . 1 v.
** Une Ville flottante . . . . 1 v.
* Le docteur Ox . . . . 1 v.
* Le Chancellor . . . . 1 v.
L'Ile Mystérieuse :
— * Les Naufragés de l'air . . . . 1 v.
— * L'Abandonné . . . . 1 v.
— * Le Secret de l'île . . . . 1 v.
* Michel Strogoff . . . . 2 v.
Les Indes-Noires . . . . 1 v.
Hector Servadac . . . . 2 v.
** Un Capitaine de 15 ans . . . . 2 v.
Les Cinq Cents Millions de la Bégum . . . . 1 v.
Les Tribulations d'un Chinois en Chine . . . . . . 1 v.
Les grands Navigateurs du XVIIIe siècle . . . . . 2 v.

ZURCHER ET MARGOLLÉ   * Les Tempêtes . . . . 1 v.
   —   ** Histoire de la Navigation . . 1 v.
   —   * Le Monde sous-marin . . . . 1 v.

SÉRIE DES VOLUMES IN-18, AVEC OU SANS GRAVURES

BROCHÉS, **3 fr. 50**. — CARTONNÉS, TR. DORÉES, **4 fr. 50**

(Suite de la Collection *Éducation et Récréation.*)

ANQUEZ . . . .   ** Histoire de France . . . . . 1 v.
AUDOYNAUD . . . .   Entretiens familiers sur la Cos-
        mographie . . . . 1 v.
BERTRAND (Alex.) . . .   * Lettres sur les révol. du globe 1 v.
BOISSONNAS (B.) . . . .   * Un Vaincu . . . . 1 v.
FARADAY (M.) . . . . . .   * Histoire d'une Chandelle . . 1 v.
FRANKLIN (J.) . . . . . .   Vie des Animaux . . . . 6 v.

HIRTZ (Mⁱˡᵉ) . . . . Méthode de coupe et de confection pour les vêtements de femmes et d'enfants. 154 gr. . 1 v.
LAVALLÉE (Th.). . . . . Les Frontières de la France (*Ouvrage couronné*) . . . . . 1 v.
MAYNE-REID. . . . . . . *William le Mousse . . . . 1 v.
— Les Jeunes Esclaves. . . . . . . 1 v.
— **Le Désert d'eau . . . . 1 v.
— *Les Chasseurs de Girafes . . . 1 v.
— Les Naufragés de l'île de Bornéo 1 v.
— La Sœur perdue. . . . . 1 v.
— **Les Planteurs de la Jamaïque. 1 v.
— *Les deux Filles du Squatter. . 1 v.
— Les Jeunes voyageurs. . . . . 1 v.
— **Les Robinsons de Terre ferme. 1 v.
— Les Chasseurs de Chevelures. 1 v.
MICKIEWICS (Adam). . Histoire de la Pologne . . . . 1 v.
MORTIMER D'OCAGNE. *Les grandes Ecoles civiles et militaires de France. — Historique. — Programmes d'admission. — Régime intérieur. — Sortie, carrière ouverte. . . . . 1 v.
NODIER (Ch.). . . . . . Contes choisis. . . . . 2 v.
PARVILLE (de). . . . . . Un Habitant de la planète Mars. 1 v.
SILVA (de). . . . . Le Livre de Maurice. . . . . . 1 v.
SUSANE (général) . . . Histoire de l'Artillerie. . . . . 1 v.
TYNDALL . . . . **Dans les Montagnes . . . . . . 1 v.

SÉRIE IN-18. — PRIX DIVERS

(Suite de la Collection *Éducation et Récréation.*)

BLOCK (Maurice) . . . *Petit Manuel d'économie prat. 1 fr.
A. BRACHET. . . . . . . Dictionnaire étymologique de la langue franç. (*ouv. cour.*). 8 fr.
CHENNEVIÈRES (de). . . Aventures du petit roi saint Louis devant Bellesme. . . . 5 fr.
CLAVÉ (J.) . . . . Principes d'économie pol. . . . 2 fr.
DUBAIL. . . . . *Géogr. de l'Alsace-Lorraine. 1 fr.
GRIMARD (Ed.). . . . . *La Botanique à la campagne. 5 fr.
LEGOUVÉ (E.). . . . . . *Petit Traité de la lecture. . 1 fr.
MACÉ (Jean). . . . . . . Théâtre du Petit Château. . . . 2 fr.
— Arithmétique du Grand-Papa (édit. pop.) . . . . 1 fr.
SOUVIRON . . . . Dict. des termes techniques. . 6 fr.

ÉDITIONS POPULAIRES ILLUSTRÉES

ŒUVRES
complètes
45 fr. 30 c.
BROCHÉES

VICTOR HUGO
(ŒUVRES COMPLÈTES)

ŒUVRES
complètes
61 fr. 50 c.
CARTONNÉES

ROMANS ILLUSTRÉS

158 DESSINS DE BRION, GAVARNI, BEAUCÉ ET RIOU.

Un volume grand in-8°, contenant : **Notre-Dame de Paris. — Han d'Islande. — Bug-Jargal. — Dernier jour d'un Condamné et Claude Gueux.**

Broché, **9** *fr.; toile, tr. dorées,* **12** *fr.; relié, tr. dorées,* **14** *fr.*

LES MISÉRABLES

202 DESSINS PAR BRION.

L'OUVRAGE COMPLET :

Broché, **15** *fr.; toile, tr. dorées,* **18** *fr.; relié, tr. dorées,* **20** *fr.*

LES TRAVAILLEURS DE LA MER

70 DESSINS PAR CHIFFLART.

L'ouvrage complet : *Broché,* **4** *fr.; cartonné toile,* **6** *fr.* **50** *c.*

THÉATRE ILLUSTRÉ

119 DESSINS PAR BEAUCÉ, C. NANTEUIL ET RIOU.

Un volume grand in-8°, contenant : **Cromwell. — Ruy Blas. — Marion Delorme. — Hernani. — Marie Tudor. — La Esmeralda. — Le Roi s'amuse. — Angelo. — Les Burgraves. — Lucrèce Borgia.**

Broché, **7** *fr.; toile, tr. dorées,* **10** *fr.; relié, tr. dorées,* **11** *fr.*

VICTOR HUGO

Œuvres complètes (suite)

POÉSIES ILLUSTRÉES

ILLUSTRÉES PAR BEAUCÉ, E. LORSAY GÉRARD SÉGUIN.

Odes et Ballades...........	14 livr. réunies en une série			1 80
Voix intérieures...........	} 10	—	—	1 35
Les Rayons et les Ombres....				
Les Orientales.............	6	—	—	» 75
Les Feuilles d'automne.......	} 10	—	—	1 35
Les Chants du Crépuscule....				

QUATRE SÉRIES RÉUNIES EN UN VOLUME CONTENANT 77 DESSINS

Br., **4** *fr.* **50** ; *cart. toile. tr. dor.,* **7** *fr.* **50** ; *relié, tr. dor.,* **9** *fr.*

LE RHIN

120 Dessins par BEAUCÉ et LANCELOT. — Un vol. gr. in-8 très illustré
Br., **4** *fr.* **50** ; *toile, tr. dor.,* **7** *fr.* **50** ; *relié, tr. dor.,* **9** *fr.*

LES CHATIMENTS

22 Dessins par THÉOPHILE SCHULER. — Broché, **1** franc **30**

ŒUVRE POÉTIQUE ELZÉVIRIENNE

FORMANT 10 VOL. IN-18 RAISIN

57 fr. **50**   Édition elzévirienne sur papier vergé de Hollande   **57** fr. **50**

Dessins et Ornements par E. FROMENT.

Chaque volume se vend séparément :

Odes et Ballades, 1 vol.	7 50
Orientales. 1 vol..........................	4 »
Feuilles d'automne, 1 vol......................	4 »
Chants du crépuscule, 1 vol.	4 »
Voix intérieures, 1 vol........................	4 »
Rayons et Ombres. 1 vol.	4 »
Contemplations, 2 vol. à 7 fr. 50.	15 »
La Légende des siècles, 1 vol..................	7 50
Les Chansons des rues et des bois, 1 vol.	7 50

Les **10** *volumes :* **57** *fr.* **50**. — *Sur chine :* **115** *fr.*

ERCKMANN-CHATRIAN

| ŒUVRES COMPLÈTES parues : **38 fr. 40** BROCHÉS | ŒUVRES COMPLÈTES **ROMANS NATIONAUX** ILLUSTRÉS PAR *TH. SCHULER, RIOU ET FUCHS.* | ŒUVRES COMPLÈTES parues : **48 fr.** CARTONNÉES |

Le Conscrit de 1813.	1 volume à	1 40
Madame Thérèse.	—	. . . . . 1 40
*L'Invasion.	—	. . . . . 1 60
Waterloo	—	. . . . . 1 80
L'Homme du peuple.	—	. . . . . 1 70
La Guerre.	—	. . . . . 1 40
Le Blocus.	—	. . . . . 1 60

Un très beau volume grand in-8° illustré de 182 dessins.
Broché, **10** *fr.*; *toile, tr. dor.*, **13** *fr.*; *relié, tr. dor.*, **15** *fr.*

CONTES ET ROMANS POPULAIRES

Illustrés par BAYARD, BENETT, GLUCK et TH. SCHULER.

Maître Daniel Rock.	1 volume à	1 20
L'illustre docteur Mathéus	—	. . . . . . 1 40
Hugues le Loup.	—	. . . . . . 1 40
Contes des bords du Rhin.	—	. . . . . . 1 30
Joueur de clarinette.	—	. . . . . . 1 60
Maison forestière	—	. . . . . . 1 20
L'ami Fritz.	—	. . . . . . 1 50
Le Juif polonais.	—	. . . . . 1 30

Un très beau volume grand in-8° illustré de 171 dessins.
Broché, **10** *fr.*; *toile, tr. dor.*, **13** *fr.*; *relié, tr. dor.*, **15** *fr.*

HISTOIRE D'UN PAYSAN

La Révolution Française racontée par un paysan
Illustrations de Théophile SCHULER. L'ouvrage complet, en 1 volume,
broché, **7** fr.; toile, tr. dor., **10** fr.; relié, **12** fr.

CONTES ET ROMANS ALSACIENS

Illustrés par SCHULER.

Histoire du Plébiscite.	1 volume à	2 »
Les Deux frères.	—	. . . . . 1 50
Histoire d'un sous-maître.	—	. . . . . 1 30
*Le brigadier Frédéric	—	. . . . . 1 20
Une campagne en Kabylie.	—	. . . . . 1 40
Maître Gaspard Fix.	—	. . . . . 2 »

Un très beau volume grand-in-8° illustré de 133 dessins par Schuler.
2 figures allégoriques par MATTHIS, 4 cartes par SÉDILLE.
Broché, **9** *francs*; *toile, tr. dor.*, **12** *francs*; *relié*, **14** *francs*.

SOUVENIRS D'UN ANCIEN CHEF DE CHANTIER

Illustrés par RIOU, **1** fr. **10.**

CONTES VOSGIENS

Illustrés par PHILIPPOTEAUX, **1** fr. **30**

*Les œuvres d'*ERCKMANN-CHATRIAN *sont publiées aussi en 27 volumes in-18 à 3 fr. chacun et 1 volume in-18 à 1 fr. 50. — Voir p. 30 et 31.*

OUVRAGES DIVERS

GAVARNI-GRANDVILLE

Le Diable à Paris, *Paris à la plume et au crayon,* 1,508 dessins, dont 600 grandes scènes et types avec légendes de GAVARNI et 908 dessins par GRANDVILLE, BERTALL, CHAM, DANTAN, etc.; texte par BALZAC, ALFRED DE MUSSET, VICTOR HUGO, GEORGE SAND, STAHL, BARBIER, SUE, LAPRADE, SOULIÉ, NODIER, GOZLAN, GUSTAVE DROZ, ROCHEFORT, VILLEMOT, M^{mo} DE GIRARDIN, etc. L'ouvrage complet forme 4 beaux volumes grand in-8°. 500 dessins chefs-d'œuvre de Gavarni et 1000 dessins de divers. Relié 1/2 chagrin, 44 fr.; toile, tranches dorées, 40 fr.; broché. . . . . 28 »

     Prix do chaque vol. : relié, tranches dorées, 11 fr.; toile, tranches dorées, 10 fr.; broché. . . . . 7 »

GRANDVILLE

Les Animaux peints par eux-mêmes, scènes de la vie privée et publique des animaux, sous la direction de P.-J. STAHL, avec la collaboration de BALZAC, GUSTAVE DROZ, BENJAMIN FRANKLIN, JULES JANIN, EDOUARD LEMOINE, ALFRED DE MUSSET, PAUL DE MUSSET, CHARLES NODIER, GEORGE SAND, P.-J. STAHL. 1 vol. grand in-8°, contenant 320 dessins, Chef-d'œuvre de Grandville. Relié, tranches dorées, 14 fr.; cartonné toile, tranches dorées, 12 fr.; broché. . . . . 9 »

GŒTHE (KAULBACH)

Le Renard, traduit par E. GRENIER, illustré de 60 belles compositions par KAULBACH. 1 vol. gr. in-8°. Relié, tranches dorées, 11 fr.; toile, tranches dorées, 10 fr.; broché. . . . . 7 »

     Le même ouvrage, en édition populaire grand in-8. Toile, tranches dorées, 5 fr.; broché. 2 50

GEORGE SAND

Romans champêtres. — 2 beaux vol. in-8°, illustrés par T. JOHANNOT. *La petite Fadette, la Fauvette du Docteur, André, la Mare au Diable, François le Champi, Promenades autour d'un Village.* Chaque vol., rel. tranches dorées, 15 fr.; toile, tranches dorées, 13 fr.; broché . . . . 10 »

HISTOIRE, POÉSIE, VOYAGES, ROMANS, LITTÉRATURE
FRANÇAISE ET ÉTRANGÈRE

VOLUMES IN-18 A 3 FR.

AUDEVAL............	Les Demi-Dots..........	1 v.
—	La Dernière............	1 v.
BADIN (Adolphe)....	Marie Chassaing.........	1 v.
BENTZON (Th.)......	Un Divorce.............	1 v.
LUCIE B...........	Une maman qui ne punit pas.	1 v.
—	Aventures d'Edouard et justice des choses............	1 v.
BIART (Lucien).....	Le Bizco..............	1 v.
—	Benito Vasquez.........	1 v.
—	La Terre chaude.........	1 v.
—	La Terre tempérée.......	1 v.
—	Pile et Face...........	1 v.
—	Les Clientes du Dʳ Bernagius.	1 v.
BIXIO (BEPPA)......	Vie du Général Nino Bixio. Traduction de l'Italien....	1 v.
CERVANTES........	Don Quichotte (trad. nouvelle par Lucien Biart)......	4 v.
CHAMFORT........	(Edition Stahl).........	1 v.
COLOMBEY........	Esprit des voleurs.......	1 v.
DAUDET (Alphonse)...	Le Petit Chose..........	1 v.
—	Lettres de mon moulin.....	1 v.
DOMENECH (l'abbé)...	La Chaussée des Géants....	1 v.
—	Voyages et avent. en Irlande..	1 v.
DURANDE (Amédée)...	Carl, Joseph et Horace Vernet.	1 v.
ERCKMANN-CHATRIAN..**Le Blocus.............		1 v.
—	**Le Brigadier Frédéric.....	1 v.
—	Une Campagne en Kabylie..	1 v.
—	Confidences d'un joueur de clarinette............	1 v.
—	Contes de la montagne.....	1 v.
—	Contes des bords du Rhin...	1 v.
—	Contes populaires........	1 v.
—	Contes Vosgiens........	1 v.
—	*Le Fou Yégof..........	1 v.
—	La Guerre............	1 v.
—	Histoire d'un Conscrit de 1813.	1 v.
—	Hist. d'un homme du peuple.	1 v.
—	Hist. d'un paysan, compl. en	4 v.
—	*Histoire d'un sous-maître...	1 v.
—	L'illustre docteur Mathéus..	1 v.
—	Madame Thérèse........	1 v.
—	— *Edition allemande avec les dessins hors texte*, 1 v., 3 fr.	
—	Maître Gaspard Fix.......	1 v.

ERCKMANN-CHATRIAN .	La Maison forestière	1 v.
—	Maître Daniel Rock	1 v.
—	Waterloo.	1 v.
—	*Histoire du plébiscite.	1 v.
—	*Les Deux Frères	1 v.
—	Souvenirs d'un ancien chef de chantier.	1 v.
—	L'ami Fritz, pièce	1 v.
—	Le Juif polonais, pièce à 1 50.	1 v.
ESQUIROS (Alph.) . . .	L'Angleterre et la vie anglaise.	5 v.
FAVRE (Jules)	Discours du bâtonnat.	1 v.
FLAVIO	Où mènent les chemins de traverse	1 v.
GENEVRAY	Une Cause secrète.	1 v.
GORDON (Lady)	Lettres d'Egypte	1 v.
GOURNOT.	Essai sur la jeunesse contemporaine.	1 v.
GOZLAN (Léon)	Emotions de Polydore Marasquin.	1 v.
GRAMONT (comte de). .	Les Gentilshommes pauvres .	1 v.
—	Les Gentilshommes riches . .	1 v.
JANIN (Jules).	La Fin d'un monde. Le neveu de Rameau.	1 v.
—	Variétés littéraires.	1 v.
LAVALLÉE (Théophile).	Jean sans Peur.	1 v.
MULLER (Eugène). . . .	La Mionette.	1 v.
MORALE UNIVERSELLE.	Esprit des Allemands	1 v.
—	— Anglais	1 v.
—	— Espagnols	1 v.
—	— Grecs	1 v.
—	— Italiens	1 v.
—	— Latins	1 v.
—	— Orientaux	1 v.
OFFICIER EN RETRAITE (un)	L'Armée française en 1879.	1 v.
OLIVIER (Juste)	Le Batelier de Clarens.	2 v.
PICHAT (Laurent)	Gaston	1 v.
—	Les Poètes de combat	1 v.
—	Le Secret de Polichinelle . . .	1 v.
POUJARD'HIEU	Les Chemins de fer	1 v.
—	La Liberté et les intérêts matériels .	1 v.
PRINCESSE PALATINE. .	Lettres inédites (trad. par Roland).	1 v.
QUATRELLES	Les Mille et une Nuits matrimoniales.	1 v.
—	Voyage autour du grand monde	1 v.
—	La Vie à grand orchestre. . .	1 v.
—	Sans Queue ni Tête	1 v.
—	L'Arc-en-ciel.	1 v.

QUATRELLES........	Petit Manuel du parfait Causeur parisien.........	1 v.
RIVE (DE LA).......	Souvenirs sur M. de Cavour..	1 v.
ROBERT (Adrien)....	Le Nouveau Roman comique.	1 v.
ROQUEPLAN........	Parisine..........	1 v.
SAND (George).....	Promenades autour d'un village........	1 v.
STAHL (P.-J.).....	LES BONNES FORTUNES PARISIENNES :	
	— Les Amours d'un pierrot..	1 v.
	— Les Amours d'un notaire .	1 v.
—	Histoire d'un homme enrhumé. Voyage d'un étudiant	1 v.
—	Histoire d'un Prince et Voyage où il vous plaira.......	1 v.
TEXIER et KÆMPFEN...	Paris capitale du monde ...	1 v.
TOURGUÉNEFF (J.) ...	Dimitri Roudine.......	1 v.
—	Fumée (préface de MÉRIMÉE).	1 v.
—	Une Nichée de gentilshommes.	1 v.
—	Nouvelles moscovites......	1 v.
—	Histoires étranges........	1 v.
—	Les Eaux Printanières.....	1 v.
—	Les Reliques vivantes.....	1 v.
—	Terres vierges.........	1 v.
TROCHU (Général)....	Pour la vérité et pour la justice.............	1 v.
—	La politique et le siège de Paris............	1 v.
WILKIE COLLINS......	La Femme en blanc......	2 v.
—	Sans Nom..........	2 v.
H. WOOD (Mme).....	Lady Isabel..........	2 v.

LIVRES IN-18 EN COMMISSION (3 FR.)

ANONYME..........	Mary Briant..........	1 v.
ARAGO (Étienne).....	Les Bleus et les Blancs.....	2 v.
BAIGNIÈRES........	Histoires modernes	1 v.
—	Histoires anciennes........	1 v.
BASTIDE (A.)......	Le Christianisme et l'esprit moderne	1 v.
BERCHÈRE........	*L'Isthme de Suez	1 v.
BOULLON (E.)......	Chez nous............	1 v.
BUGEAUD (Gérôme)...	Jacquet-Jacques........	1 v.
CARTERON (C.)......	Voyage en Algérie	1 v.
CHAUFFOUR........	Les Réformateurs du XVIe siècle	2 v.
DOLLFUS (Charles) ...	La Confession de Madeleine.	1 v.
DUVERNET........	La Canne de Me Desrieux ...	1 v.
FAVIER (F.).......	L'Héritage d'un misanthrope.	1 v.

GRENIER	Poëmes dramatiques.	1 v.
HABENECK (Ch)..	Chefs-d'œuvre du théâtre espa-	
	gnol.	1 v.
HUET (F.)	Histoire de Bordas Dumoulin. .	1 v.
LANCRET (A.)	Les Fausses Passions	1 v.
LAVALLEY (Gaston) . . .	Aurélien.	1 v.
LAVERDANT (Désiré). .	Don Juan converti	1 v.
—	Les Renaissances de don	
	Juan.	2 v.
LEFÈVRE (André).	La Flûte de Pan	1 v.
—	La Lyre intime.	1 v.
—	Les Bucoliques de Virgile. . .	1 v.
LESAACK (Dr)	Les Eaux de Spa.	1 v.
NAGRIEN (X.)	Prodigieuse Découverte	1 v.
RÉAL (Antony).	Les Atomes	1 v.
SIMONIN (Louis).	Les Pays lointains	1 v.
STEEL.	Haôma	1 v.
VALLORY (Mme)	A l'aventure en Algérie. . . .	1 v.
WORMS DE ROMILLY . .	Horace (traduction).	1 v.

LIVRES EN COMMISSION

Prix divers

ANONYME.	Le Prisme de l'âme.	6 fr.
—	Mademoiselle Segeste	2 fr.
—	Rome.	6 fr.
ANTULLY (Albéric d') .	Fantaisie.	2 fr.
BRUIÈRE (S.).	Une Saison en Allemagne. . .	1 fr.
GUIMET (Émile).	Croquis égyptiens	3 50
—	L'Orient d'Europe au fusain,	
	in-18	2 fr.
—	Esquisses scandinaves, 1 vol.	
	in-18	3 fr.
—	Aquarelles africaines.	2 50
LAVERDANT (Désiré) .	Appel aux artistes	1 fr.
PAULTRE (E.)	Capharnaüm.	6 fr.
PIRMEZ	Jours de solitude, 1 vol. in-8.	6 fr.
RAYNALD	Histoire de la Restauration. .	5 fr.
RIVE (DE LA).	Souvenir de M. de Cavour. .	6 fr.
SCHNÉEGANS (A.)	Contes. 1 vol. in-18	2 fr.

VOLUMES IN-18 A PRIX DIVERS

ARAGO (E)............	L'Hôtel de Ville et le Gouvernement du 4 sept^{bre} 1870-71.	3 50
L. AUBERT..........	Lettres sur l'instruct. oblig. .	» 50
BERTHET (André)....	Mes Lunes *(Boutades d'un sceptique)*	2 »
CHARRAS (Colonel). ...	Histoire de la Guerre de 1815. 2 vol. in-18, avec atlas ...	7 »
CHEVREUX (Mme)......	André Marie et J.-J. Ampère. 2 vol. à 3 fr. 50.	7 »
A. DECOURCELLE	Les Formules du docteur Grégoire *(Diction. du Figaro)*.	2 »
ERCKMANN-CHATRIAN..	Le Juif polonais, pièce en 3 actes	1 50
—	Lettre d'un électeur à son député	» 50
J. HETZEL	Aux députés, sur la reprise des échéances.......	» 50
HUGO (Victor)......	Les Châtiments. 1 vol. in-18. .	2 »
—	Napoléon le Petit. 1 vol. in-18.	2 »
LEGOUVÉ (E.).......	L'alimentation morale pendant le siège........	» 25
—	Les deux misères........	» 25
—	Les épaves du naufrage....	» 50
—	Samson et ses Elèves......	2 »
—	Lamartine.............	1 50
MACÉ (Jean)...........	Morale en action........	1 fr.
—	Lettres d'un paysan d'Alsace sur l'instruction obligatoire.	» 30
—	Le génie et la pet. ville. 1 v. in-32.	» 25
—	Anniv. de Waterloo. 1 v. in-32.	» 15
—	Une carte de France; le Gulf-Stream. 1 vol. in-32.	» 25
—	La Ligue de l'enseig., n°s 1 à 4, à	» 25
MERSON (Olivier)....	Ingres, sa Vie et ses Œuvres, avec sa photographie, 1 vol. in-32	1 50
NADAR	Le Droit au vol	1 »
PROUDHON.........	La Guerre et la Paix. 2 vol.	1 »
QUATRELLES.......	Une date fatale.........	1 »
STAHL (P.-J.)......	Entre bourgeois........	» 50
SUSANE (Général)....	L'artillerie avant et depuis la guerre.............	» 50
VERNE (Jules)......	Neveu d'Amérique , comédie en 3 actes..........	1 50
VIOLLET-LE-DUC....	Exposé des faits relatifs au Musée de Pierrefonds....	» 50

VOLUMES IN-8° A PRIX DIVERS

ABOUT (Edmond). . . .	Rome contemporaine	5	»
—	La Question romaine.	4	»
ANONYME	Vingt mois de présidence. . .	5	»
BERTRAND (J.).	Arago et sa vie scientifique. .	1	»
—	Les Fondateurs de l'astronomie.	6	»
—	L'Académie et les Académiciens.	7	50
BLANC et ARTOM	Œuvre parlement. du comte de Cavour.	7	50
CHARRAS (Colonel). . .	Histoire de la guerre de 1813. 1 vol. in-8.	7	50
LAFOND (Ernest)	Les Contemporains de Shakspeare :		
	Ben Jonson (2 vol.)	6	»
	Massinger —	6	»
	Beaumont et Fletcher. . . .	6	»
	Webster et Ford.	6	»
RICHELOT	Gœthe, ses Mém. et sa Vie (4 vol.) à	6	»
STRAUSS (D..F.).	Nouv. Vie de Jésus (traduite par Ch. Dollfus et A. Nefftzer), 2 vol. à	6	»
TROCHU.	L'Empire et la Défense de Paris	8	»
VERNE (Jules).	Tour du Monde en 80 jours (pièce)	»	50

VOLUMES IN-32 A 1 FRANC

Cartonnés, **1 fr. 25**

DE BALZAC.	Les Femmes.	1 v.
ALFRED DE MUSSET et P.-J. STAHL.	Voyage où il vous plaira, 10ᵉ édition.	1 v.
Eugène NOEL.	Vie des fleurs et des fruits . .	1 v.
P.-J STAHL.	Théorie de l'amour et de la jalousie.	1 v.

LIVRES D'AMATEURS

GRAND LUXE

ÉDITIONS ILLUSTRÉES

Victor Hugo. — Poésies elzéviriennes, sur chine, les 10 vol. . . . . 115 »

Contes de Perrault, illustrés par GUSTAVE DORÉ, la grande édition in-folio. Reste quelques exempl. à. . . 100 »

Daphnis et Chloé. Traduction d'AMYOT, complétée par P.-L. COURIER. 42 compositions au trait, en couleur dans le texte, par BURTHE. Préface par AMAURY DUVAL. Magnifique édition in-folio en deux couleurs, imprimée par CLAYE . . . . 50 »

Lemercier (ALFRED) et **Booquin.** — GAVARNI, aquarelles fac-similé (chromolithographies), album en feuilles composé de 6 planches. Prix. . . . . 30 »

Silbermann. Album typographique en couleurs. Prix, cartonné. . . . . 20 »

Gavarni. — Œuvres CHOISIES, album in-folio. Cartonné. 22 » Quelques exemplaires seulement.

Grandville et Kaulbach. — Œuvres CHOISIES, album in-folio. Broché. . . . . 20 »

—   —   Cartonné . . . . 22 »

L'Oraison dominicale, dessins de FRŒLICH. Album in-4°, contenant 10 planches à l'eau-forte, relié, toile. 18 »

Sept Fables de la Fontaine, dessins de FRŒLICH. Album in-4°, illustré de 10 planches, broché . . . . . 5 »

Les Richesses gastronomiques de la France — LORBAC (CH. DE), texte.—LALLEMAND (CH.), illustrations : LES VINS DE BORDEAUX, 1ʳᵉ partie. *Généralités, cultures, vendanges, classification, châteaux vinicoles*, CRUS CLASSÉS. Broché. . . . . 25 »

— SAINT-ÉMILION, *son histoire, ses monuments et ses vins*. Broché . . . . 8 »